아유보완 스리랑카

아유보완 스리랑카

발행일	2021년 11월 15일		
지은이	김영태		
펴낸이	손형국		
펴낸곳	(주)북랩		
편집인	선일영	편집	정두철, 배진용, 김현아, 박준, 장하영
디자인	이현수, 한수희, 김윤주, 허지혜, 안유경	제작	박기성, 황동현, 구성우, 권태련
마케팅	김회란, 박진관		
출판등록	2004. 12. 1(제2012-000051호)		
주소	서울특별시 금천구 가산디지털 1로 168, 우림라이온스밸리 B동 B113~114호, C동 B101호		
홈페이지	www.book.co.kr		
전화번호	(02)2026-5777	팩스	(02)2026-5747

ISBN	979-11-6836-016-7 03810 (종이책)	979-11-6836-017-4 05810 (전자책)

(주)북랩 성공출판의 파트너

북랩 홈페이지와 패밀리 사이트에서 다양한 출판 솔루션을 만나 보세요!

홈페이지 book.co.kr • **블로그** blog.naver.com/essaybook • **출판문의** book@book.co.kr

작가 연락처 문의 ▸ ask.book.co.kr

작가의 연락처는 개인정보이므로 북랩에서 알려드릴 수가 없습니다.

730일간의
스리랑카
체류기

아유보완
스리랑카

안 녕 스 리 랑 카

김영태 지음

Sri Lanka

북랩 book Lab

Sri Lanka

책을 낼 생각은 애초에 없었다. 내가 대단한 사람도 아니고, 책을 낼 정도의 특별한 활동을 한 게 아니라 다른 봉사단원들과 다를 바 없는 봉사활동을 한 것이어서 귀국 후 책을 내겠다고 생각해본 적이 없다. 애초 책을 낼 생각이 있었다면 파견 당시 좀 더 신경 써서 정밀하게 경험하고 찾아보고 알아보고, 책자에 올릴 사진도 빠짐없이 준비했을 것이다. 그리고 귀국 후 바로 책 발간 작업을 시작했을 것이다. 하지만 파견 중에는 물론 귀국 후에도 책 발간을 생각지 않았기에 그러지 않았다.

나는 한국국제협력단(KOICA) 109기 해외봉사단원(시니어 단원, 전자 분야)으로 2016년 6월부터 2018년 6월까지 2년간 스리랑카에 파견되어 봉사활동을 했다. 나는 스리랑카 가기 전까지 개도국에 가본 적이 없다. 오랜 직장생활 중 해외 출장 많이 갔지만 중국 말고는 개도국을 출장 간 적이 없고 개인적으로 개도국을 여행한 적도 없다. 그래서 개도국 생활 경험은 고사하고 개도국의 모습조차 본 적이 없다.

스리랑카에 가서 살아보니 그 전과는 너무 다른 삶이 퍽 생소하고 신기했다. 열악한 생활환경, 일 년 내내 변함없는 여름 날씨, 적도 인근이다 보니 연중 거의 같은 낮과 밤의 길이, 한낮에는 해가 정수리 위에 위치하여 그림자가 거의 없는 것 등 모든 것이 새로운 경험들이다. 12월에는 폭염 속의 크리스마스도 생소하고 불교의 나라인데도 불구하고 길거리엔 크리스마스 장식과 캐럴, 그리고 매장 종업원들의 산타 복장 등…. 참으로 신기한 경험들이다. 한데 매일 매일의 경험이 시간 지나면 잊혀지는 게 아쉽다는 생각이 들어서 파견 초기부터 일상생활을 메모하기 시작했는데 이것이 만기 귀국 날까지 이어졌다.

귀국 후 7개월이 지난 어느 날 그간의 기록을 둘러보다가 글 하나를 작성해 보았다. 그리고 이를 친구들의 친목모임 밴드에 올렸더니 반응이 뜨거웠다. 그래서 이를 지인과 친구들에게 전송해주니 너무 재미있어한다. 이어서 두 번째 이야기를 올리니 또 반응이 폭발적이다. 이후 더 이상 쓰지 않고 있는 중 얼마 지나서 한 친구를 만났다. 왜 다음 얘기를 안 올리느냐 하기에 이제 안 쓴다, 하니까 그런 게 어디 있느냐, 계속 써라, 해서 관심 가진 지인들이 고마워서 기록으로 남길 겸 한두 달에 하나 정도 써 봤다. 친구와 지인들이 재미있다고 책 내보라고 계속 얘기하는 걸 덕담 고맙다고만 하고 있는데 대여섯 개 정도 써 본 어느 날 모 지인이 진지하게 책 발간을 권한다. 그래서 정말 내볼까 하고 용기를 얻어 본격적으로 원고를 쓰기 시작한 게 귀국 1년 3개월이 지난 2019년 9월이다.

내용을 보면 알 수 있듯, 이 글은 내 자랑의 글이 아니다. 그리고 파견기관에서의 봉사활동에 관한 글도 아니다. 스리랑카에서의 생활을 그렸고 봉사단원으로 있으면서 있었던 여러 가지 일들과 살아온 내용을 써봤다. 2년간 살면서 내가 보았고 겪었던 경험들을 가감 없이 나열했다. 코이카 봉사단원이라는 이름으로 2년간 스리랑카에서 그 나라 환경 속에 그 나라 사람들과 더불어 살았던 시니어 단원의 이야기이다. 모든 내용은 사실대로 기록했고 내 부족함은 솔직히 인정했다.

개도국에서의 삶은 결코 만만치 않다. 봉사단원 파견 갈 때는 의욕을 가지고 가지만 막상 말로만 듣던 열악한 환경에서 생활하다 보면 지친다. 하지만 그런 삶을 통해서 그 나라에서, 또 그 나라 사람들로부터 많은 것을 얻고 한층 성숙해졌다고 생각한다. 내가 그들에게 봉사활동을 했다기보다 내가 얻은 게 더 많아진 느낌이다. 봉사활동을 통해 도움을 준 것 이상으로 나도 얻은 게 참 많은, 보람된 2년이었다.

본 책자가 코이카 해외 봉사 파견단원의 생활을 이해하는 데 도움이 되었으면, 그리고 열악한 개도국에서 살아가는 모습을 이해하는 데 도움이 되었으면 하는 마음이다. 이 책이 나올 수 있도록 격려해 준 지인들, 그리고 시종 응원해 준 우리 가족들에게 감사한다.

초고를 완성한 때는 2019년 11월. 하지만 차일피일 책 발간을 미루다가 수정 보완을 거쳐 이제야 세상에 나오게 되었다.

랑카, 스리랑카를 사랑한다.

2021년 9월 서울에서

CONTENTS

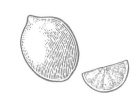

1

들어가며

 필자는 코이카 해외봉사단원으로 2016년 6월부터 2년간
스리랑카에 해외 봉사활동을 다녀왔습니다.

랑카 집에서의 삶과 동물들 ①

입국 후 콜롬보에서 두 달간 파견국 적응교육을 마치고 파견지역에 파견된 초기인 2016년 8월 중순 어느 날. 아침에 보니 밤새 작은 비누가 없어졌다. 이게 발이 달렸나? 이상하네. 다음 날 아침에는 얇은 반바지가 안 보인다. 이게 또 어디 갔어? 하고 출근 준비하느라 세면 후 화장대 앞에 앉았는데 조금 열려 있는 화장대 서랍에 뭐가 있는 것 같아 힐끗 보니 그 안에 반바지가 보인다. 어라? 하고 서랍을 잡아당기니 서랍 안에서 뭐가 후다닥 튀어나와 달아난다. 쥐다. 서랍을 열고는 놀라 자빠졌다. 반바지와 비누가 그 안에 들어있다. 집에 쥐가 있는 것도 놀랍지만 서랍 안으로 물건들을 옮긴 게 더 놀랍다. 그리고는 서랍 속에 숨어 있다니….

그날 밤 거실에 앉아 있다가 주방에서 재빨리 지나가는 쥐의 실체를 확인했다. 바로 쥐약을 여기저기 놓았지만 여러 날 지나도 건드리지도 않는다. 쥐를 어떻게 잡아야 하나. 걱정이네….

그로부터 여러 날 후 주말 아침이다. 전날 저녁 시원찮은 솜씨로 해물파전을 만들었는데 맛도 없는 데다 양도 많아 꽤 남겨서 비닐에 꽁꽁 싸매서 주방 싱크대에 놓고 잤다. 그런데 아침에 보니 남은 파전을 싸놓은 비닐이 찢기고 주변이 온통 난장판이다. 이게 뭐야? 설마 쥐가? 하고 보니까 현관문 안쪽 신발 인근이 오물로 엉망이다. 아이쿠! 이건 쥐가 아닌데…. 쥐가 아니면 뭐란 말인가? 한바탕 치우고 씻고 아침을 먹으려고 가스레인지 불을 켜는데 괜히 스산한 기분이 들어 바로 옆 가스통을 보는 순간! 기절할 뻔 했다. 20kg 큰 가스통 뒤에서 노란 눈으로 노려보는 것은! 커다란 고양이였다. 크기도 어찌나 큰지 팔꿈치 길이보다 크다. 이게 도대체 어떻게 들어왔나? 집안은 내가 모든 창문을 철저히 봉쇄했고 현관문은 잠시도 안 열어 놓는데. 작은 쥐도 들어올 공간이 전혀 없는데 커다란 들고양이라니. 생각해보니 며칠 전 집주인이 커튼 달아준다고 커튼 공사 하는 날 현관문이 한동안 열려 있었는데 그때 그게 들어온 모양이다. 고양이가 너무 커서 내가 감당하기엔 자신이 없어 이웃 현지인의 도움으로 쫓아냈다. 그런데, 집은 완벽하게 밀폐되었는데 며칠 동안 이것이 집안에서 내 눈에 안 띄고 어떻게 숨어 있었을까? 그리고 그동안 뭐 먹고 살았을까? 오늘말고는 전혀 흔적을 본 적이 없는데. 자고 있을 때 내 주변을 돌아다녔던 건 아닐까? 그저 놀랍고 몸서리쳐진다. 지금도 당시 가스통 뒤에 숨어서 몰래 나를 노려보던 커다란 고양이의 노란 눈을 생각하면 무섭고 소름이 끼친다. 마치 몰래 들어와 숨어서 노려보는 자객과 마주친 느낌! 쥐는 어떻게 되었을까? 당연히 고양이가 해결해 주었을 것이고 그 후 안 보였다.

처음 살던 집

📢 스리랑카(Sri Lanka)에서는 현지인들이 자기 나라를 짧게 '랑카'라고 한다. 출국 전 국내교육 시 현지인 강사로부터 현지어 배울 때부터 '랑카'라고 불렀다. 스리랑카에 입국해서 싱할라어를 배울 때 현지인 교사에게 듣기로 '스리(Sri)'는 특별한 뜻이 없고 '랑카(Lanka)'는 고유명사라고 했다. 2년 넘게 습관적으로 '랑카'라고 말해 와서 '랑카'라고 해야 왠지 정감이 있는 것 같아 본 책자에서는 평소 얘기하는 대로 나라 명을 '랑카'라고 썼음을 알린다.

2
기관에서

1) 파견지역 OJT

> 📢 **OJT:** 신규 봉사단원이면 입국 후 8주간의 현지적응교육을 받는데, 이 기간에는 집중적인 현지어 교육 외에 휴대폰 개통, 은행계좌 개설 등 파견국 적응에 필요한 교육을 받는다. 교육 5~6주차 2주가 OJT(On the Job Training) 기간인데, 이 기간에는 파견지역의 한 가정에 홈스테이하면서 현지인과 생활한다. OJT 때 주어진 임무는 그들 문화를 익히고, 파견지역의 교통 및 생활여건을 알아보고, 파견기관에 출퇴근하여 상견례 및 기관의 업무 파악, 그리고 향후 2년간 거주할 집을 찾아 임대 계약까지 마무리하는 것이다. 2주간 홈스테이할 집은 파견기관에서 알선하며 홈스테이 비용은 코이카 사무소에서 지불한다.

① 파견지 이동

2016년 7월 10일(일).

　오늘은 파견지역 OJT 가는 날. 같이 입국한 봉사단 동기들은 각자 자기 방에서 대기하다가 한 명씩, 각자 파견될 지역에 현재 파견 중인 선임 단원이 와서 데리고 가는데, 2주 후에 보자 하고 출발한다. 2시쯤 내 인솔단원이 온다. 젊은 강○○ 단원(女)이다. 나보다 6개월 먼저 입국해서 현재 내가 파견될 기관인 캔디(Kandy) 기능대학(COT, College of Technology)에서 한국어단원으로 활동 중이다. 우리가 타고 갈 캔디행 열차는 오후 3시 반 급행뿐이다. 강○○이 시간이 조금 여유 있다고 하여 괜찮은 찻집에서 같이 차 한잔하면서 파견기관 등 얘기 나누다가 콜택시로 페타역에 가서 캔디행 열차에 탑승했다.

강○○ 얘기가 사무소에서 신규단원 인솔하라고 늦게 알려주는 바람에 1등석은 예매 못하고 2등석을 예매했단다. 열차가 무척 낡았다. 우리나라 같진 않겠지. 캔디는 중부 고지대에 있으며 수도 콜롬보에서 급행열차로 두 시간 반 걸린다. 가면서 강○○에게 기관 얘기, 기관장 얘기, 캔디 얘기, 단원 생활 등 이런저런 얘기를 들었다. 열차에 외국인도 많은데 캔디가 여행객들이 반드시 들르는 관광지이기 때문이다. 중간통로 건너편에 초등학교 저학년으로 보이는 어린 아이 둘이 엄마와 같이 가는데 나를 신기한 눈으로 바라보며 눈이 마주치면 웃는다. 해맑고 천진하다. 사진을 찍어주고 싶은데 그럴 순 없지. (나중에 알았지만 이 나라는 사진 찍는데 전혀 거부감이 없단다. 그냥 대놓고 찍어도 괜찮다.)

평지를 잘 달리던 열차가 고지대인 캔디를 향해 오르막길을 오르락내리락하면서 속도가 떨어진다. 그러다가 어라? 멈추더니 조금 있다가 후진도 한다. 그러더니 다시 느리게 출발한다. 나야 그러려니 했는데 강○○이 조금 놀라는 듯하다. 강○○도 온지 얼마 안 되어서 콜롬보 다닐 때 그동안 버스만 탔고 열차는 오늘이 두 번째인데 이런 줄 몰랐단다. 단선선로인 열차가 중간에 멈추기도 하여 원래 예정보다 한 시간 늦은 7시가 다 되어 캔디역에 도착하니 이미 어두워졌다. (2년 살아보니 연착은 늘 있는 일상이다.)

산길을 달리는 열차

② 홈스테이 집

내가 홈스테이할 집 주인 아뚤라(Athulla)가 자기 차를 갖고 와서 기다리고 있다. 콧수염을 한 전형적인 랑카 사람이다. 50대 후반으로 나보다 여러 살 아래다. 현재는 다른 학교 교사로 있는데 얼마 전까지 내가 파견 갈 캔디기능대학에 근무해서 강○○과는 아는 사이다. 학교 앞에 사는 강○○을 내려주고 드디어 2주간 지낼 아뚤라 집에 도착했다.

근데 내가 머물 방을 보니 실망 그 자체다. 작은 방인데 위치가 현관문 바로 입구인 건 그렇다 치고 거실뿐 아니라 침실까지 바닥이 시멘트에 붉은 페인트칠이고 신발을 신고 생활하게 되었다. 신발을 벗을 수 있는 곳은 오직 침대뿐. 게다가 방에 출입문은 없고 방 입구는 천 쪼가리를 커튼처럼 걸쳐 놓았다. 작은 방에 작은 싱글 침대 하나뿐, 옷걸이도 없고 책상, 탁자 등 아무것도 없어서 물건을 놓을 곳이 없다. 창문엔 방충망이 없는데 (이 나라 집 창문엔 방충망이 거의 없다.) 침대 위 모기장은 다 찢어져서 아무짝에도 쓸모가 없다. 물건과 옷가지를 꺼낼 곳도, 놓을 곳도 없고 난감하기만 하다. 아뚤라가 조그만 나무탁자 비슷한 것을 갖다 줘서 그 위에 겨우 몇 가지만 올렸다. 이 집에 하나뿐인 화장실을 가보니 기가 막힌다. 전체적으로 지저분한데다 허름한 좌식변기에 벽에는 개미들이 줄지어 기어 다닌다. 세면대는 흔들거리고 샤워꼭지도 우리나라 해수욕장 간이 샤워장 수준이다. 샤워하면서 갈아입을 옷을 걸어 놓을 곳도 마땅치 않다. 가장 큰 문제는 방문이 없다는 것이다. 문이 없으니 거실의 TV 소리가 크게 들린다. 그 외 이것저것 한심하기만 하다.

물론 이 나라 주거환경이 우리 같진 않지만 문제는 코이카에서 홈스테이 집에 큰돈을 지불한다는 것이다. 홈스테이할 집은 파견기관에서 알선하는데, 홈스테이 비용으로 호텔비 수준의 돈을 코이카가 지급한다. 이는 신규 단원이 홈스테이 동안 고생하지 않게 좋은 집을 찾아주라는 뜻인데 이런 수준의 집이라니… 분명히 코이카 사무소에서는 학교에 좋은 집으로 알아봐 달라고 했을 텐데,

학교에서는 전혀 신경 안 썼고 코이카 사무소에서는 이런 집인 줄 모르겠지. 이런 집에 비싼 돈을 지급하다니. 오기 전 교육받기로는 다들 좋은 집을 얻어 주고 거의 욕실 딸린 좋은 방을 얻어준다 들었는데 욕실은 커녕 어이가 없어서 한숨만 나온다. 늦은 시간이지만 차려 준 저녁을 먹고 대충 씻고 가져간 원터치 모기장을 펴서 침대 위에 설치하고 들어가 누웠다. (한국에서 올 때 원터치 모기장을 사 갖고 들어 왔는데 오늘 콜롬보에서 올 때 혹시나 해서 갖고 왔기 망정이지 안 그랬으면 모기 때문에 큰일날 뻔 했다.) 이 방에서 2주간 지낼 일이 갑갑하기만 하다. 침대에 누우니 창문 너머로 휘영청 달이 떠 있다. 밖은 TV 소리 시끄럽고 몸은 피곤하고…. 뒹굴다 어찌 잠들었는지 모르겠다.

새벽 4시나 되었을까? 집안이 시끄럽고 난리다. 왜 이러나? 6시쯤 아뚤라가 차를 갖고 들어온다. 아침이면 차를 갖다 준다고 들었는데 이 나라가 보수적이라 내가 남자니까 아내가 아니고 남자가 갖고 온다. 새벽에 무슨 일이냐 물으니 콜롬보에 사는 아들이 주말을 맞아 왔다가 6시 25분에 출발하는 콜롬보행 열차를 타러 가느라 그랬단다. 아무리 그렇기로서니 내가 같이 있는데 그 새벽에 그리도 시끄럽게 구는지. 조심성이라곤 전혀 없다. 세면하고 차려준 아침을 먹었다. 어제 밤에도 그랬지만 아침에도 나 혼자 먹게 한다. 홈스테이 가면 같이 안 먹고 따로 먹게 한다고 듣긴 했지만 참 특이하다. 도시락이랍시고 밥에 커리를 섞은 랑카식 밥을 비닐에 말아 주는 것을 받아들고 나왔다.

홈스테이 방

커튼 매달린 출입문, 내가 가져간 원터치 모기장

방충망 없는 창문

③ 기관 상견례

아뚤라가 출근하면서 나를 캔디기능대학 정문에 내려준다. 교문의 첫인상은 고풍스럽다고 해야 할까, 낡았다고 해야 할까? 교장(Director)을 만나러 교장실로 찾아가니 50대 후반 여교장 아누라와띠(Mrs Anulawathi Menike)이다. 근데 지금부터가 문제다. 아누라와띠가 내게 코워커(Co-worker)가 누구냐 묻는다. 별일. 내가 물어봐야 하는 걸 오히려 내게 코워커가 누구냐고 묻다니? 코이카 사무소에서 준 서류를 보여주고 거기 기재된 코워커를 보여 주었더니 고개를 갸우뚱한다. 거참. 그 문서는 학교에서 알려준 내용으로 작성했을 텐데….

암튼 학과(전자과)에 가보자며 앞장선다. 전자과에 들어가니 남자교사 둘이 있다. 40대 후반 학과장과 50대 중반 교사 한 명이다. 교장과 셋이 싱할라어로 한참 얘기하는데 눈치를 보니 학과에서는 내가 오는 것도 모르고 있는 듯하다. 그러더니 아누라와띠가 "앞으로 이 사람이 코워커다." 하면서 학과장 마담페루마(Mask Madamperuma)를 지목한다. (나중에 알고 보니 내가 코이카 사무소에서 받은 서류에 있는 코워커는 내 업무와 아무 관계없는 다른 학과 교사인데 어떻게 그리 일처리를 했는지 모르겠다.) 한국에서 신임 봉사단원이 도와주러 오는데 오는 것도 모르고 있고, 코워커도 지명 안 되어 있고. 어쩌면 그토록 소홀한지….

교장이 가고 잠시 교사들과 얘기 나누고 전자과를 둘러봤다. 이럴 수가. 열악하다, 초라하다, 이런 표현도 안 어울린다. 실습용 컴퓨터는 한 대도 없고 다 낡아빠진 장비와 계측기, 낡은 실험대. 설비도 우리나라에 훨씬 못 미칠 뿐아니고 참 낡았다. 교실을 보니 흑판에 백묵이고 낡은 1인용 책걸상이다. 과 사무실엔 기존 교사 두 명 중 학과장 책상에만, 그것도 아주 오래된 사양의 컴퓨터가 있을 뿐, 또 한 교사는 컴퓨터가 없다. 밖으로 잠시 나와 교정을 보니 건물이 정말 낡고 허름하다. 과연 어려운 나라이구나. 쉬는 시간에 강○○이 찾아왔다. 학교가 너무 낡고 허름하다고 하니 강○○ 曰, "저는 이 학교 처음 본 순간 폐교인줄 알았어요." 정말 딱 맞는 표현이다.

 기능대학

랑카에서의 기능대학이란 우리의 전문대학으로 보면 되는데 사실 전문대보다는 직업훈련원에 가깝다. 교육 내용이 취업을 하기 위한 기술교육 위주라고 보면 된다. 모든 기능대학은 공립으로 나라에서 운영한다. 학제는 일정치 않고 전공과목에 따라 6개월에서 3년까지 있는데 내 파견 학과인 전자과는 2년이었다. 랑카의 기능대학은 COT(College of Technology)와 TC(Technical College) 두 종류로 구분된다. TC는 전국에 31개 있으며 COT는 주로 거점도시 위주로 전국에 9개 있다. TC 기관장은 Principal이라 부르고 COT 기관장은 Director라 부른다. 느낌상 COT가 더 규모와 권위가 있는 것 같지만 그렇지만도 않다.
다른 고등교육기관으로는 우리의 대학교인 유니버시티(University)가 있는데 전국 10개 이내이며 엘리트만 갈 수 있다. 그래서 랑카의 고등교육 대부분은 기능대학에서 이루어진다.
랑카의 경우 코이카 단원의 대다수가 기능대학에 파견되어 맡은 분야(과목)의 교사로 봉사활동을 수행한다.

OJT 기간 미션은 오전에는 기관에 가서 기관 사람들과 같이 지내고 오후에는 나와서 집 임대, 임지 생활기반 알아보기이다. 오전 일과 마치고 강○○과 시내에 나와서 같이 점심 먹고 강○○이 캔디 시내 이곳저곳을 알려준다. 집에 들어와 저녁을 먹고 인터넷 사이트로 임대할 집을 계속 알아봤다. 이 나라는 부동산 중개소가 없는 대신 부동산이나 중고물품을 소개하는 인터넷 사이트가 있다. 그곳에 일부 부동산이 있는데 이를 찾아보거나, 없으면 걸어 다니면서 발품 팔아 물어물어 찾아야 한다. 내일부터 집 찾아다녀야 하는데….

캔디 기능대학 교문

학교 모습
(학생들은 항상 회색 츄리닝과 검정색 바지를 교복으로 입고 다닌다.)

실습실 모습

학과 사무실

④ 집 구하기

다음 날 출근하여 오전 근무 후 오후에 나와서 집을 알아보기 시작했다. 지역 단원의 집을 참고 삼아 먼저 보라는 코이카 사무소 지침 대로 강○○의 양해를 얻어 그녀의 집을 보았다. 넓지는 않지만 방 두 개에 거실 겸 주방, 화장실 등이 바닥도 타일이고 깔끔하다. 고급 랑카 주택이다. 코이카 지원 비용으로 이만한 집을 찾기 쉽지 않단다. 내가 보기에도 그렇다. 나는 시니어 단원이니 주거비 지원이 더 많아 더 좋은 집을 얻을 수 있을 거란다.

이날부터 집을 찾으러 다녔다. 이것저것 영 마땅치 않다. 지저분하거나 바닥이 타일이 아닌 집, 안전이 확실치 않은 곳 등…. 집들이 대부분 깔끔하지 않고 지저분하다. 교육 중이라 아직 생활비도 안 나오는 처지, 툭툭(Tuktuk: 오토바이 엔진을 장착한 소형 3륜차) 비용이 아까워 지리가 서툴러도 대략 위치를 물어보고 어지간하면 인근까지 버스 타고 걸어서 갔다. 다른 동기들은 학교에서 알아봐 주기도 한다던데 난 도통 아무 얘기가 없다. 교장을 찾아가 하소연하니 안 그래도 교사들에게 얘기해 놓고 있다면서 기다리라더니 다음 날 아침 전자과 또 한 명의 교사 세네위랏너(Seneviratne Banda)가 집 보러 가잖다. 학교의 다른 교사와 툭툭을 타고 세 군데 집을 보여주는데 별로다. 이 사람들은 자기네 기준의 랑카 집을 보여준다. 우리 단원들이 살 집은 아니다. 더 이상 기대를 접었다.

툭툭(Tuktuk): 승용차 택시는 수도 콜롬보에만 있고 그 외 지역에서는 툭툭이 택시 역할을 한다.

부동산 사이트에서 며칠 만에 괜찮은 집을 찾았다. 마침 강○○
이 시간이 되어 같이 찾아갔다. 둘이 툭툭 타고 찾아가니 도로에서
골목으로 꼬불꼬불 들어간다. 멀리 왼쪽에 괜찮아 보이는 붉은색
지붕의 2층 주택이 보이고 사람들이 앞에 나와서 툭툭 타고 들어오
는 우리를 보고 있다. 쇠창살 철문이 있고 마당이 있는 집이다. 문
을 열고 들어가니 넓은 공간에 바닥이 타일인데 깔끔하다. 1층이
주방, 거실 등 주거공간이고 2층엔 침실만 있다. 창문에도 빈틈없
이 방범창틀이 되어있고. 보던 중 제일 괜찮은 집이다. 그런데 그냥
빈집이다. 탁자 냉장고 세탁기 등 아무것도 없고 심지어 침대도 없
다. 단원들이 거주하려면 반드시 필요한 것들인데… 집주인에게
물어보니 외국인에게 임대 주던 집이 아니라 없단다. 사 주면 들어
오겠다고 하니 자기들끼리 얘기하더니 코이카 지원 범위를 훌쩍 넘

는 임대료를 제시한다. 아쉽네. 마땅한 집이 없는데….

여러 날 돌아다녔지만 집을 구하지 못하고 시간만 간다. 캔디 시내에 나와서 혼자 캔디 호수 한 바퀴 걷고 불치사(佛齒寺) 앞 카페들어가 커피 한잔했다. 땀 뻘뻘 흘리며 집 찾아다니는 신세가 처량하구나, 생각이 든다. 봉사활동이 힘들구나, 주거지 하나 얻는 것도…. 찾아도 현재 더 이상 마땅한 집은 없고 날짜만 지나가서 먼저 본 집 주인에게 전화했다. 가재도구를 사 줘야 들어가는데 우리 규정은 제시한 임대료에서 얼마까지 더 지급이 가능하다, 당신네 요구액엔 못 미치지만 내게 임대를 주면 여러 장점이 있다고 설득했다. 6개월치 임대료를 한국정부가 바로 선납한다, 나 혼자 살 거니 집이 깨끗하고, 2년간 있을 예정이다 등등 설명하니 다시 생각하더니 내일 집에 와서 상의하자고 한다. 다음날 다행히 가재도구를 모두 사 주기로 하고 코이카 지원 한도 내에 그 집을 계약할 수 있었다. 도로에서 좀 멀지만 걷는 건 전혀 문제없는데 주택가 개들이 괜찮은가 하고 살폈지만 개들은 안 보였다. (나중에 그날만 안 보였고 개들이 많은 걸 알았지만.) 다행히 OJT 기간 내에 집을 얻었다.

얻은 임대주택

⑤ OJT 주말

2주간 홈스테이의 첫 일요일에 홈스테이 주인 아뚤라가 나를 위해 이 나라 휴양지 누와라엘리야에 갔다 오자고 한다. 캔디에서는 3시간 정도로 비교적 가까운 편이다. 일요일 아침 아뚤라 부부와 20대 초반 딸과 나 이렇게 넷이 아뚤라 차를 타고 이른 시간에 누와라엘리야를 향해 출발. (이 나라 교사들 역시 봉급이 그리 많은 편은 아닌데 아뚤라는 경제적으로 여유가 있는지 괜찮은 차를 갖고 있다.)

캔디 외곽을 나와서 차는 곧 한 집으로 들어간다. 아뚤라 큰형 집이라 지나가며 인사한단다. 20분 정도 같이 차 마시고 나오는데 그들의 독특한 인사문화를 봤다. 아뚤라 딸이 어른들에게 마당에서 인사를 하는데 흙바닥에 엎드려서 어른의 신발에 두 손을 댄 채 손등에 이마를 갖다 댄다. 우리나라의 큰절과 비슷하지만 좀 다른 독특한 인사다. 가면서 물어보니 이 나라에선 어른들에게 그렇게 인사한단다. 어른을 공경하는 마음으로 실내, 야외 가리지 않고 그렇게 인사한다. (나중에 학교에 파견 가서 학생들이 선생에게 그렇게 인사를 하는 걸 봤고, 스승의 날에 파견 온 지 얼마 안 되는 내게도 그렇게 인사하여 당혹스러웠다.)

다시 누와라엘리야 가면서 중간에 간식도 먹고 구경할 만한 폭포도 보여주며 갔다. 한 시간 정도 남기고 터널을 지나는데 갑자기 딸이 창문을 열고 환호성을 지른다. 이어 바로 터널은 끝나는데 내가 물어보기 전에 아뚤라가 설명을 해준다. 방금 그 터널이 이 나라의 하나뿐인 터널이어서 사람들이 여기 지나면 신나고 신기해서 으레 소리를 지른단다. 헐. 터널이 이것 하나라고? 크지 않은 나라임에도 중남부 내륙은 2000m 정도 높은 산지들인데 전혀 터널이 없다니…. 그것도 방금 그 터널은 길이가 500m 정도밖에 안 되어 보이는 짧은 터널이던데. 이 나라 교통이 얼마나 나쁜지를 알 수 있다. 산지가 많으면서도 터널을 뚫어 길 만들 생각을 못하고 정 필요하면 산을 구불구불 깎아서 길을 낸다. 오늘 가는 누와라엘리야 가는 길도 계속 좌우로 꺾이면서 오르락내리락한다. 이후 2년간 중부지방 다니면서 정말 많은 열악한 산길을 다녔다.

누와라엘리야에 도착했다. 차 문을 열고 깜짝 놀랐다. 누와라엘리야는 해발 1,950m로 이 나라에서 가장 높은 마을이라 춥다고 들긴 했지만 문을 여니 찬 바람이 쌩쌩 부는 가을 날씨다. 열대나라 여름에서 몇 시간 만에 가을로 바뀌다니 극적이다. 말로 들은 걸 체험하니 놀랍다. 영국이 식민지 삼으면서 열대의 이 나라에서 자기네 날씨와 똑같은 이 곳을 발견하고 이곳 누와라엘리야에 동양 최초의 골프장을 만들었다고 한다. 온통 영국풍의 건물을 지어서 지금도 그런 모습이 그대로 남아 있다. 추워서 갖고 간 츄리닝 상의를 걸치고 시내 구경을 했다. 5시쯤 이른 저녁을 먹고 출발. 누와라엘리야를 빠져 나오니 길거리에 야채장수들이 많다. 아뚤라가 차를 세우더니 아내와 야채 한 무더기를 산다. 누와라엘리야가 고원지대라서 배추 등 고랭지 채소가 싸고 싱싱하고 맛있어서 일부러 야채 사러도 온다.

아뚤라 가족

휴양지 누와라엘리야

도로변 야채상

⑥ 학과 사무실 못 들어감

OJT 두 번째주 수요일이다. 코워커 마담페루마는 영어를 전혀 못하고 나는 싱할라어 초보라 코워커와는 별로 얘기를 못 나누는 대신 세네위랏너는 영어가 가능하여 그와 얘기를 많이 나눈다. 세네위랏너가 내게 "내일은 과에 다른 일이 있어 학생도 없고 아무도 없는데 학교 나오겠느냐?" 묻는다. 내가 "오전은 학교에 있으면서 자료 보려 한다, 사무실에 어떻게 들어오냐?" 하니 마침 마담페루마는 없고 자기가 마담페루마한테 내게 키를 주라고 하겠단다. 오후에 나오려는데 둘 다 안보여서 세네위랏너에게 전화하니 마담페루마 얘기가 내게 키를 주는 건 어렵고 내일 학생을 통해 문을 열어주겠단다. 다음 날 아침에 와 보니 문이 잠겨 있다. 30분 지난 9시가 되어도 아무도 열어 주지 않아 세네위랏너에게 전화하니 계속 안 받는다. 그냥 나가도 되지만 기왕 학교에 나왔으니 오전은 있으려고 교장실로 가니 교장이 없다. 다시 부교장(Additional Director)실에 가서 부교장에게 상황을 얘기하고 문을 열어 달라고 하니까 "수업 없지 않느냐." 한다. OJT 왔는데 무슨 수업? 당연히 없지. 그러니까 이 사람 하는 말이 "수업 없으니 거기 들어가려 하지 말고 오전에 내 방에 앉아 있어라." 한다. 뭐라고? 이 사람 지금 뭐라는 거야? 내가 남의 방에 뭐하러 앉아 있단 말인가? 나라면 뭔가 일이 잘못되었나 보다, 근데 문은 열어 드릴 수 없다, 미안하지만 오늘은 그냥 귀가하시라, 이렇게 얘기해야 옳거늘 나보고 제 옆에 앉아서 대기하라니. 어이가 없다. 이 사람 뭐야 하는 심정이다. "필요없다." 하고 나왔다. 다음날 세네위랏너에게 항의조로 말하니 어물어물 변명한다. 마담페루마는 멀뚱멀뚱 딴청하고…

2년 생활하고 보니 이 사람들은 내게 열쇠 줄 생각이 없다. 나중에 이런 일이 있을 때 문은 다른 사람을 통해 열어 주었지만. 당시엔 처음이라 빈방에 나를 들여보내기 싫었던 거다. 안에 별것도 없고 온통 낡고 고장난 계측기뿐인데… 그렇다면 전날 오후에라도 내게 내일 오지 말라 얘기를 해줘야 내가 더운데 헛걸음하지 않지. 이 학교 첫 대면 시 내게 첫인상을 안 좋게 보이더니 영 불쾌하다. 부교장도 대응이 엉망이다. 선진국에서 이 학교에 도움을 주러 온 봉사단원인데, 나를 마치 학교 사환 정도로 생각하는지… 이 학교가 내가 정성을 쏟아가며 봉사활동 할 기관이라니. 시니어인 나는 교사들은 물론이고 교장, 부교장보다 나이가 많다. 그런 나한테도 이러니 만약 젊은 교사가 왔다면 어땠을까? 하찮게 알고 당연히 더 안 좋았을 텐데.

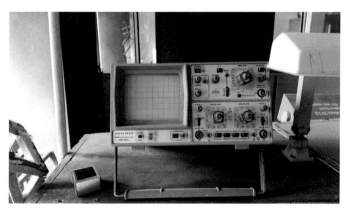
고장 난 스코프

2주차 마지막 날 토요일, 일찌감치 1등석을 예매해 놓아서 캔디 역에서 열차 1등석에 앉아 콜롬보에 돌아왔다. 2주간의 OJT 마치고 연수원에서 다시 만난 동기들이 반갑다. 하고픈 얘깃거리들이 한 보따리다.

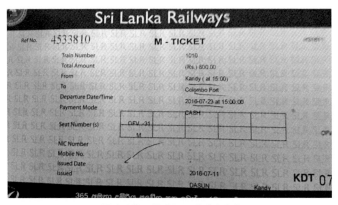

1등석 열차표, 종이로 A4지 반만 하다.

열차 1등칸

📢 **캔디(Kandy):** 콜롬보에서 132㎞ 떨어진 중부 내륙에 있으며 이 나라 사람들은 '캔디' 대신 '마하누와라'라고 더 말한다. 인구는 그리 많지 않지만 수도인 콜롬보 다음가는 제2도시로 인정하며, 영국에게 식민통치를 받기 전 싱할라 왕조의 마지막 수도였던 곳이다. 그래서 캔디 왕조 당시의 화려함과 함께 식민지 시대의 모습, 그리고 지금 현재 랑카의 모습이 모두 담겨져 있다. 캔디는 해발 540m의 고지대로 주변은 언덕으로 둘러싸인 분지다. 영국의 침략 전쟁 시 마지막까지 저항하던 중앙 산지의 수도 캔디가 함락되면서 스리랑카 전역이 영국 식민지로 되었다고 한다. 캔디 중심에 불치사(佛齒寺, 달라다말리가와)가 있는데 부처님의 치아사리를 모시고 있다고 하여 세계적인 불교 성지로 꼽는다. 시내는 좁은 도로에 많은 관광객들로 인해 항상 붐비고 도로를 메운 낡은 차량들이 내뿜는 지독한 매연이 분지 특성상 잘 빠져나가지 못해 시내 공기가 아주 나쁘다. 캔디가 왕조 수도였던 탓에 캔디안(캔디 사람)들은 자긍심과 프라이드가 대단하고 또한 캔디는 이 나라에서 가장 랑카다운 도시로 알려져 있다.

캔디 시내

언덕 위 불상에서 내려다본 캔디 시내

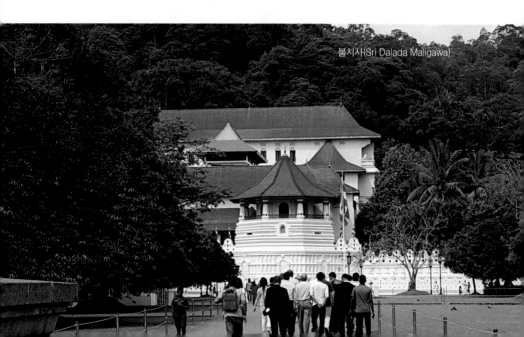

불치사(Sri Dalada Maligawa)

2) 신년 하례

2017년 1월 2일(월).

오늘은 개학. 부지런히 서둘러 평소보다 빠른 8시 15분에 학교에 도착했다. 교장실에 가서 새해인사를 하고 자리에 오니 조금 있다가 세네위랏녀가 출근하더니 교장실 앞 공간에서 새해 세리머니를 하는데 가자고 해서 갔다. 독특하다. 전 교직원이 모여서 가운데 장작 같은 걸로 불을 피우고 코코넛밀크를 끓이는 걸로 우리로 치면 시무식을 한다. 신기했다. 그리고 나서 둘러서서 차 한잔 같이 하며 얘기를 나누는 걸로 신년하례식을 한다.

신년 하례

1월 9일(월).

출근 직후 교장실에서 자주 보는 젊은 여자 교직원이 사무실에
왔다. 마담페루마와 얘기하다가 내게 다가와 차 한잔하러 가잔다.
무슨 일이냐니까 영어로 뭐라 하는데 발음을 알아들을 수 없다.
다시 캐물으니 영어가 짧아 더 설명을 못하고 가자는데 옆에서 마
담페루마가 "야무야무(갑시다)" 해서 무슨 일인지 자세히는 모르지

만 나도 "하리(오케이)" 하고 따라 나섰다. 회의실에 따라 들어가니 전 교사가 모인다. 조금 있다가 모두 차례로 일어서서 앞에 놓인 음식을 조금 덜고 차 한 잔씩 갖다 먹는다. 평소 얘기를 많이 나누는 영어과 교사 수지와(Sujeewa: 수지와는 한국어과 강○○의 코워커이기도 하다.)가 있기에 뭐냐고 물어보니 오늘 전출 가는 선생 둘을 위한 송별 자리란다. 나도 같이 먹고 나서 산만한 가운데 돌아가는 선생들도 있어서 자리로 돌아왔다. 다른 행사가 더 있는지 모르겠지만 이 학교 교직원이 많아 아직 내가 누구인지 모르는 사람들도 있을 텐데 더 있기가 뭐해서 그냥 나왔다.

3) 새해맞이 행사

2017년 4월 7일(금).

출근하니 학교가 어수선하다. 교문에는 현수막과 치장을 하고⋯. 이 나라 신년이 다음주인데 학교는 내일부터 방학이다. (랑카의 새해, 즉, 우리의 설날인 '알룻아우루두데이(Alut Aurudu Day)'는 보통 4월 14일이다.) 학생들도 오늘은 평소 교복으로 입는 츄리닝이 아니고 각양각색의 옷을 입었다. 오늘은 학교에 수업이 없다. 자리에 앉아서 컴퓨터를 켜고 잠시 메일을 확인하고 있는데 왠지 사방이 어수선하다. 강○○을 보러 한국어교실에 갔더니 문이 잠겨있다. 오늘 수업이 없으니 학생들만 나왔나 보다.

세네위랏너가 찾아와서 곧 새해맞이 세리머니 및 여러 행사가 있으니 나와서 구경하란다. 아, 그렇구나. 다음주가 '알룻아우루두데이'인데 내일 방학이니까 오늘 새해맞이 행사를 하는구나. 언제냐니까 바로 시작할 거란다. 그래서 어수선했구나. 나가서 보니 뒷마당에 사람들이 찼다.

이윽고 행사 시작. 전 교직원과 학생이 모이고 교장 아누라와띠가 마이크 앞에서 새해 인사 연설을 한다. 이어서 초대한 것으로 보이는 스님의 불공이 잠시 있었다. 그리고 몇몇 행사 후 교사와 직원들이 앞쪽으로 가는데 내 옆의 교사들이 함께 가자고 이끈다. 따라가니 차와 다과가 준비되어 있다. 잠시 다과를 즐긴 후 이어서 메인 행사가 시작된다. 이후 알록달록 차려입은 학생들의 댄스공연이 있었다. 여학생 8명이 아리따운 원피스를 입고 맨발로 풀 위에서 5분 넘게 전통음악에 맞춰 춤을 춘다. 이어 한두 가지 공연이 있고 다른 행사들이 이어진다. 한편에는 그네와 철봉대 같은 것도 있다. 수지와한테 물어보니 이 나라도 그네가 전통문화란다. 나라마다 그네가 있나 보다.

대강당에 들어가 보니 세네위랏녀가 학생들과 작업을 하는데 만들어 놓은 걸 보니 침대가 두 개 있고 가운데 구급약도 있다. 뭐냐 물으니 오늘 아이들이 행사하다가 다친 학생들이 나오는 것에 대비해서 간이양호실을 만들었단다. 하긴. 학교에 보건실이 없지. 그런데 간이양호실까지 만든 걸 보니 오늘 오후 늦게까지 할 모양이다. 오전 내내 구경하다가 나왔다. 오늘은 특별한 일도 없는데 계속 구경하고 싶지만 얘기 나눌 만한 사람도 없고 말도 잘 안 통하고 대화가 가능한 수지와도 바쁘고. 강○○ 있으면 같이 구경할 텐데…. 아무튼 퍽 신기한 행사였다.

알룻아우루무데이 행사

4) 택배

　추석과 설날에는 한국 코이카로부터 전세계 해외봉사단원에게
물품이 지급된다. 명절을 맞아 저개발국가에서 고생하는 봉사단원
들 격려차 보내는 격려품인데 고추장, 된장을 비롯하여 즉석카레,
라면, 한과 등 봉사단원들이 갈망하면서도 쉽게 구할 수 없거나 현
지 국가에서는 비싼 한국의 먹거리들이다. 커다란 박스에 가득 담
겨서 한국에서 외교행낭으로 코이카 파견국가 대사관으로 보내지
며 이를 각국의 현지 코이카 사무소에서 각 지역에 흩어져 활동하
는 단원들에게 현지 택배를 이용해 전달한다. 추석, 설날 이렇게 1
년에 두 차례 받는데 봉사단원은 임기가 2년이니 임기 중 모두 네
번 받는다. 이 격려품은 멀리 오지의 나라에서 고생하는 봉사단원
들에게 대단히 큰 기쁨인 바, 격려품이 올 때쯤이면 언제 오나 하고
모두들 목이 빠지게 기다린다.

　2016년 9월 22일.
　추석이 지난 지 일주일, 오늘에서야 추석 격려품이 왔다. 코이카
사무소 얘기는 "기본 방침은 최소한 명절 전에는 받게 해주려고 하

는데 전 세계에 보내다 보니 그러지 못하는 나라도 있다."고 한다. 게다가 열악한 택배 시스템이다 보니···. 점심 시간 직전에 전화벨이 울리는데 보니까 낯선 번호다. 받으니까 서툰 영어로 더듬더듬 말하는데 내게 물건을 갖고 왔다는 것 같다. 격려품인가 보다 짐작하고 어디에 있느냐, 내게 갖고 와라 하니 못 알아듣는 듯하다. 이디냐고 하니 교문에 있단다. 교문에 나가 보니 툭툭이 서 있다. 커다란 박스 하나에 내 이름이 써있다. 꽤나 무겁다. 내게 갖다 줄 것이지···. 그런데 아무런 연락도 없이 그냥 갖고 오네. 학교니까 내가 없으면 다른 사람에게 맡기려고 그러나? 내게 갖다 줄 생각은 안하고 교문에 도착해서 가져가라고만 하네.

암튼 받아보니 뿌듯하다. 내용물은 얘기를 들어 알고 있지만 집에 가서 뜯어 보니 이것저것 다양하게 있다. 좋네. 근데 초○파이, 몽○통통 등은 유통기한이 꽉 찼다. 오랜만에 먹고 싶기도 하고 무엇보다 한국 떠난 지 너무 오래되어 상할까 봐 빨리 먹어야겠어서 저녁은 몽○통통으로 때웠다.

2017년 2월.

전날 오후 늦은 시간, 퇴근하고 있는데 교장에게서 전화가 왔다. 어디냐고 하기에 퇴근 중이라고 하니 알았다 한다. 왜 그러냐 하니 내 우편물이 자기 방에 있단다. 내 우편물이 올 게 뭐 있고 그게 웬일로 교장실로 갔나?

아침에 출근하자마자 교장실에 가니 커다란 박스를 가리키며 가져가란다. 격려품이다. 격려품을 받아서 좋긴 한데 헐~이다. 지난번에는 학교에 와서나마 전화했었는데 어제는 분명히 내게 전화 온 것이 없는데…. 배달하는 툭툭은 아무런 얘기도 없이 갖고 와서 내게 전화도 없나? 그런데 나한테 전화도 안 한 물건이 또 행정실도 아니고 내가 근무하는 전자과도 아니고 (나한테 전화 없었으니 내가 전자과에 있는 걸 알 리도 없겠지만) 교장실에 가 있나? 겉표지에 한국 물품인 건 확인이 되니 맞다고 생각하고 학교에서 받아서는 교장실로 보냈나? 교장은 강○○ 이름이 아닌 내 이름이 있으니 내게 전화한 거였다.

무사히 받긴 했지만 택배 체계가 참 어설프다. 미리 전화도 없이 와서 대충 갖다 놓은 툭툭 배달원도 문제지만 제대로 확인도 안 된 물건을 받아서 행정실도 아닌 교장실로 보낸 학교도 특이하다. 내 물건임을 확인했으면 전자과에 갖다 놓든지….

단원들이 격려품 받은 얘기를 들어 보면 별 얘기가 다 있다. 단원 없는 시간에 배달원이 집으로 갖고 와서 집주인이 대신 받은 것은 지극히 당연한 사례이고 이웃집에서 받아서 전해 받기도 하고 이리저리 왔다갔다 하다가 겨우 받는 경우도 있단다. 친절한 학교에서는 학교장이 받아서 자기 차로 집에 배달해 주었다는 얘기도 들었고. 아무튼 개도국이라 택배 체계가 신통치 않다.

격려품 겉 포장

내부 편지

2016년 추석 격려품

단원들 중 한국에서 필요 물품을 소포로 받는 경우가 종종 있다. 이런 경우는 현지 택배가 아니고 우체국을 통해 전달된다. 그런데 집으로 배달되는 게 아니고 파견지의 지역 우체국까지만 전달된 후 단원들한테 찾아가라고 연락이 온단다. 우체국에 가면 소포를 모두 열어서 세금 부과할 물건은 세금을 받고 가져가게 한단다. 특히 전자제품의 경우 비싼 세금을 부과한단다. 개개인에게 직접 전달이 되지 않고 우체국에 와서 찾아가라는 것도 희한하고 게다가 일일이 개봉해서 확인하고 세금을 부과하는 게 우리 상식과는 많이 다르다.

5) 우편물 실종 사건

2017년 9월.

영수증 원본 등 서류를 콜롬보 코이카 사무소로 열흘 전 등기로
보냈는데 며칠 전 현지평가회의 때 코이카 사무소 한○○ 코디(女)
에게 물어보니 아직도 못 받았단다. 그래서 확인하러 우체국에 갔
다가 엄청 열 받았다. 등기가 안 갔으니 확인해 달라고 등기영수증
을 내미니 저쪽에 가서 문의하란다. 그래서 가리켜 준 창구로 가니
아까 거기 다시 가서 클레임 시트를 작성하란다. 도로 가서 얘기하
니 서류를 주고 작성하라 해서 작성했다. 영수증 보고 확인하면 될
것을 뭔 양식을 작성하라는지.

그런데 이건 시작이다. 다 써서 주니 인지를 붙여야 한다면서 인
지대 15루피를 내란다. 이런 어처구니없는 일을 봤나? 고객이 불만
있어서 찾아오니 접수하라면서 접수비를 내라니? "고객불만 접수하
는데 무슨 돈을 내라느냐? 내가 뭣 때문에 돈을 내야 하느냐? 보냈
나 안 보냈나 확인하라." 언성을 높이니 저희끼리 얘기하더니 그럼
인지는 붙이지 않겠다며 연락 준다고 전화번호 달란다. 적어주고
언제 연락 주냐 하니 3일 걸린단다. 이런~ 정말 어처구니가 없다.

당장 알아보라 하니까 못한단다. 참 한심하다. 서류가 문제되면 어쩐다? 한○○ 코디한테 전화하니 일단 사흘간 기다려보잖다.

사흘 지나도 연락은 없는데 바빠서 우체국에는 못 가보고 다시 한○○ 코디에게 전화해서 내가 국외휴가 가는데 아직 연락이 없다 하니 휴가 갔다 와서 통화하자고 한다.

📢 **루피 환율**: 파견 초기엔 1루피(Rs)=8원(₩) 정도였으나 지속적인 루피화 약세로 2018년도엔 1루피=7원 수준

2017년 10월.

보름간 한국에 국외휴가 갔다 온 후 한○○ 코디에게 문의하니 아직 못 받았단다. 어떻게 된 거야? 다시 우체국에 가니 오늘은 다른 여자다. 저번에 등기 확인해준다고 하고 아무런 연락이 없다 하니 오늘은 전에 있던 여자와 달리 적극적으로 발송대장을 뒤지고 찾는다. 이렇게 하는 게 맞는 거지, 먼저 그 여자는 도대체 뭐하는 여자란 말인가? 근데 뒤져도 모르겠다고 시내에 있는 우체국 본사에 가라는 둥 이해가 안 되는 말을 한다. 어이없어서 코이카 사무소의 현지인 직원 아누라다에게 전화하여 사연을 얘기하고 여기서 이렇게 말한다고 하니 그가 우체국 직원과 통화하더니 전하는 말이, 알아보는 데 시간이 걸리니 전화번호 남기고 오란다. 연락해 준다고 약속했단다. 그래서 전화번호 적어주고 나왔다. 이번엔 꼭 확인해서 전화 주겠단다.

다음날 오후 늦게 퇴근하는데 전화가 와서 받으니 예상대로 우체

국이다. 어제 그 여자는 챙겨줄 것 같았다. 하는 얘기가 내가 주소를 잘못 썼는지 반송이 되어 그 우편물은 지금 학교에 있다면서 받은 사람 이름도 알려준다. 행정실 여자란다. 제길~ 도대체 뭐하는 여자가 남의 것을 주인에게 갖다 주지 않고 한 달 넘게 갖고 있단 말인가?

10월 12일(목).

어처구니가 없다. 마담페루마와 학교 사람들.

출근하자마자 세네위랏너에게 그런 얘기하고 어제 우체국에서 알려준 행정실 직원을 함께 찾아갔다. 학교로 반송된 경위는 내가 서류봉투에서 발신자, 수신자 주소 위치를 바꿔 쓰는 바람에 그렇게 된 것이다. 그런데 왜 내게 전달이 안 되고…. 오래전에 온 등기우편이 왜 그냥 있는지 묻고 지금 편지 어디 있냐 물으니 행정실 직원들이 등기우편 대장을 살피곤 당혹스러운 표정으로 서로 한참 얘기하더니 교장실에 있다 하고는 가더니 한참 있다가 와서 하는 말이 마담페루마가 갖고 있다고 하며 그가 곧 이리로 온단다. 잠시 후 마담페루마가 갖고 왔는데 레터를 보니 더욱 어이가 없다. 봉투가 개봉되어 있다. 이게 내 편지인데 왜 개봉되어 있냐, 누가 뜯었냐 따졌다. 게다가 왠지 봉투가 두툼해 보이기에 열어보니 엉뚱하게도 마담페루마의 다른 서류가 같이 들어있다. 누가 뜯었냐 따져물으니 아무도 말 못하고 저희들끼리 얘기하더니 얼마 전 전출 간 전임 교장 아누라와띠가 뜯었나보다 하면서 지금 교장이 외근 중이니 부교장실로 가자고 하기에 따라 갔다.

　마담페루마, 세네위랏너, 행정실 직원과 함께 부교장을 만나러 갔다. 세네위랏너가 부교장에게 한참 설명하고 나서 내가 부교장에게 두 가지를 따졌다. 이건 내 편지인데 왜 뜯겨져 있느냐, 누가 함부로 뜯었느냐, 그리고 이게 왜 한 달이 넘도록 내게 전달이 안 되고 있었느냐, 물었다. 저희들끼리 한참 얘기하고는 개봉은 전임 교장이 한 것 같다고 둘러대면서 전달이 안 되었으니 아무튼 잘못되었다고 수긍을 한다. 더 말하기도 싫고 그냥 나왔다. 함부로 뜯은 것도 문제지만 마담페루마, 정말 이해가 안 된다. 겉봉투에 영문으로 내 이름이 써 있고 덧붙여 한글 이름도 있는데, 심지어 뜯어도 봤고 자기 서류를 같이 넣었으니 내용을 봤을 텐데, 거기 보면 누가 봐도 한글로 쓰여 있는데…. 바로 내 옆에 앉아 있으면서 내게 주기는 커녕 물어볼 생각도 안 하고 갖고 있었는지. 그 봉투는 개인 편지인데 안에 엉뚱한 자기 서류를 같이 넣고 겉봉투엔 이상한 부전지를 스테이플러로 찍어서 갖고 있다니. 정말 어이가 없다.

　오후에 강○○ 만나서 한바탕 푸념했다. 속상한 일 있어서 누구에게라도 털어 놓고 싶을 때 동료 단원 강○○이 가까이 같이 있어서 좋다.

6) 한국어과 도와주다

2017년 11월 9일(목).

한국어과 학생들의 한국어 면접이 있는 날. 한국어과 학생들은
자격시험에 한국어 면접이 있어서 이를 대비해서 학교에서 면접 연
습을 시킨다.

강○○이 며칠 전 내게 도움을 요청했다. 학생들 면접을 해 달란
다. 본인이 교사이며 자기 학생들이어서 옆에서 학생들을 평가하고
싶고 면접은 제삼자인 내가 해주는 게 좋겠다고 생각해서다. 같은
기관에 있으니 흔쾌히 돕기로 했다. 학교에 도착하여 한국어 반으
로 가서 애들 면접을 해줬다. 내가 면접관으로 면접을 진행하고 강
○○은 옆에서 지켜보면서 학생들을 평가했다.

2018년 1월 10일(수).

강○○은 임기를 마치고 지난 달에 귀국했는데 며칠 전 영어교사
수지와를 통해 한국어반 학생들의 졸업평가를 해 달라는 부탁을
받았다. 학생들 졸업평가 전에 강○○의 임기가 끝나서 귀국했던
것이다. 한국어과 선생이 귀국했고 후임 한국어단원이 아직 안 왔

으니 내게 부탁하는 건 당연하겠지. 평가 관련하여 묻고 싶은 게 있는데 강○○은 귀국했는데 SNS로 물어보기도 그래서 동기 한국어단원에게 전화하여 평가며 점수 등 어떻게 하는지 조언을 구했다.

9시 30분부터 한국어 회화시험(oral test)을 시작했다. 잘하는 애와 못하는 애가 뚜렷하다. 모두 9명 봤는데 세 명 정도는 아주 잘하는 반면, 두세 명은 못한다. 그중 두 명은 전혀 못하는 것 같다. "지금부터 내가 묻는 말에 대답하라." 해도 이 말을 못 알아듣는다. 그러니 더 이상 하기가 어려웠다. 1년 공부했다면서 어찌 이렇게 못할 수가. 수시로 잘하는 애를 들어오라 하여 통역해가면서 진행했다.

아직 다 끝나지 않았는데 두 명 남기고 잠시 화장실 다녀오니 이것들이 모두 면접실에 들어와서 내 자리에서 점수를 확인하고 있다. 이런~ 못된 것들. 혼내주고 싶지만 내 제자들도 아니고 잠시 평가만 하는 거라 그냥 참았다. 평가 끝나고 7명은 모두 평가점수를 매겼는데 못하는 두 명은 너무 못해서 점수를 못 주고 고민했다. 전혀 못하는데 몇 점을 줘야하나 하다가 합리적으로 주었다.

채점표는 부교장에게 전달했다.

시기리야: 랑카의 명소 1번지

3
랑카에서 살아가기
(동물 이야기)

1) 랑카 집에서의 삶과 동물들 ②

개 이야기

랑카의 개는 집개 외에 주인 없는 떠돌이 개도 매우 많다. 이 떠돌이 개는 주민들이 종종 주는 먹이를 먹거나 길거리에서 먹을 것을 찾아 먹고 다닌다. 헌데 이 나라는 떠돌이 개는 물론이고 집개들도 묶어 두지를 않는다. 그러니까 집개, 떠돌이 개 할 것 없이 주택가에 또는 길거리에 무방비 상태로 풀려있고 돌아다니는 개들이 늘비하다. 이것들은 우리나라 가정에서 키우는 애완견 같이 작지 않고 크다. 게다가 자기 영역을 보호한다고 행인들에게 호전적이다. 더구나 우리 같은 이방인에겐 더 심하게 짖고 난리다. 개는 상당히 위험하여 단원들이 물리는 사례도 있고 심지어 현지인들도 물린다. 개들이 접종을 제대로 받았을 리 없어서 물리는 날엔 한 달 이상 병원에 가서 주사 맞아야 하고 큰 곤욕을 치른다.

거리의 개들

개들은 어디든지 있다.

처음 얻은 집은 대문이 쇠창살로 되어 있고 들어오면 앞마당이 있고 집이 있으며 뒤로 넓은 정원이 있었다. 그런데 대문 쇠창살 아래 땅바닥이 경사져 있어서 완전하게 차단이 되지 않아 개들이 밑바닥을 기어서 수시로 들어온다. 앞마당에 나갔다가 개××가 들어와 있으면 몽둥이로 내쫓곤 했다. 이것들이 그래도 남의 집인 건 알아서 몽둥이를 들면 즉시 달아난다. 그런데 밤에 마당에 나갈 일이 있어서 현관문을 열 때 바로 문 앞에 커다란 개가 서 있는 경우도 있는데 기절초풍하겠다. 캄캄한 밤에 커다란 개가 바로 문 앞에 눈을 부릅뜨고 있으니…. 얼른 문 닫고 집안에 준비한 몽둥이를 들고 나와서 휘두르고 쫓아낸다. 개들 때문에 주변에서 굵은 통나무들을 구해다가 대문 아래를 막았다. 나중에 주인이 정원 전체 울타리를 다시 만들어 주면서 대문 아래까지 쇠창살로 막아 주었다.

마당에서 바라 본 대문

집은 도로에서 깊숙이 들어오는 주택가 안에 있는데 집에서 도로까지 가려면 두 군데 길이 있다. 한 군데는 파견기관 가는 방향인데 약 800m 걸어가야 도로가 나온다. (차들이 다니는 도로에도 개들이 있지만 도로의 개들은 큰 문제가 없고 주택가가 문제다.) 기관으로 출퇴근할 때 다니는 이 길 역시 개들이 있다. 그래도 이 개들은 처음엔 짖어댔지만 잘 다독여서 그 다음부터는 별일 없이 다닐 수 있었다. 문제는 시내 다니는 길인 다른 한 길이다. 약 600m 정도의 경사진 길을 올라가야 하는데 이 길의 개들이 문제다. 집에서 나와서 오십여 미터만 가면 네 마리의 개들이 있는데 이것들이 사납게 덤빈다. 여러 차례 봉변당할 뻔한 걸 그때마다 근처에 동네 사람들이 있어서 도와주었다. 이웃에 사는 집주인의 처삼촌 랏나야케에게 하소연해서 그 아저씨가 개들이 있는 앞집에 가서 개들이 덤비지 않게 해달라고 얘기했지만 자기네 개가 아니고 떠돌이 개여서 어쩔 수가 없다는 대답이다. 그 집에서는 단지 그 개들에게 먹이만 줄뿐 자기네 개가 아니란다.

'시내에 다니려면 그리로 다녀야 하는데 그 길을 안 다닐 수도 없고 어찌해야 하나 하다가 경찰에 도움을 청하기로 했다. 코이카 사무소에서 단원이 현지 파견가면 지역 경찰을 찾아가서 인사하라고 연락처를 주었는데 아직 못 갔다. 전화하여 약속을 하고 캔디 경찰서를 찾아갔더니 높은 사람이다. 모르고 찾아간 건데 캔디 경찰서장이다. 인사를 나누니 뭐 도움이 필요하면 얘기하라고 하기에 집 앞 개들의 위협을 하소연하니 부하 경찰을 불러서 도와주라고 지시한다. 경찰이 서류를 주고 작성하라기에 영문으로 내용을 빼곡히 쓰니 자초지종을 묻고는 가 보자며 나보고 차 있냐고 한다. 없다니까 부자 나라 사람이 차가 없냐는 표정이다. 얘기했듯이 난 봉사하러 온 사람인데 봉사단원이 무슨 차가 있겠냐 했다. 따라오라고 해서 따라가니 헬멧을 주며 오토바이 뒷자리에 타란다. (가난한 나라라 경찰이라도 승용차보다 거의 오토바이를 이용한다.) 헐~ 오토바이를 타본 적도 없는데 게다가 뒷자리라니. 어쩔 수 없이 처음 오토바이를, 그것도 뒷자리에 타는 경험을 했다. 이 나라에 와서 또 하나의 소설을 쓴다.

캔디는 540m 고지대이고 중심지 손바닥만 한 타운만 평지일 뿐 주변은 산지로 둘러싸인 분지이다. 그러다 보니 시내 경찰서에서 집까지 오는 데 언덕길을 오토바이 뒷자석에 타고 오르고 내리고 할 수밖에 없다. 인도도 없는 좁은 2차선 도로에 그냥 오르막내리막도 아니고 꼬불꼬불 꺾어진 도로를. 겁이 나서 간이 콩알만 하다.

문제의 개들이 있는 곳에 도착했고 그중 두 마리가 있다. 경찰에게 얘기하니 보고 나서 그 앞집 사람들을 불러서 싱할라어로 한참을 얘기한다. 그러고는 결론이 전에 얘기 대로 이 개들은 방견이다. 그래서 이 사람들에게 책임을 물을 수 없고 방견이라도 나라에서 어찌지 못한단다. 우리나라에서는 길거리 떠돌이 개는 나라에서 수거해간다 하니 자기네 나라는 불교국가라 그렇게 안 한단다. 사람을 공격하는 떠돌이 개들을 어찌하지 못한다니 우리 생각으로는 이해할 수 없다. 결국 나 스스로 해결하는 수밖에 없다. 몽둥이로 쫓아내거나 돌멩이로 공격하란다. 그럴듯하지만 몽둥이를 항상 갖고 다닐 수도 없고 돌멩이를 던져서 맞겠냐 그리고 설사 맞춘다 해도 그게 무슨 치명적이겠냐 하니 던지는 포즈만 취해도 개들은 본능적으로 움찔한단다. 그렇다 해도 그 길은 시내 갈 때만 이용하는 길이라 들어올 때는 항상 배낭과 양손에 생활용품을 가득 들고 오니 제대로 대응할 수가 없다. 더구나 항상 네 마리 개가 동시에 덤비는데 난감하다. 겁이 나서 그 길은 한동안 다니지 못하고 힘들어도 우회해서 다녔다.

그러던 어느 날 한 주택가에서 한 할머니가 지나가는데 주변의 개들이 사납게 짖는다. 그러니 이 할머니가 반사적으로 땅에서 돌 비슷한 걸 집어든다. 그러니까 신기하게도 개들이 움찔하고, 돌을 던지니 모두 도망간다. 어라~ 그러네. 다음날 길 걷는데 으르렁거리는 개가 있기에 나도 급히 길바닥의 돌을 집어 들고 던지니 역시 도망간다.

그렇다면, 하고 용기를 내어 며칠 후 시내에서 장을 보고 오는 길에 그 길로 들어섰다. 그 길을 안 다닌지 거의 두 달 만이다. 배낭에는 한 짐 잔뜩 짊어졌지만 행동에 불편이 없어야 하기에 양손은 자유롭게 하고 도로 입구에서 손에 쥐기 적당하고 파괴력도 있을 법한 돌멩이를 골라 양손에 두 개씩 쥐고 들어섰다. 언덕 저 아래에 개들이 보인다. 잔뜩 긴장을 하고 걸어갔다. 이것들이 멀리서 나를 보고 있다가 점점 가까워지니 예의 공격성을 보이려고 한다.

이럴 땐 선제공격이 중요하겠다 생각하고 조금 뛰어가면서 오른손의 돌멩이 한 개를 힘차게 던졌다. 즉각 반응이 온다. 이것들이 일제히 꽁무니를 빼고 달아난다. 힘껏 뛰어 쫓아가면서 연속해서 두 개를 더 던졌다. 네 마리 개들이 멀리 도망가서 보이지도 않는다. 성공이다. 신기하네. 그 후에도 항상 양손에 두 개씩의 돌을 쥐고 오면서 돌을 던지니까 돌이 던져지기도 전에 달아나더니 그 다음부터는 길에 앉아 있다가도 멀리서 내 모습만 보이면 도망간다.

한번은 개들이 안 보이기에 그냥 걸어가는데 집에 거의 다 와서 길가에 한 마리가 등을 보이며 내가 오는 것을 모르고 반대쪽 들판을 보고 있다. 이×× 봐라 잘 걸렸다 하고 손에 들고 있는 돌멩이를 뒤통수를 향해 힘차게 던졌는데 제대로 못 맞고 스쳐 맞았다. 이것이 놀라서 네 다리가 안보이게 달아난다. 달아나는 쪽을 향해 연달아 던졌더니 까마득한 곳까지 뛰어간다. 높은 곳까지 올라가서는 돌아서서 가쁜 숨을 몰아쉬며 내 쪽을 바라보는데 누가 던졌나 돌아보는 것 같다.

그 후로도 계속 나만 보면 달아나더니 언젠가부터는 이것들이 길 한가운데 앉아 있다가 (대부분 길 한가운데 앉아 있다.) 달아나는 것도 귀찮은지 내가 가면 일어나서 멀찍이 앉아서는 웅크리고 내 눈치만 본다. 여차하면 달아날 태세다. 한동안 계속해서 이들을 짱돌로 쫓아냈지만 이것들이 더 이상 나를 공격할 것 같지 않아 언젠가부터는 그냥 놔둔 채 걸어갔다. 그러니까 나중에는 이것들이 멀찍이까지 아니고 길 가장자리까지만 옮겨 앉아서 내가 지나가기만 기다린다. 달아나는 게 귀찮으니 이제 제발 그냥 놔두세요 하는 표정이다. 그 길은 이사 간 이후에도 파견기관 가는 출퇴근길이라 봉사활동 끝날 때까지 그 길로 걸어 다녔다. 참고로 처음 돌팔매질 이후 늘 메고 다니는 배낭 앞주머니에 항상 적당한 크기의 짱돌 네댓 개를 넣고 다녔다.

2016년 11월.

출근길 집 앞 골목길에서 개들이 싸운다. 개들도 자기들 영역이 있는데 아마 영역 싸움이겠지. 개 한 마리를 두 마리가 사납게 공격한다. 공격당하는 한 마리는 같이 짖으면서도 꼬리를 완전히 두 다리 사이 밑으로 감아 넣었다. 말 그대로 완전히 꼬랑지를 내린 모습이다. 신기했다. 심하게 물고 뜯고…. 한 마리는 크게 다칠 듯하다.

2017년 11월.

아침마다 하는 운동 겸 산책을 나갔다. 오늘은 주말이라 좀 많이 걷자 하고 평소 아침엔 안 가는, 길 건너 길로 갔다. 낮에는 가본 적 있는데 아침엔 처음이다. (참고로 개들은 아침과 저녁 이후가 사납다. 낮에는 더운 날씨에 보통 길옆에 늘어져 있다.) 길을 거의 나온 지점에서 개들이 사납게 덤빈다. 무려 6마리다. 그래도 아침 운동 시엔 항상 몽둥이를 들고 나와서 별로 걱정은 안 한다. 근데 오늘 개들은 여러 마리인데다 유난히 사납고 집요하다. 보통의 경우 사납게 달려들다가도 몽둥이를 휘두르면 떨어지다가 내가 쫓으면 달아난다. 근데 여기 개들은 달랐다. 사나운데다 여러 마리여서인지 이것들이 겁을 안 먹는다. 하지만 나도 아침 운동 나온 거라 맨몸에 운동화 차림이어서 몸이 가벼운데다 오른손에는 몽둥이가 있다. 겁나지는 않다. 현지인한테 듣기로 한 마리만 정확히 내리치면 모두 도망가고 다시는 내게 덤비지 않는다고 한다. 오늘은 한 × 쳐야지 하고 몽둥이를 휘두르는데 이것들이 내 손에 몽둥이가 있는 것을 알고 꼭 몽둥이 사정거리 밖, 즉, 나로부터 2m 정도 거리를 두고 짖고 덤빈다. 거리를 안 주니 도대체 때릴 수가 없다. 한 × 패려고 뛰어가면 재빨리 도망가면서 짖고 내가 물러서면 달려들고. 그냥 놔두고 가자 하고 돌아가니 또 달려들어서 물듯이 발끝까지 쫓아온다. 그러면 나는 다시 뒤돌아서서 휘두르고. 시간만 가고 한 × 해치우는 건 어렵겠어서 몽둥이를 휘두르며 10m 이상 전속력으로 쫓으니 모두 꽁무니를 빼고 멀찌감치 달아난다. 그냥 뒤돌아서 돌아가는데 다시 쫓아와서 달려드는 걸 바로 돌아서 몽둥이로 쫓고 돌아왔다. 가벼운 차림에 몽둥이가 있어서 전혀 겁나지는 않았는데 귀찮은 아침이었다.

얘기 듣기로 인구 2천만으로 크지 않은 이 나라에 약 200만 마리 이상의 개가 있는 것으로 추산되어 개가 참 많고, 상당수가 방견이다. 그리고 집개, 방견 포함하여 광견병 접종한 개는 20% 이내라고 한다. 또한 오래 전에는 방견을 나라에서 사살했다고 하는데 불교계의 반발로 사살이 없어졌다고 한다.

원숭이 이야기

랑카에서 원숭이는 산과 들에만 있는 게 아니고 주택가에서 사람들과 함께 산다. 주택가에서 담장을 타고 전깃줄을 걷는 원숭이를 보는 일은 매일 있는 일상이다. 서울 시내 모습과 별로 다르지 않은 콜롬보의 번화가 외에는 어디든 원숭이가 함께 있다.

주택가의 원숭이들. 원숭이들은 사람들과 같이 살고 있다.

처음 살던 집은 도로에서 멀어서 불편해서 6개월 후 이사갔다. 이사 간 집은 3층 단독주택이다.

2017년 3월 주말 아침. 전날 놀러 온 동기들은 아직 자고 있고 난 먼저 일어났다. 거주공간은 2층인데 환기도 시킬 겸 거실 베란다 문을 모두 열고 아침 준비 때문에 잠시 주방에 들어갔다. 5분쯤 되었을까? 느낌이 이상하여 주방에서 거실을 보니 세상에나! 커다란 원숭이가 거실의 넓은 탁자 위에 떡하니 앉아서 탁자 위에 있는 바나나를 태연하게 먹고 있는 것이 아닌가. 나와 눈이 마주쳤는데도 달아나지도 않고 멀뚱멀뚱 쳐다만 본다. 내가 거실 쪽으로 몸을 움직이니까 그제서야 천천히 일어나 달아나는데 그냥이 아니고 한 손으로는 먹던 바나나 송이를 들고 달아난다. 헐~ 이것이 그래도 창밖으로 달아났기 망정이지 집안에서 도망다녔으면 어쩔 뻔 했을까? 그 후 내가 거실에 있을 때만 베란다 문을 연다.

며칠 뒤 퇴근하고 집에 오니 기가 막히는 일이 있었다. 거실 바닥에 바나나 껍질 한 조각이 떨어져 있다. 어라? 하고 탁자를 보니 탁자 위에 바나나를 올려 놓았던 신문지만 있고 바나나는 없다. 기겁을 하겠다. 빈집인데 뭐가 들어왔구나. 주위를 살펴보니 3층으로 올라가는 계단에 또 바나나껍질 한 조각이 떨어져 있다. 그렇구나. 원숭이가 3층에서 들어왔구나. 3층에 올라가니 옥상 테라스문은 잠겨 있고 3층 방에 바나나 껍질뿐 아니고 남은 바나나 송이가 떨어져 있다. 이것들이? 하면서 살펴보니 맨 위 창문을 밀고 들어온

듯하다. 위 창문 두 개가 윗부분은 고정되고 아랫부분은 밀어서 여닫는 형태이다. 알고는 있었는데 일부러 밀지 않는 한 창문은 닫혀 있어서 그동안 신경 안 썼다. 근데 이것들이 창문을 밀고 들어왔던 것이다. 유리창에 원숭이 손자국이 선명하다. 헐~ 방바닥에서 2미터 넘는 창문을 기어 올라가는 것도 그렇고 밖을 보면 그냥 담벼락이고 3층 높이의 절벽인데, 이것들이 도대체 어쩌자고 담벼락을 기어 올라와 창문을 밀고 들어왔단 말인가? 짐작하건대 이것들이 2층 베란다에서 집안을 들여다보다가 탁자 위에 바나나가 있는 것을 보고서 3층 창문을 밀고 들어온 것으로 보이며, 먹다 남은 바나나가 있는 걸로 보아 아마 한참 먹고 있는 중에 1층에 내가 문 열고 들어오는 기척에 놀라서 바나나 들고 올라가서 달아난 모양이다. 먹던 바나나를 들고 3층에 올라갔지만 바나나 들고는 도저히 창문을 기어 올라갈 수 없으니까 바나나는 바닥에 팽개치고 창문 넘어 달아난 것으로 보인다. 지금 생각해보면, 만약 그때 원숭이가 3층 방까지 급히 도망은 갔으나 미처 창문을 못 열고 나가지 못한 채 있었다면? 빈집에서 원숭이와 한판 대결을 벌일 뻔 했다. 3층 넓은 집을 이리 뛰고 저리 뛰는 원숭이와 한판 대결이라…. 정말 끔찍한 상상이다. 즉시 못을 두드려 박아 창문을 폐쇄하고 3층 방문을 잠갔다.

이사 간 집

임기 종료를 얼마 안 남긴 2018년 4월경.

어느 일요일 낮에 정원이 어수선하다. 무슨 일 있나 하고 주생활 공간인 2층에서 창 너머 아래 정원을 보니 이게 웬일이래? 족히 100마리도 넘어 보이는 원숭이 떼가 몰려와서 난리다. 잭푸르트를 뜯고 바나나를 따서 먹고 던지고…. 지금까지 살면서 처음 보는 원숭이 떼의 침입이다. 모든 문이 닫혔으니 집에 들어올 걱정은 안 해도 되지만 참 희한한 일이다. 침대에 누워서 노트북으로 영화 보는데 창밖이 컴컴하여 보니 두 마리가 창문에 매달려 방안을 들여다보고 있다. 겁이 날 지경이다. 그러더니 이것들 중 일부가 지붕 위로 올라갔나보다. 지붕에서 와당탕 소리가 나고 한바탕 소란스럽다. 그날 특별히 나갈 일이 없어서 집에만 있었는데 네댓 시간 소란스러웠다. 지붕에서 뭐가 깨지는 소리도 들렸는데 괜찮을까? 마침 다음날 오후 폭우가 쏟아졌는데 걱정 대로 거실, 주방 두 군데서 비가 많이 떨어진다. 어제 이것들이 난리피우며 기왓장을 깨뜨렸나 보다. 주인에게 전화하니 다음날 바로 인부를 보내서 고쳐줬다. 인부가 지붕에서 일하다가 부르기에 마당에서 올려보니 깨진 기왓장을 들고 보여준다. 주인에게 원숭이들 얘기를 하니 그냥 놔둬라, 그것들 쫓는다고 새총을 쏘거나 하는 행동 일체 하지 마라, 그것들 자극하면 진짜 문제된다고 한다. 암만 많이 와도 창문만 닫고 있으면 안전하니 자극하지 말고 그냥 놔두란다.

  그로부터 일주일여 지난 어느 날 퇴근해서 또 한번 놀랐다. 베란다에 나가려고 문을 여니 항상 있던 슬리퍼가 없다. 이런. 또 뭔 일 있구나! 베란다를 살펴봤지만 베란다엔 없다. 아래를 내려다보니 저 아래 팽개쳐져 있다. 그렇다. 원숭이들이 집어던진 것이다. 이 집에 1년 넘게 살면서 없던 일인데 웬일인지. 임기가 이제 정말 두 달도 안 남았는데 남은 동안 별일 없기를…

2) 랑카 집에서의 삶과 동물들 ③

소 이야기

2016년 10월, 먼저 살던 집에서의 일이다.

어느 일요일 낮이었다. 거실에서 노트북을 보고 있는데 밖에 무슨 소리가 나는 것 같아 창밖을 내다보니 세상에. 앞마당에 커다란 소 두 마리가 들어와서 태연히 풀을 뜯고 있다. (집 구조는 대문을 들어오면 앞마당과 집이 있고 마당 끝자락 경사진 아래쪽으로 300평이 넘는 정원이 있다. 바나나, 코코넛, 파파야, 망고 등 열대 나무가 수십 그루 있고 풀이 덮여 있는 정원이다.) 아니, 이럴 수가…. 대체 이것들이 어떻게. 집을 둘러싼 울타리가 철저하지 못한 건 알고 있는데 남의 집 소가 태연히 남의 집 마당에 들어와서 풀을 뜯다니…. (이 나라는 소를 키워도 그냥 소들이 알아서 나가서 풀을 뜯어 먹게 풀어 놓는 경우가 흔하다.) 나가서 막대기로 땅을 두드리며 쫓으니까 이것들이 일단 비탈을 내려가서 정원으로 간다. 따라 내려가서 쫓으니까 정원 구석까지 가서는 더 이상은 버틴다. 너무 가까이 가면 덤빌까 봐 겁이 나고 조금 떨어져서 돌을 던져도 요지부동. 오히려 내 쪽을 보고 나한테 오려고 한다. 소니까 덩치가 있어서 더 어쩌지를 못하겠다. 그냥 들어왔더니 이것들이 다시 앞마당에까지 올라와서 풀을 뜯는다. 나가니까 또 천천히 정원으로 들어가고 나가지도 않는다. 주인 삼촌에게 얘기하니 와서 커다란 돌을 들고 내쫓는다. 그러니까 내가 쫓을 때는 우습게 알고 버티던 것들이 임자를 만났다는 걸 알고는 느린 듯한 소인데도 자기네들이 위험하다 생각되니 울타리를 뛰어넘어 나간다. 얼마 후에도 또 앞마당에서 풀을 뜯어서 쫓아냈다.

어느 휴일 낮이다. 거실에서 창을 등지고 탁자에 앉아 노트북을 보고 있는데 갑자기 천둥같은 엄청난 괴성이 들린다. 놀라서 돌아보니 이런. 거실 유리창 바로 코앞에서 소가 커다란 얼굴을 창에 바싹 갖다 댄 채 고함을 친 것이다. 기겁하겠다. 이게 정말! 몽둥이를 쥐고 소 눈치를 보면서 문을 열고 몽둥이 들고 나가니 또 슬슬 움직여서 간다. 아저씨가 인근 소 주인에게 소 풀어놓지 말라고 항의했다는데 별반 달라진 게 없다. 소들의 침입이 반복돼서 미국에 있는 집주인에게 상황을 얘기하고 울타리를 고쳐달라고 항의 메일을 보냈더니 여러 날 후 인부들이 와서 전체 울타리를 새로 만들어 줬다.

정원

다람쥐 소동

2017년 7월.

이사 간 집에서의 일이다. 아내가 한국에서 와서 일주일여 함께 지내다가 출국하기 전날 오전이다. 원숭이 때문에 평소 함부로 거실 베란다 문을 열어놓지는 않지만 청소할 때와 거실에 있을 때는 잠시 환기시키려 열기도 한다. 거실에서 아내와 차 마시면서 나갈 준비 중이라 베란다 문을 열어놓고 있었다. 그런데 거실에서 뭔가 거무스름하고 자그마한 게 획 지나가는 것을 봤다. 이크! 이게 뭐야. 방으로 들어간 듯하여 쫓아 들어가니 잽싸게 화장실 쪽으로 움직이는데 보니까 다람쥐다. 아이쿠! 다람쥐가 들어오다니. 사람이 있는데도 불구하고…. 우리나라 다람쥐는 갈색이어서 조금은 귀여운 느낌인 데 반해 이 나라 다람쥐는 잿빛에 가까워서 징그럽기만 하다. 귀엽건 징그럽건 다람쥐가 들어왔으니 큰일이다. 다시 방으로 들어갔는데 숨어서 안 보인다. 아내와 곧 콜롬보로 가야 하는데 시간도 없고 큰일이다. 그 방은 마스터 룸(master room)이고 욕실이 연결된 방이다. 확실하진 않지만 그 방에 있는 것 같다. 창문은 밀폐되어 있으니 나갈 구멍은 없고 다른 데 못 가도록 방문과 욕실 문을 닫았다. 그뿐 아니고 혹시 모르니까 모든 방문을 닫고 나머지 화장실 문도 모두 닫았다. (평소에는 혼자 있으니 창문 말고는 모든 문을 24시간 열고 생활한다.) 그러고 나서 아내와 콜롬보를 향해 출발한 게 오전 11시경이다. 콜롬보에 와서 하루 보내고 다음날 아내를 공항에서 보내고 캔디 집으로 다시 오니 밤 10시가 넘었다.

다람쥐가 집에 들어온 채로 나갔다 왔으니 현관문 열고 들어오면서 긴장이 되었다. 거실에 배낭 내려놓고 제일 먼저 마스터 룸을 조심스럽게 열고 들어갔다. 혹시 몰라 들어가자마자 문을 닫고 불을 켜니 저런. 욕실 문 앞에 다람쥐가 꼼짝 않고 있다. 내가 들어가고 불까지 켰는데도 그대로다. 이게 죽은 거야, 실신한 거야? 조심스럽게 나가서 덮칠 걸 갖고 들어와서 조심히 덮치니 죽어 있는 거다. 이것이 어쩌자고 남의 집에 들어와서 갇혀 있다가 죽었나. 그런데 오전에 나갔다가 다음 날 밤에 왔는데 하루 반나절 만에 죽는구나. 생각보다 생명력이 짧다. 멀리 나가서 버리고 들어왔다.

다행인 건 그 방에 들어간 상태로 갇혀 있던 것이다. 만약 거실이나 주방 어딘가에 있는 채로 나갔다면 이틀간 3층 온 집을 헤집고 다녔을 것이고 죽지도 않았을 것이며 어디 있는지 찾느라 고생했을 것이다. 또 하나, 욕실 출입문 앞까지 나와서 죽은 것이다. 물 먹으러 거기까지 와서 욕실에 못 들어가고 죽은 듯한데 만약 이것이 그 방에 안 보이는 곳에 숨은 채 죽어 있었다면? 나는 다람쥐가 어디 있는지도 모르고 살 수밖에 없고 시간이 지나면 죽은 다람쥐는 썩을 것 아닌가? 보이지 않는 곳에서 죽은 다람쥐가 썩어 가고 있다면? 더 이상은 상상하기도 싫고 끔찍하다. 버리면서 이것아 뭐하러 들어와서 목말라 죽었니 하고 측은한 생각이 들었고 보이는 곳에서 죽어 있어서 다행이라 생각했다.

그로부터 8개월여 지나 임기 종료를 얼마 안 남긴 2018년 4월경이다. 또 다람쥐가 들어와서 돌아다닌다. 나가라고 거실 베란다 문을 열어놓고 이리저리 쫓았지만 나가지도 않고 도망만 다닌다. 아유 귀찮아 죽겠구나. 겨우 한 방으로 들어가는 걸 확인하고 방문을 닫았다. 막대기를 준비하고 방에 들어가서 달아나라고 창문은 열어놓고 구석구석 살펴봐도 보이지 않는다. 장롱 밑 구석 사각지대에 숨어있나 보다. 다시 굵고 긴 막대기를 갖고 와서 장롱 아래를 두드리니 겨우 나왔다가 침대 밑으로 숨고 다시 쫓으니 도로 장롱 밑으로 도망다니며 도대체 열어놓은 창문으로 달아날 생각을 안 한다. 한동안 반복되다가 침대 머리맡에 있는 침대 높이의 수납장 뒤로 숨는다. 조심히 벽 쪽에 가까이 가서 내려다보니 벽과 장 사이 약간 삐딱한 좁은 공간에 몸을 움츠리고 있는 게 보인다. 공간이 어떨까, 좁은 공간이 제대로 밀어지지 않아 보이지만 그래도 내가 할 수 있는 거라곤 이것밖에 없다 하고 수납장을 있는 힘껏 벽으로 밀었다. 그런 상태로 5분 넘게 밀어붙였다. 그리고 이제 뭐가 이루어지지 않았을까 하고 몸을 풀어서 위에서 들여다보니 그 상태 그대로 있다. 일단 더 할 일은 없고 그대로 두고 방문 닫고 거실로 나왔다가 네댓 시간 정도 지난 후 이젠 끝났겠지 하고 다시 들어가 들여다보니 그대로 있다. 이젠 죽었거나 적어도 움직이지 못하는 상태로 보인다. 수납장을 들어내니 죽어 있다. 이것아 뭐하러 사람 사는 집에 들어왔단 말인가? 집어다가 내다 버렸다. 8개월여 만에 다시 다람쥐가 들어왔는데 임기가 거의 끝나가고 있으니 이젠 또 다람쥐가 들어오는 일이 없기를…

개미 이야기

랑카에서의 삶은 힘들다. 더위, 매연, 불편한 교통, 먹는 문제 외에 길거리 개들, 모기 등 해충들…. 살아가기엔 우리나라에서 상상도 못하는 어려움들이 많다. 그중에서도 집의 개미 문제는 단연코 세 번째 내로 꼽을 수 있다.

파견 가서 보니 집에 개미들이 있다. 데톨(소독약)을 사다가 희석해서 뿌리고 계피액을 만들어서 개미 길목에 적시고 식탁에는 못 오르게 식탁 다리에 파리 끈끈이를 붙이고…. 얘기 들은 대로 다양한 방법을 동원해도 끊임없이 나오는 개미들의 집요함은 대단하다.

2016년 10월.

간밤에 자다가 온몸이 가려워서 깼다. 시계를 보니 새벽 1시. 뭐지? 잘 때 개미들이 보이는 것 같던데 개미인가? 진드기인가? 한참 긁다가 못잘 것 같아 옆방으로 건너가서 겨우 좀 더 잤다. 이런 일이 없었는데. 요 며칠 별일 없더니 또다시 소설을 쓴다. 아침에 일어나 내려와서 침대보와 매트 커버를 몽땅 벗겨서 세탁기로 돌렸다. 집안의 개미들을 어찌하지? 머리가 아프다.

2017년 1월.

청소하다가 주방 개미 때문에 기절할 뻔 했다. 어제 대하 먹고 남은 찌꺼기를 비닐에 담아 두었는데 구멍이 났는지 비닐 주변에 개미가 새까맣다. 이 집 와서 그렇게 많은 개미 떼를 처음 봤다. 그런데 그 개미들이 도대체 어디서 들어오나? 그냥 눈에 띄는 정도의 개미들이 무슨 일이 있으면 어디 있다가 그렇게 몰려오나? 참 이상하다. 너무 많아 바퀴약으로 박멸하고 수많은 개미 사체들을 치우고 닦느라 한참 걸렸다.

2017년 2월.

이사할 집을 보러 가 보니 빈집에 몇 군데서 개미들이 벽을 따라 줄지어 오르고 있다. 집주인에게 개미가 많다 하니 빈집이어서 그렇고 들어와 살게 되면 곧 없어지니 걱정 말란다.

2017년 3월 2일(이사일).

이사하여 집을 보니 온통 개미 천지다. 바퀴약으로 개미군 집단에 무차별적으로 살포했다.

이사 4일째.

개미와의 전쟁. 집에 와서 먼저 비질을 다시 했다. 그리고 사온 데톨을 물로 희석해서 분무기로 개미 퇴치 작전. 개미 참 많다. 집 안 구석구석 뿌렸다. 하지만 주방에는 못 뿌린다. 사람 몸에 해로운 소독약이라서. 주방에 개미가 많은데… 밖으로 나와서 정원 쪽 집 건물 바깥벽을 보니 개미가 하나 가득이다. 닥치는 대로 뿌렸다. 얼마나 관리해야 개미들이 없어질까? 빗자루질과 소독만 했는데도 두 시간 가까이 걸리고 힘이 든다. 그리고 보니 먼저 살던 집은 이토록 개미 떼가 득실거리지는 않았는데 이 집은 이처럼 개미가 많다니. 개미가 있는 건 봤지만 퇴치하면 되겠지 했는데 얼마나 더 해야 하나? 한바탕 치우고 슈퍼에서 사온 개미 퇴치용 계피액을 만들어 놓고. 개미들을 어찌할꼬?

퇴근해서 청소하고 정원에 데톨 뿌리러 갔다가 깜짝 놀랐다. 오늘은 웬일로 바닥에 불개미들 천지다. 불개미는 이 집 와서 처음 본다. 붉은 색이고 보통 개미보다 훨씬 크고 굉장히 빠르고 사람에게도 기어오르고 난리다. 데톨을 마구 뿌렸는데 이것들은 크기가 커서인지 잘 안 죽고 흩어지기만 한다. 흠뻑 뿌리고 다시 이번엔 바퀴약 갖고 나와서 뿌려댔다. 죽은 건 많지 않고 도망가 버렸다. 별일 다 있네. 또 나타나면 골치 아프네. 불개미들 있을까봐 밤엔 절대 정원에 못 나가겠다.

개미. 오늘의 주제는 개미다. 근간에 집안에 개미가 안보여서 이제 개미 걱정 덜하고 살만 하다 했는데, 아침에 빨래를 널려고 빨래 건조대를 옮기다보니 건조대에 개미 ××들이 많다. 평소에 항상 현관문 밖에 내다두고 있지만 그런 적 없는데…. 건조대에 있는 개미들을 다 털고 빨래를 널었다. 오후에 바짝 마른 빨래를 걷어서 정리하는데 이런! 여기저기 개미들이 많다. 이게 도대체 웬일이래? 개미들이 빨래에 붙어있는 건 처음이다. 아침에 분명 빨래 건조대의 개미들을 전부 털었으니 이 개미들은 그 후 다시 건조대 타고 올라온 것들이다. 이것들이 도대체 뭐 먹을 게 있다고 빨래 위에 올라간단 말인가? 기가 막히네. 오늘 또 하나의 소설을 쓴다. 열심히 털고 살펴보고 수십 마리의 개미들을 잡아냈다. 그리고 말린 옷가지들을 모두 이 잡듯 샅샅이 뒤져 개미 없는 걸 확인했지만 그래도 한두 마리 숨어 들어갔을지 몰라 걱정이다. 그렇다고 빨래해서 말린 옷들을 다시 빨기도 귀찮고. 빈 건조대를 집 안으로 옮겨놓으며 앞으로 걱정이다. 그렇다고 볕이 좋은데 집안에서 말릴 수도 없는 일….

2017년 12월.

주방에 들어갔다가 기겁을 했다. 싱크대 오른쪽 옆이 온통 개미 떼 천지다. 요즘 개미가 안 보여서 좋다 하고 지냈는데 도대체 이게 웬일이람. 더욱 놀라 자빠지는 건, 정수기 안에도 개미가 바글바글하다. 불가사의하다. 그 안엔 그냥 맑은 물인데 개미가 뭐하러 정수기 속을 들어가나. 하지만 더 놀라운 건, 정수기 속으로 들어간 사실이다. 정수기는 코이카에서 받은 것인데, 필터를 교체하는 둥근 원통형 브리사 정수기로서 수돗물을 정수해서 쓰라고 개인마다 지급했다. 정수기 필터가 물통 속에 꽉 끼어 있어서 도대체 틈이 없는데 개미 xx들이 어떻게 그 사이를 비집고 들어갔나? 기절초풍할 일이다. 종이 한 장 정도의 틈도 없을 텐데…. 너무 놀랍지만 구경만 할 수는 없는 일. 한바탕 개미 퇴치를 해댔다. 주방이니 정말 질

색이다. 소독약을 뿌리면 온 그릇과 식기들을 모두 닦아야 할 상황이라 소독약도 못 뿌리고 일일이 휴지와 손으로 잡아냈다. 그러다 보니 적지 않은 개미들이 달아났다. 한바탕 퇴치하고 주변을 물걸레로 싹싹 깨끗이 닦았다. 다시 개미의 공격이라니.

2018년 3월.

캔디에서는 우리 입에 안 맞는 이곳 쌀(안남미)밖에 없어서 작년에 콜롬보에서 승용차로 올 때 쌀을 30kg 사왔다. 이를 5리터짜리 페트병 6개에 옮겨 담아 보관하고 그동안 먹고 있었다. 근데 네 번째 페트병까지는 아무 이상 없었는데 다섯 번째 페트병이 이상하다. 며칠 전 밥 지을 때부터 쌀 속에서 죽은 개미가 엄청 많이 나온다. 페트병 안으로 개미가 들어간 모양이다. 그런데 이해가 안 된다. 분명히 마개를 단단히 돌려 막아서 들어갈 틈이 없고 그래서 그동안 아무 일 없었는데…. 하나 남은 패트병은 어떨지. 그런데 마개 막은 페트병에 들어간 것도 이해 불가지만 개미가 왜 쌀 속에 있나? 그것도 참 이상하다. 쌀은 개미가 좋아하지 않는데…. 아무튼 불가사의의 연속이다. 쌀 씻을 때마다 많은 개미들이 떠올라 오니 쌀 씻는 시간이 배 이상 걸린다. 혹시라도 개미 먹을까 봐 살피고 또 살펴가면서 씻었다.

3) 랑카 집에서의 삶과 동물들 ④

그 외 동물 친구들

2016년 9월 7일.

아침에 또 한번 기겁했다. 일어나서 2층 방에서 창밖을 보다가 놀라 자빠질 뻔 했다. 쓰레기를 가져가는 날이어서 평소같이 쓰레기와 음식물 쓰레기를 비닐에 담아 전날 대문에 매달아 놓았는데, 비닐이 박살이 나고 대문 앞이 난장판이다. 고양이 짓이겠지. 세상에. 지금까지 그런 일 없었는데…. 갈수록 태산이다. 이제 쓰레기 버리는 것도 걱정된다. 치우느라 오늘은 산책도 못나갔다. 다시 주워 담아 매달아 놓고 밥먹고 출근하다가 두고 나온 게 생각나서 다시 되돌아 집에 갔다가 문 앞에서 또 놀랐다. 그 잠깐 사이 쓰레기 봉지를 반 가까이 찢어놓고 고양이×× 한 마리가 밑에서 처먹고 있다. 쫓아내고 다시 가면서 근심걱정이다.

2016년 9월 20일(화).

아침에 음식쓰레기를 걸어 놓으면서 우려했는데 역시나 고양이××들이 마구 뜯어놓았다. 피곤하고 힘들다. 동물의 왕국, 씁쓸하다.

2016년 9월 2일(금).

집에 와서 파리 때문에 또 한바탕 전쟁했다. 그동안 없던 파리가 갑자기. 정말 불가사의하다. 오늘은 침실에만 우글거린다. 침실 베란다 쪽 아랫부분 틈이 들어올 정도는 되어 보여서 스카치테이프로 봉해버리고 한참 잡았는데도 다 못 잡고 남은 것 같다. 자려고 침실 들어가니 아직도 파리가 꽤 있다. 문 닫고 옆방에 가서 잤다.

2016년 9월 3일(토)

오후에 어제 못 끝낸 파리 소탕을 마무리했다. 오늘 잡은 것만도 수십 마리다. 어제 오늘 침실에서만 엄청나게 잡았다. 문 아래 틀어 막았는데 그래도 들어온다면 정말 귀신이 곡할 노릇이다. 매일매일 새로운 드라마를 계속 쓴다.

그후 파리는 안보였다. 한 편의 소설이다.

2017년 3월 8일.

저녁 먹고 있는데 탁자 위가 이상해서 보니 아이쿠~ 이것들이 도대체 뭐란 말인가? 뭔지도 모르겠다. 날개 달린 개미? 아무튼 그런 이상한 날벌레들 수백 마리가 전등마다 달라붙거나 전등 앞을 날아다닌다. 이것들이 뭔지도 모르겠거니와 이것들이 도대체 어디서 온 거란 말인가? 이사 오면서 전체 창문을 방충망으로 막아 분명히 전부 막혔는데…. 혹시나 해서 다시 집안 전체를 둘러봤지만 열린 곳은 없다. 세상에 과학적으로 설명이 불가능한 것들도 많다. 아무 구멍이 없는데 이 이상한 것들은 갑자기 집안에서 만들어 졌다는 얘기인데…. 참으로 계속 소설을 쓴다. 믿기지 않는 얘기들이다. 암튼 잡긴 잡아야겠는데 바퀴약과 모기약은 있으니 뿌리면 되는데 그 밑이 식탁이니. 맛있게 밥 먹다가 밥맛도 싹 가서서 먹던 것 모두 치우고 약으로 박멸했다. 죽어 떨어져 있는 것들 빗자루로 쓸어내니 한 바가지다. 이젠 괜찮을까? 내일은 또 어떤 소설이 기다릴까?

2017년 3월 22일.

오늘도 저녁을 먹는데 날벌레들이 덤볐다. 매일 그런 것도 아니고 어쩌다 가끔씩 난리다. 도대체 이것들이 무엇이며, 어디서 날아온단 말인가? 다 막혀 있는데, 알아야 막지. 힘들다. 정말.

2017년 4월 25일.

밤에 커다란 바퀴벌레가 거실에 들어와서 혼비백산했다. 손바닥 반이 넘는 크기인데 그렇게 큰 바퀴벌레가 있다는 게 믿어지지 않았다. 도대체 어디서. 집 어디에 구멍이 있단 말인가? 먼저 살던 집은 여기보다 단순해서 절대 구멍이 없었는데 이 집은 더 커서 어딘가 구멍이 있나 보다. 너무 큰 바퀴벌레라 조금 겁도 나지만 잡아야지 어떡하겠나? 덩치가 크다 보니 움직임이 빠르지 않아 휴지를 두껍게 해서 손바닥으로 잡았다. 휴~ 나 없을 때 들어와서 자는데 침대에 어슬렁거리면 어쩔 뻔 했나 생각이 드는 게 모골이 송연하다.

2018년 3월 15일.

어젯밤에 풍뎅이같이 생긴 벌레가 엄청 큰 것이 둘이나 들어왔다. 생기긴 그런 모습인데 손바닥 반만 하다. 어찌나 큰지. 한 마리가 방 앞에 뒹굴어서 휴지로 집어서 창밖에 버렸는데 아침에 보니 변기 안에 또 한 마리가 있다. 물줄기를 세게 뿜으며 몇 차례 변기 물을 내리니 겨우 내려갔다. 그렇게 큰 벌레가 어디로 들어온 건가? 귀국할 날이 얼마 안 남았는데 아직도 미스터리한 일들이 많다.

2018년 3월 18일.

큰 벌레는 알고 보니 바퀴벌레다. 그런데 요즘 꽤 많다. 바퀴벌레라면 엄청 작은 틈으로도 드나드니 어디로 들어왔는지 모르겠다. 아니면 어딘가에 살고 있는지. 근데 평소 바퀴벌레는 전혀 보이지 않는데.. 그리고 무슨 바퀴벌레가 그리도 크단 말인가? 오늘도 두 마리나 잡았다. 모두 파리채로 때려 잡았다.

거실 창가에 엄지손가락만 한 커다란 벌이 있다. 이렇게 큰 것이 어디로 들어왔담. 나가려고 하지만 나갈 곳이 없어서 버둥대는 걸 파리채로 때려 잡았다.

2018년 4월.

혼자 북쪽 도시 자프나에 여행을 갔다. 게스트하우스에 여장을 풀고 자프나에 파견 중인 배○○ 단원 만나러 나오려고 다시 운동화를 신다가 기겁을 했다. 왼발 운동화를 신으려 발을 넣는데 갑자기 바늘로 콱 찌르는 엄청난 통증이 느껴져 깜짝 놀랐다. 양말을 벗어 발을 살펴보니 겉으로는 잘 모르겠다. 운동화 속에 뭐야 하고 운동화를 살피려니 그때 안에서 벌이 나오더니 낮게 난다. 세상에 나~ 운동화 속에 벌이 있다가 발이 들어가는 순간 침을 쏜 것이다. 이럴 수가? 침을 쏘고 비실거리는 벌은 바로 때려잡았다. 근데 벌이 어떻게 운동화 안에 있었나? 당연히 내가 들어와서 운동화 벗은 후 방에서 들어갔다는 말인데 방에 벌이 숨어 있었나? 게스트하우스 방은 에어컨이 설치되어 있어서 모든 창문이 밀폐되어 있고 빈틈이 없으니 들어올 곳이 없는데…. 원래 방안에 있던 거라면 먹을 것도 없는 방에서 이게 어떻게 살고 있었나? 들어올 때 나 모르게 따라 들어왔나? 설마…. 그리고 이 벌이 어째서 내가 방에 들어와 있는 동안 운동화 속으로 들어가 있단 말인가? 도저히 답을 모르는 의문만 가득하다. 발을 다시 봤다. 몹시 쓰리고 약간 부었다. 벌에 쏘이면 어찌 되는지 스마트폰에 검색해보니 먼저 벌침을 빼란다. 근데 아무리 살펴도 벌침이 안 만져진다. 살 속으로 들어간 모양이다. 벌침을 빼고 빨리 병원 가라는데 여기서 방법이 있나? 여기는 캔디가 아닌데 오늘밤에 심하면 어쩌나? 걱정된다. 일단 운동화를 다시 신고 약속 장소에 가니 배○○이 집에서 구급약을 갖고 나와 있고 나에게 찜질하게 해준다고 식당에서 얼음을 준비해 놓고 있었다. 일단 수건으로 얼음찜질하면서 식사했다.

　벌 쏘인 자리는 다음날 다행히 가라앉았다. 벌침은 피부 속에서 녹아 없어지기도 한다는데 그렇게 된 모양이다. 생전 처음 벌에 쏘이는, 별난 경험도 해본다.

2016년 10월 30일.

오늘 낮에 마당에서 뱀을 보았다. 길고 큰 뱀이었다. 이 나라 뱀은 거의 독사라 위험하다던데 마당 구석에 있었다. 인기척을 느껴서인지, 천천히 움직이더니 대문 밖으로 서서히 사라진다. 대부분 독사라 극히 조심하라고 교육받았고 그동안 그래도 뱀은 없어서 다행이다 했는데 조금 두렵다.

2016년 11월 3일.

아침에 침실에서 또 한번 쇼킹했다. 침실 바닥에 벌레가 누워있다. 커다란 벌레가. 길이는 손바닥 반이 넘고 굵기는 손가락 굵기. 검은 색의 이상하고 커다란 벌레가 침실 바닥에. 세상에나. 이건 또 뭐야? 언제부터 있었는지. 지나가다 밟았으면 어쩔 뻔 했나? 한동안 잠잠하더니 또 하나의 소설을 쓴다. 휴지를 두껍게 말아서 조심조심 다가가서 얼른 집어들자마자 화장실에 집어넣고 물을 내려버렸다. 벌레 집어든 손이 뭉클하고 이상했다. 그것 참~ 귀신이 곡할 노릇. 그렇게 큰 벌레 들어올 구멍이 어디에도 없는데. 천장에 구멍이 났나 하고 천장도 한번 쳐다봤다.

2016년 11월 26일.

강가를 걸었다. 오늘은 학교 인근 강가에서 특이하게 물소를 보았다. 동물원에서 보는 두 개의 활 같이 둥근 뿔을 가진 물소다. 세 마리가 같이 있다. 열대 나라라 그런 물소가 있겠지만 처음 봤고 외곽이긴 하지만 캔디시에 있다니. 야생인가? 아무튼 신기해서

사진 몇 장 찍었다. 내가 그것들을 보고 있으니까 그것들도 나를
계속 보고 있다.

강가의 물소

2017년 8월 26일.

집을 나오는데 집 앞 이면도로에 뭐가 있다. 뭔가 보니 죽은 박쥐였다. 박쥐를 가까이 보는 것도 처음이거니와 죽어 있는 박쥐라니.

길바닥에 죽어있는 박쥐

2017년 9월 11일.

자다가 또 온 몸이 가려워 긁다가 깼다. 시간을 보니 12시 반. 이게 무슨 일이야? 진드기나 빈대임에 틀림없다. 환장하겠네. 근데 참 이상하다. 침대보 빨아서 햇볕에 말린 게 그리 오래되지 않은데. 전에는 그보다 훨씬 더 되었어도 괜찮았는데. 그건 그렇다 치고 더 이상한 건 어제 낮에 잠시 누운 다음에도 무척 가려웠다. 그러니까 전날 밤에 잘 때는 아무 일 없다가 어제 낮에 누웠다 일어난 후부터 가려웠다. 그리고 어제 밤에 자면서 다시 진드기의 공격이 있었던 거다. 대체 알 수가 없다. 전날 밤엔 아무 일 없다가 어제 낮부터 그러니. 한동안 온몸을 긁었다. 자야 하는데 큰일이다. 한 30분 가까이 긁다가 지친 상태로 겨우 다시 잠이 들었는데 가려워서 긁는 꿈을 꾸었다. 누군가 약을 발라주는데 발라주면서 병원엘 가지 왜 이렇게 약만 바르냐 하기에 그래, 내일 병원가야겠다 생각하다가 다시 생각하니 아참! 여긴 한국이 아니고 랑카지? 병원은 쉽지 않지? 어쩐다 하다가 깨니 꿈이다. 자면서 가려워서 얼마나 힘들었으면 꿈까지 꾸다니. 눈을 뜨니 3시 반이다. 더 자기는 글렀다. 아침에 일어나서 비가 오건 말건 더는 못 덮겠어서 무조건 침대보를 세탁했다.

2017년 11월 20일.

아침 산책 중 땅바닥에 뭐가 있다. 살펴보니 달팽이인데 세상에~ 어른 주먹만 하다. 무슨 달팽이가 그리도 크담. 그저 놀랍다.

4

랑카에서 살아가기
(지역생활)

1) 이사

2016년 10월 15일(토).

    나가려는데 비가 오기 시작하더니 마치 폭포같이 쏟아진다. 날씨 변화가 정말 심하다. 한 시간 전에는 구름 한 점 없이 땡볕이 뜨겁더니 어떻게 이렇게 돌변할까? 처음 보는 열대의 큰 비 구경 좀 하자 하고 옷 입고 막 나가려는데 무슨 소리가 나기에 보니 거실에 물이 떨어지는 것 같다. 살펴보니 세상에나. 천장이 새서 물이 쏟아지고 있다. 그동안 큰비가 온 적이 없어서 몰랐는데 이제 보니 이 집은 비 새는 집이다. 보기엔 멀쩡해 보이는 집이 어찌 이럴 수가? 급히 대야 두 개를 받쳐 놓고 물을 받았다. 2층 높은 천장에서 쏟아지는 빗방울이 사방으로 튀겨서 엉망이다. 위로 올라가 천장을 불 비춰 보니 세 군데서 물이 쏟아진다. 사진과 동영상을 찍고 멍하니 있다 보니 두 시간 정도 쏟아지고 비가 멈춘다. 랏나야케가 와서 동영상 보여주고 2층도 살펴보니 이런~ 침실도 물바다다. 침실은 비 올 때 직접 보지 못해서 어디서 샜는지도 모르겠다. 랏나야케가 혀를 차면서 잘못 지은 집이네, 한다. 암튼 주인 동생한테 전화하고 내일 와서 보기로 했다. 안 그래도 도로에서 멀어서 힘든

데, 이사 가고 싶다. 하지만 이사하는 게 또 보통 일이 아니다. 집 알아봐야 하고 정리하려면 또 이것저것 얼마나 일이 많은지. 이집 와서 살 만하게 꾸미느라 내가 한 일이 얼마나 많은데…. 비도 오고 마음이 우울해서 김치전을 만들어서 혼술 했다.

다음날 주인여자 남동생이 와서 살펴보더니 비 새는 것과 집안 몇 군데를 고쳐주었다. 기술자인가 보다.

2017년 1월.

사는 집이 나쁘진 않은데 도로에서 너무 먼 게 큰 단점이다. 도로에서 꼬불꼬불 한참을 들어오니 쉽지 않다. 800m 정도인데 인적 없는 길을 꼬불꼬불 가려니 툭툭 탈 때마다 말썽이다. 툭툭은 미터기가 없기 때문에 흥정을 해야 하는데 흥정할 때도 비싸게 부르고 흥정을 하고 와도 소용없다. 이리 먼 줄 몰랐다는 핑계로 항상 더 달라고 떼를 쓴다. 내가 외국인이라 그러겠지만 멀다는 핑계 대기 딱 알맞다. 또 너무 깊숙이 있다 보니 밤이면 개 때문에 오도가도 못하고 갇혀있는 느낌이다. 물론 밤에 나돌아 다니진 않는데 그렇더라도 제약을 받는 게 싫다. 가까운 구멍가게라도 가려면 멀고. 얼마 안 있으면 입주 6개월이라 연장을 해야 하는데 이사 가야 하나 고민이 크다. 위치로 보면 당장 이사 가고 싶은데 사실 이사가 너무 힘들다. 그래서 고민이다.

하루는 퇴근하면서 집에 들어오니 집 옆의 공터가 평평하게 밀어져 있다. 잡풀이 어지러웠는데 아침에 나갈 때 포클레인이 들어오더니 밀었나 보다. 텃밭을 꾸미려나?

2017년 1월 19일.

5시쯤 일어나서 2층 방에서 창밖을 내다보니 이상하다. 아직 동트기 전 사방이 깜깜한데 내다보니 집 앞 공터에 차량이 들어와 있고 더 신기하게도 사람들이 있는 데 등불 같은 걸 몇 군데 밝혀 놓았다. 이게 대체 뭐란 말인가? 아침도 아니고 깜깜한 새벽에. 무슨 의식 같아 보인다. 그러다가 문득 어제 포클레인이 밀더니 여기에 집을 지으려는 건 아닌가 생각이 더럭 들었다. 아침 운동하러 나오면서 물어보니 걱정대로 집을 지을 거란다. 땅주인이라는 사람이 나를 잘 안다며 반갑게 악수를 청하는데 난 달갑잖은 심정을 표정 관리하며 반가운 척 했다. 땅주인은 다른 데 살고 있고 몇십 년 전에 여기 땅을 사 두었단다. 아니, 여기에 집이 들어서면 난 답답한데⋯. 집 2층에서 창문 밖을 내다보면 탁 터진 공터여서 참 좋았는데⋯. 더 큰 문제는 공사하는 내내 집 앞이 공사장이 되어 버릴 테니 바로 옆집인 나는 많이 피곤할 텐데 큰일이다. 땅 사놓고 오랫동안 가만히 있다가 하필 내가 여기 사는 동안 집을 지으려 한단 말인가? 이사하기 귀찮아 갈까 말까 고민 중인데 아무래도 이사 가야겠다. 어제만 해도 이사 힘들어서 그냥 지낼까 했는데⋯.

새 집 짓기 위한 의식 치르는 모습

1월 23일(월).

　이사할 마땅한 집을 찾았다. 가서 보니 여러모로 괜찮다. 집주인은 콜롬보에 살고 영국인이 임차해 살았다는데 현재 비어 있다. 3층 저택으로 지금 집보다 크고 온수도 나온다. 도로에서 멀지 않고 큰 슈퍼가 둘이나 가까이 있는데다 집 앞에 ATM도 있어서 시내에 안 나가도 된다. 캔디 도심에서 5㎞ 정도 외곽인 쿤다살레여서 크기 대비 저렴하다. 멀어서 출퇴근이 제일 신경 쓰였는데 가보니 다닐 만하다.

　며칠 후 계약했다. 3월 초에 이사하기로 했다.

이사갈 집

3월 1일.

　이사 전날, 이삿짐을 꾸리려니 암담하다. 6개월간 엄청 늘었다. 저녁 늦은 시간까지 꾸리다 보니 얼추 정리가 된다.

3월 2일.

오늘은 이사 날. 학교 밴에 짐 싣고 이사할 집에 도착하니 10시 쯤. 먼저 세탁기를 돌리고 집 안을 둘러봤다. 온통 개미 천지다. 준비해 둔 바퀴약으로 개미 군집에 무차별적으로 살포했다. 거미도 너무 많다. 눈에 띄는 대로 없앴다. 한바탕 소탕 작전을 벌이고 빨래 마당에 널고 이제 청소 시작. 빗자루로 3층부터 구석구석 쓸어 내려오니 흙먼지가 한 바가지다. 대단하다. 다시 걸레를 들고 구석구석 닦았다. 이 나라 사람들은 원래 집 안팎 구별 없이 맨발로 다니는 데다 3개월이나 빈집이었으니…. 걸레가 너무 새카매져서 1층, 2층은 다시 빨아 두 번씩 닦고 나니 녹초가 되었다. 그제야 짐 보따리를 집 안으로 옮겨놓고 나니 저녁 때가 다 되었다. 두 번이나 걸레질 했지만 두 번 가지곤 어림도 없는지 발바닥이 새까맣다. 샤워 후 맨발은 안 되겠어서 내 스타일은 아니지만 그냥 슬리퍼를 신었다. 밥 해먹을 힘도 없거니와 무엇보다 짐을 풀지 못해서 짐 보따리 뒤적여서 라면과 냄비만 꺼내서 라면으로 저녁 먹고 설거지하고 바로 침대에 누우니 그대로 취침.

3월 3일.

온몸이 천근만근 도저히 못 일어나겠다. 한동안 누웠다가 간신히 몸을 추스러서 일어났다. 밥도 없고 토스트를 만들어서 하나는 아침으로 먹고 하나는 도시락으로 담아서 출근했다. 오후 퇴근 후 다시 정리. 어제 못다 한 짐 정리. 이리저리 대강 옮기다 보니 발바닥이 새까맣다. 오늘은 청소할 힘은 없고 어제같이 슬리퍼를 신고 대강 정리했다. 싱크대 아래가 너무 지저분해서 닦고 살충제를 흠뻑 뿌렸다.

3월 4일(토).

이사 3일째다. 정리하는데 오전에 비가 쏟아진다. 근데 이게 웬일? 이 집도 천장에서 비가 샌다. 마침 주인한테 전화가 와서 비 샌다고 항의하니 내일 아침 오겠단다. 오후에 비 그치고 다시 짐 정리. 주방이 문제인데, 불필요한 것은 보조주방으로 옮기고 이리저리 궁리하다가 결국은 다 넣었다. 다시 대청소. 한바탕 쓸었더니 다시 흙먼지가 한 바가지다. 엊그제 그리도 청소했건만. 다시 걸레질. 1층, 2층은 오늘도 집중적으로 두 번씩 걸레질했다. 샤워하고 나니 온몸이 노곤하다.

3월 5일(일).

비도 새고 이것저것 손 볼 곳이 많아 오늘 집주인이 오기로 했다. 너무 피곤해서 아침도 못 먹고 있는데 집주인 전화가 왔다. 대문 앞이란다. 이런, 세상에…. 지금 시간이 8시 20분밖에 안 되었는데. 아침에 온다곤 했지만 콜롬보에서 오는 것이니 빨라야 11시나 되겠지 했는데 이렇게 일찍 오다니. 문 열어주며 생각보다 일찍 왔다, 몇 시에 출발한거냐, 하니까 새벽 5시에 출발했단다. 내가 요청하는데 일찍 와야잖겠냐고 한다. 정성에 감동하지만 아직 아침도 못 먹었는데…. 일찍 와준 건 고맙지만 예고 없이 이른 아침에 오는 바람에 아침은 꼬박 굶게 생겼다. 곧이어 일꾼 두 명이 들어오는데 모두 60대 후반 되어 보이는 할아버지들이다. 주인 포함 세 명이 종일 왔다갔다하면서 일을 하니 난 집안일도 못하겠고 할 일이 없다. 그래서 노트북 켜고 좀 보려니까 주인이 수시로 부르는 바람에 그것도 쉽지 않다. 그래도 이것저것 많이 챙겨준다. 오후 3시 반이나 되어서야 모든 게 끝났나 보다. 비 새는 지붕도 고치고 내가 요구한 것들을 다 해줬다. 주인이 가고 다시 본격적으로 청소했다. 엊그제 그렇게 청소했는데도 한바탕 쓸었더니 흙먼지가 쓰레받기에 하나 가득이다. 청소 후 밖에 있던 짐 보따리가 들어왔고 오늘 일꾼들이 개발바닥 같은 발로 하루 종일 다녔으니…. 한국의 아내가 병난다고 집안일은 이제 그만 하란다. 그러고 싶은데 당장 눈에 보이는 건 치워야 하고, 개미가 극성이니 개미 퇴치도 해야 하고…. 나도 대충 살고 싶지만 내 성격상 그럴 수 없다.

이사는 힘들다. 단원생활 하면서 이사하는 일이 없도록 해야지 정말 이사할 것이 못된다. 처음 집 구할 때 확실한 집을 얻는 게 매우 중요하다.

2) 청소기와 선풍기

이사 와서 보니 청소하는 게 힘들다. 실내 크기가 먼저 살던 집보다 1.5배 정도 되어 청소하는 게 훨씬 힘든 데다 집이 크다 보니 천정에서 뭔가가 쏟아져서 이틀만 청소 안해도 바닥이 엉망이다. 지저분한 걸 못 견디는 성격이라 하루 걸러 빗자루질과 걸레질로 청소를 해대는데 너무 힘들다. 무엇보다 허리를 구부리고 빗자루질을 하는 게 허리가 부러질 듯 아프다. 먼저 집은 크기가 조금 작다 보니 지금같이 힘들지는 않았다. 전에 강○○과 얘기하다가 자기 집에는 청소기가 있다는 얘기를 들었는데 그냥 흘려들었다. 먼저 살던 집에는 굳이 청소기가 필요하지 않았으니까. 그런데 이사 온 집은 청소하기 너무 힘들다. 강○○과 얘기하며 그 얘기를 했더니 청소기 있으면 엄청 편하단다. 내게 이사올 때 집주인에게 청소기 사달라고 하지 않았냐 하며 지금이라도 얘기해보란다. 청소기 좀 보자 하여 강○○ 집에 가서 청소기를 봤다. 무척 좋은 청소기이고 비싸 보인다. (강○○ 집은 오래 전부터 코이카 단원들이 임차해서 생활해 온 집이라 이것저것 필요한 물품들이 대부분 구비되어 있다.)

또 이 집에 이사 와서 보니 먼저 집보다 더워서 선풍기가 필요하다. 캔디가 다른 지역보다 조금 덜 더운 데다 먼저 집은 창문 위 공간이 모두 터져 있어서 환기가 잘 되어 가만히 앉아 있으면 그리 덥지 않아서 선풍기가 없어도 괜찮았다. 그런데 이 집은 창문 윗부분이 거의 막혀 있어서 덥다. 밤이면 모를까 낮에 거실에 앉아 있으면 땀이 흐른다. 선풍기도 필요한데…. 이사 오기 전에 주인에게 청소기, 선풍기를 사달라고 했으면 분명 사주었을 텐데 그때는 그것들이 필요할 줄 몰랐다. 얘기는 해보겠지만 이제 얘기하면 이미 이사 와서 살고 있으니 안 사줄 텐데….

2017년 3월 19일(일)

이사 온 지 보름 정도 지난 일요일. 오늘도 집에 도울 일이 있어서 집주인이 왔고 일꾼들과 이것저것 도와준다. 집주인 필라(Pila)에게 청소기와 선풍기를 사달라고 얘기했더니 역시 난색을 표한다. 요구가 너무 많다며 웃는다. 주변에 안 쓰는 것 있나 알아보고 있으면 갖다 주겠단다. 조금 아쉽다. 이사 올 때 사 달라 요구할 것을. 청소기가 급해서 일단 사야 할 것 같다. 내가 너무 힘들다.

2017년 3월 21일(화)

청소기를 샀다. 어차피 살 것 하루라도 빨리 사는 게 내가 편할 것 같아서. 일단 내가 산 후 주인에게 다시 얘기해 보고 돈을 주면 다행이고 안 주면 중고품을 처분하거나 (단원 중엔 구입했던 물품을 귀국하면서 중고품으로 처분하는 일도 종종 있다.) 그게 어려우면 남아 있는 단원에게 기증하지. 여기저기 찾아다니고 흥정해서 8,190루피에 샀다. 청소기로 청소해보니 청소 시간은 비슷하지만 허리 구부리지 않고 밀기만 하면 되니 훨씬 편하다. 그리고 빗자루질보다 훨씬 깨끗하게 되어서 걸레질은 자주 안 해도 괜찮겠다.

2017년 4월 8일.

3,950루피 주고 선풍기도 사고 청소기를 3층 전체 끌고 다닐 수 있도록 긴 전원코드를 1,000루피에 샀다.

청소기와 선풍기가 있으니 편하고 덥지 않다.

3월 초 이사 올 때 6개월 계약을 하고 왔으니 8월 말이면 임대 재계약을 해야 한다. 임기 마칠 때까지 이사 가지 않고 살 생각이지만 코이카 규정상 일단 6개월 단위로 계약을 한다. 집주인 필라에게 청소기, 선풍기 비용을 달라고 해야 하는데 재계약 시 다시 얘기를 해봐야지 하고 있었다. 전화로 얘기하면 단순한 대화밖에 이루어지지 않을 것 같아 재계약을 앞두고 메일을 보냈다.

8월 12일.

이달 말이면 재계약. 필라가 생각할 시간도 줄 겸, 여유를 가지고 장문의 메일을 썼다.

"…필라, 이 집에 와보니 다 좋고 잘 구비되어 있는데 얘기했던 대로 청소기와 선풍기가 없어서 아쉽다. 이사 오기 전엔 몰라서 부탁을 안했는데 와서 보니 이 집엔 꼭 필요한 물품들이다. 그건 당신도 인정할 거다. 그래서 지난번에 요구했던 것인데 곤란하다고 하여 아쉬웠다. 그래서 할 수 없이 내 돈으로 두 가지를 샀다. 전원 연장 코드 포함하여 모두 13,000루피가 들었다. 알다시피 나는 임기 끝나면 떠날 사람이고 그 물건들은 내겐 더 이상 필요없다. 그래서 부탁하는데, 물품 구입 대금을 내게 주면 고맙겠다. 단, 당신 동의없이 내가 산 것이기 때문에 전액 다 달라는 건 내 욕심인 듯하여 비용의 70%인 9,000루피만 주면 좋겠다. 제품의 영수증은 물론 갖고 있다. 당신이 알고 있듯이 이번 달 말이면 임대계약이 끝난다. 내 요구를 받아들인다면 나는 기쁜 마음으로 재계약하겠다. 그리고 당연히 그 물건들은 집에 두고 가겠다. 하지만 받아들여지지 않는다면 재계약 여부를 심각하게 재고하겠다. …"

메일에 청소기와 선풍기의 사진을 첨부로 보냈다. 물론 이사가 장난이 아니어서 안 준대도 이사는 못 가겠지만 일단 요청은 했다. 그리고 내심 받아줄거라고 생각했다. 현지인들 입장에서는 코이카 단원에게 임대주는 게 이만저만 좋은 일이 아니다. 임대료 적잖게 받지, 임대료 못 받을 염려 없이 오히려 6개월씩 선불로 받지, 혼자 사니 무척 깨끗하게 쓰지….

며칠 후 필라로부터 회신이 왔다.

"알겠다. 요청한 9,000루피는 이달 말 재계약하러 가기 전에

계좌로 송금해주겠다."

이렇게 청소기와 선풍기 구매 건은 마무리되었다. 내 비용이 조금 들었지만 사는 동안 편히 쓸 수 있어서 좋았다.

청소기와 선풍기

3) 전기요금 문제

　랑카 거주지 생활을 하면서 전기요금과 수도요금은 고지서가 나오면 개인이 시내에 나가서 납부해야 한다. 아파트가 아니기 때문이다. (참고로 랑카의 아파트는 수도 콜롬보에만 있는데다 비싸다. 단원들에게 지원되는 주거비로는 아파트는 언감생심 입주할 꿈도 못 꾼다. 그래서 콜롬보 단원들도 아파트가 아닌 주택에, 그것도 멀리 외곽의 주택을 얻어서 산다.)

　이 나라는 강수량이 많아서인지 수도 요금은 무척 싸다. 그래서 물은 아까운 줄 모르고 펑펑 쓴다. 아프리카 파견 단원들은 대부분 물이 부족해서 샤워나 빨래 등을 제대로 못한다고 들었지만 여기서는 딴 나라 얘기일 뿐이다. 단지 단수가 흔하긴 하나 내가 살던 집들은 괜찮은 집이라 커다란 물탱크가 지붕에 있고 물탱크의 물을 받아 쓰는 형태인데 물탱크에 항상 물이 가득 담겨 있어서 설사 단수되더라도 일주일은 물 걱정 없이 살 수 있다. 그래서 랑카 사는 동안 물은 신경 안 쓰고 살았다.

　전기의 경우도 열악한 전력 사정상 수시로 단전이 되어 힘들다. 어떤 때는 20시간 이상 전기가 안 들어와서 냉장고 음식들이 모두 상하고 전기밥솥으로 밥을 못해서 가스레인지에 라면 끓여 먹고 밤에 촛불 켜고 있다가 잠든 적도 많다. 전기 요금은 검침원이 매달 집을 방문해서 계량기를 확인하고 즉석에서 전기요금을 계산해서 고지서를 작성해서 발부하는 형태다. 1층, 2층을 주인과 나눠 쓰는 단원의 경우 계량기가 따로 설치되어 있지 않으면 주인과 상의하여 전기요금을 분담하고 살기도 한다던데, 나의 경우 독채를 혼자 쓰고 있어서 계량기 나오는 대로 내가 부담한다. 처음 살던 집에서는 전기요금이 300루피 내외 나왔다. TV, 에어컨 없고 작은 냉장고와 전등뿐이니 얼마 안 나왔다.

2017년 3월.

이사 간 집에서 처음 전기요금이 나왔는데 2,500루피나 된다. 헐~ 3월 마지막 주말 집 주인 필라가 집안일을 도와주러 온 날 전기요금 얘기하고 영수증을 보여주니, 내가 3월3일에 왔으니 이번 달 전기료는 자기가 내겠다고 한다. 전기요금이 꽤 비싸다, 먼저 집에는 이렇지 않았다 하니 이 집은 냉장고가 두 개인데다 무엇보다 지역마다 전기요금이 다르단다. 전에는 캔디에 살았는데 이 집은 캔디 외곽인 쿤다살레여서 차이가 있나보다. 그리고 많이 쓸수록 누진세가 크단다.

2017년 4월 27일.

대문 우편함의 전기요금 청구서를 보고 또 놀랐다. 이번 달에도 전기요금이 많이 나왔다. 무려 3,200루피. 저번 집에서는 300루피 정도였는데 냉장고가 두 개라도 그렇지, 그리고 이번 달부터는 청소기를 쓰느라 전기 좀 쓰긴 하는데 아무리 그래도 먼저 집보다 너무 비싸다. 신경 써야겠다. 필라한테 전화하니 누진세가 크니 꼭 필요하지 않다면 냉장고 하나는 사용하지 말란다. 다음날 바로 큰 냉장고 전원을 뽑았다. 혼자 사는 데 작은 냉장고 하나여도 충분하다.

5월 24일

집에 오니 마침 전기 검침원이 검침하고 고지서 놓고 갔는데 세상에. 6천 루피가 넘게 나왔다. 며칠 전 우연히 계량기를 보니 저번에 잘못 예측해서 보낸 것 같기는 한데. 누진세도 크고. 아무튼 이번 달부터는 냉장고도 껐으니 살펴봐야지. 다시 필라에게 전화하니 랑카는 누진세가 크다, 청구서에 나와 있을 테니 한번 살펴봐라한다. 그리고 집이 비어있으면 검침원은 최근 사용량을 감안하여 추정해서 청구한다고 한다. 청구서를 유심히 살펴보니 전력을 와트(watt)가 아닌 유닛(uint)으로 표기하는데 유닛 사용량당 누진세가 기하급수적이다. 검침원이 빈집에 와서 대강 추정하고 갔으니 전기 사용량을 제대로 쓴 것 같지도 않은데 내가 확인을 할수 없으니….

그후 한 달 내내 거의 매일 마당에 있는 계량기의 숫자를 확인했다.

6월 24일.

전기요금 때문에 열 받아 미치겠다. 며칠 전 집 앞에서 앞집 아진
따를 만나서 전기검침 언제 오냐고 물으니 24일에 온다 했다. 그래
서 오늘 아침 아진따를 불러서 오늘 내가 없으니 알려주라고 하고
미터(유닛)를 알려 주려 하니 엊그제 왔다 갔다고 우체통을 보란다.
기겁을 하고 보니 청구서가 있는데 무려 3,836루피. 이번 달 75유
닛밖에 사용 안했는데… 검침원이 엊그제 빈집에 와서 167유닛으
로 추정한다는 청구서를 작성해 놓았다. 전기요금 때문에 엄청 신
경 쓰는데 정말~~ 실제는 800루피 이내 나와야 할 것을 엉터리로
사용량을 적은 데다 누진세까지 적용되어서 네 배 이상 나온 것이
다. 이번 달에도 또 엉뚱하게 청구될까 봐 엄청 신경 썼는데 결국
또 이렇게 되었다. 환장하겠다. 이를 어째? 누진세만 적용 안 되어
도 그냥 내고 다음 달에 적게 내면 되지 할 텐데 누진세 때문에 억
울하게 내게 생겼다. 지난 달에도 억울하게 누진세 적용 받았는
데… 필라에게 메일로 내용을 설명하고 도움을 청했다.

"전기요금 때문에 매우 upset 되어 있다. 전기 절약을 위해
지난 달 큰 냉장고 하나를 껐고 밤에는 촛불을 켰다. 지난
달 매일 계량기를 확인해서 사용량을 적었다. 그리고 계량기
확인 결과 한 달 동안 75유닛을 사용한 것을 확인했다. 헌데
검침원이 지난 주 아무 얘기 없이 빈 집을 방문했고 엉터리
고지서를 놓고 갔다. 청구서는 3,836루피로 적혀있는데 이는
무척 잘못된 것이다. 전력사용량이 틀렸고 청구서는 누진세
때문에 아주 잘못되었다. 실제 지난 달 75유닛 사용했고 이에

따라 800루피 이내 요금이 청구되어야 맞으나 169유닛을 사용한 것으로 추정하여 엉뚱하게 3,836루피가 청구되었다. 빈집에 와서 이렇게 엉터리로 적어 놓고 가는지 어이가 없다. 청구서 대로 못 내겠다. 검침원이 다시 집에 와서 청구서를 수정해주기를 바란다. 전력회사에 전화 좀 부탁한다. 내가 어디로 전화해야 하는지를 몰라서 도움을 청한다."

메일을 보냈더니 전화가 온다. 전력회사에 연락해서 다시 가라 할 테니 집에서 확인시켜 주든지, 시간이 안 되면 정확한 미터를 적어서 대문에 붙여 놓으란다. 다음 날 일단 대문 계량기에 있는 현재의 유닛을 적어 놓았다. 주인 말대로 되면 좋겠다.

이번 달 전기요금은 안 내고 기다렸지만 수정된 청구서를 주지도 않는다.

7월 22일.

오늘 검침원이 온다 하여 대문에 현재의 계기량을 붙여 놓고 기다렸지만 아무 소식이 없다. 늦은 저녁에 밖에 나가보니 언제 왔다 갔는지 우편함에 청구서가 들어있다. 청구서 보고 또 엄청 열 받았다. 지난 달, 이번 달 합쳐서 3,866루피를 내란다. 그 검침원 정말 형편없다. 지난 달 잘못 처리했다는 것을 확인했으면 정정해서 청구할 것이지. 이번 달도 전기를 조심해서 사용해서 76유닛을 써서 두달 동안 1,500루피 내야 맞는 건데 모두 3,866루피를 내라니….
환장하겠다. 엄청 화가 나서 필라한테 이번에 조정해 줄 거라고 하고선 이게 뭐냐고 다시 장문의 메일을 보냈다.

"전기고지서 때문에 미치겠다. 오늘 검침원이 온다고 해서 대문 밖에 현재의 계량기 숫자를 적어 붙여놓고 종일 기다리다가 조금 전 우편함에서 청구서를 봤다. (검침원은 심지어 대문 노크도 없었다.) 청구서를 확인하니 놀라 자빠지겠고 매우 화가 난다. 두달치 모두 3,866루피가 청구되어 있다. 청구서에는 이번 달 내가 제로유닛(전기를 안 썼다는 의미)을 사용해서 30루피를 청구한다고 되어있다. 그래서 지난달 청구서 3,836루피 포함, 3,866루피를 내라고 한다. 이를 어떻게 생각하느냐? 그는 정신 나간 사람이다. 난 지난 달 청구서에 동의한 적이 없다.

쉽게 설명하면, 6월에 75유닛 사용하여 750루피, 7월에 76유닛 사용하여 760루피, 두달 합쳐 1,510루피 청구해야 한다. 그런데 그 정신 나간 작자는 지난 달 엉뚱하게 누진세가 잔뜩 가산된 것 포함, 두 달 전기료 합쳐서 2,356루피 더 많은 3,866루피 내라고 한다. (3,866-1,510=2,356)

당신이 이번 달 청구서는 조정될 것이라고 했는데 왜 이런지 모르겠다. 난 전기를 많이 사용하지 않았기에 누진세 적용은 옳지 않다. 그 정신 나간 작자는 왜 조정을 안 해줬나? 난 2,356루피를 더 낼 생각이 전혀 없다. 당신이라면 아무 이의 없이 이를 내겠나?

전에 얘기했듯 지난 번 집에서는 한 번도 500루피 이상 낸 적이 없다. 이사 온 게 무척 후회된다. 다시 얘기하지만 돈 더 낼 생각이 없다. 필라, 도와 달라."

필라가 메일 받고 바로 전화했다. 검침원과 통화했고 이번 달에 그냥 1,000루피만 내란다. 얘기가 잘 되었나보다. 내가 이사 간다고 할까 봐 필라가 무척 신경 써 주기는 한다.

다음 달부터 전기요금은 정상화되어 매달 700루피 내외 나왔다. 물론 귀찮아도 매달 대문에 계량기 계측량을 써붙여 놓았다.

우리나라 수준으로는 크지 않은 돈일지 모르겠지만 봉사단원의 생활비를 감안하면 적은 금액은 아니다. 무엇보다 큰돈이건 아니건 대한민국 국민의 세금을 불필요하게 낭비할 수는 없다.

집 마당에 있는 전기계량기

4) 이웃들

① 집주인 처삼촌 랏나야케 (Rathnayake)

OJT 당시 집을 구하러 처음 찾아가는 날, 50대 집주인 부부와 딸 포함한 여러 명이 나를 맞는다. 집은 빈집이고 주인 가족은 미국에 이민 가서 살고 있는데 마침 일이 있어서 얼마 전 미국에서 잠시 왔단다. 집을 둘러보고 바로 이웃집으로 가서 차 한잔하고 임대 상의를 했다. 그 집은 집주인 여자의 삼촌 집이란다.

며칠 후 임대 상의하러 주인과 그 집에서 만나기로 하고 가는데 집주인 전화가 온다. 조금 늦는다며 처삼촌과 먼저 집을 보고 있으란다. 집에 도착하니 처삼촌이 집 앞에서 기다리고 있다가 미소 짓는다. 지난 번 왔을 때는 여러 명과 같이 봐서 얼굴이 기억 안 난다. 머리도 허옇고 수염도 하얗고 나이가 70대 중반으로 보이는데 인상이 참 좋다. (나중에 보니 그리 나이 많지 않고 49년생이니 우리 나이로 68세다. 이 나라 사람들은 우리보다 많이 나이들어 보인다.) 이름이 랏나야케(Rathnayake). 조카딸이 미국에 있어서 자기가 대신 이 집 임대차 관리해준다면서 문 열고 집에 들어가 이것저것 설명해준다.

2016년 8월 5일, 임대 계약 후 콜롬보로 복귀해서 적응교육을 마치고 파견지 캔디로 출발하는 날. 오전에 집주인이 몇 시쯤 오느냐 전화해서 "한 시에 출발하니 늦어도 6시 전에 도착한다" 했더니 처삼촌에게 키를 맡기겠단다. 캔디기능대학에서 나를 데리러 학교 밴으로 학교장 아누라와띠와 수지와가 와서 오후 1시쯤 출발했다. 그런데 바로 가는 게 아니고 점심을 안 먹었다고 식당 들러서 점심을 먹고, DTET(우리의 교육부)에 들러서 교장이 장시간 자기 일을 보고…. 늦어도 6시까지 캔디 집에 가기로 했는데…. 수지와와 얘기 나누며 기다리는데 교장은 세 시간이 지나서야 온다. 어이쿠, 너무 늦어서 큰일이네. 랏나야케에게 전화해서 이러이러해서 이제 콜롬보로 출발한다고 양해를 구했다. 하지만 차는 밀리고 또 가다가 먹고 가자며 휴게 식당으로 들어간다. 이 나라 사람들 느긋한 건 알지만 마음 급한 건 나 혼자다. 또 전화해서 늦을 것 같아 미안하다 양해를 구하고 결국 11시 넘어서야 집에 도착했다. 애초 6시에 가기로 했는데 한참 늦었다. 전화하고 들어가니 랏나야케가 문 앞에서 랜턴을 비추며 서 있다. 노인네를 늦게까지 자지도 못하고 기다리게 해서 미안했다.

다음 날 아침. 8시쯤 되었을까? 잠은 벌써 깼지만 어제 짐 대충 챙기고 너무 늦게 자서 피곤해서 아침도 안 먹고 누워 있는데 전화벨이 울린다. 랏나야케다. 잘 잤냐? 아침 먹었냐? 먹을 것 갖고 갈까? 한다. 안 먹었지만 먹었다, 괜찮다고 했다. 아침을 대충 먹고 나니 다시 벨이 울린다. 대문 앞이란다. 들어와서 다시 불편한 것 없냐며 꼬치꼬치 묻는다. 다음날 아침에도 밥 먹었냐, 도와줄 일 없냐 전화오고 며칠을 그런다. 이 사람이 귀찮게 왜 이래 했는데 알고 보니 너무 친절해서였다. 외국인 남자 혼자 있으니 잘 있는지 밥은 챙겨 먹는지, 관심을 갖고 그러는 거다. 따뜻한 마음이 고마웠다.

매년 8월이면 이 나라 최대 축제 페라헤라(Perahera)가 이곳 캔디에서 열리는데 내가 도착한 다음 날인 토요일부터 시작했다. 캔디 페라헤라는 대단해서 이를 보려고 전국의 현지인들 외에 외국인 관광객도 엄청 많이 온다. 행사기간 동안 캔디 도심은 완전히 마비되고 캔디 모든 숙박업소는 오래전에 예약 완료되어 빈방이 없다. 행사는 밤 11시쯤 끝나는데 기간 중엔 투숙할 곳이 없어 캔디 단원이나 이들 단원 집에 같이 잘 단원들만 볼 수 있을 뿐, 많은 코이카 단원들이 캔디 페라헤라를 못 본다. 나의 경우 신입이라 아는 단원이 없어 재워 달라는 단원도 없고 아는 단원이라곤 동기뿐인데 동기들은 이동금지 기간 중이라 캔디 올 수 없다. (단원은 현지 파견 후 한 달 동안 임지를 벗어나선 안 된다. 아직 익숙지 않기 때문에 안전을 위한 지침이다.) 결국 보겠으면 혼자 봐야 하는데 밤에 끝나서 문제다. 시내 중심 불치사(佛齒寺)에서 하는데 페라헤라 때에는 버스건 툭툭

이건 아무것도 없단다. 불치사에서 집앞 도로까지는 2㎞ 정도 거리니 걸으면 된다. 차 다니는 도로야 별문제 없지만 도로에서 집까지 600m 정도가 문제다. 바로 개 때문에. 밤에는 어디건 개들이 엄청 위험해서 절대 밤에 다니면 안 된다. 낮에도 그 길은 개들이 겁나는데 밤에 걷는 건 상상도 못한다. 툭이 있으면 타고 들어오면 되는데 없으니….

페라헤라를 보곤 싶은데 어떻게 할까 하다가 랏나야케에게 도움을 청했다. 페라헤라 보고 밤에 들어오려면 개가 무섭다, 미안한데 끝나고 내가 전화할 테니 도로변까지만 나와 주시라, 끝까지 안 보고 중간에 나오겠다, 그러면 9시 반 정도 되겠다고 부탁하니 흔쾌히 그러마, 걱정 말라 한다. 다음 날 나가서 페라헤라를 구경했다. 과연 볼 만했다. 그런데 절반 정도 보고 오려는데 오는 게 문제였다. 페라헤라는 불치사 정문에서 코끼리와 군무들의 행렬이 이어지는데 내가 건너편 길가에서 구경을 했던 거다. 집에 가려면 길을 건너가서 올라가야 하는데 퍼레이드 때문에 길을 건널 수가 없다. 길을 건너는 곳이 없나 불치사 안으로 들어가서 살펴보니 절 뒤는 막혀있다. 안내하는 경찰에게 물어보니 그 긴 행렬이 없는 엄청나게 먼 길로 돌아가야 하는데 그건 불가능하다. 길 건너편에서 볼 것을 이를 어째? 끝나려면 11시나 되는데…. 아저씨한테 전화하니 할 수 없다고 알았다, 괜찮다, 이따 전화해라 한다. 가지도 못하고 구경하는데 마음만 떠 있어서 눈에 들어오지도 않는다. 11시 다 되어 마지막 행렬이 끝나자마자 뛰어서 길을 건너가면서 전화하고 바삐 걸어가서 집 근처 도로변에 가니 랏나야케가 오토바이로 바로 나온다. 늦어서 미안하다 하니 웃으며 괜찮다며 잘 보았냐 묻는다.

(佛齒寺: 부처님 치아사리를 모신 곳으로 세계적인 佛敎 聖地다. 시내 중심에 있으며 불치사가 있기에 캔디가 더욱 관광지로 유명하다.)

페라헤라(Perahera)

페라헤라 마지막 날 모습_최고 피크일이어서 대낮부터 도심이 인산인해다.

한바탕 쥐 소동이 있었다. 랏나야케에게 얘기하고 도움을 청하니 쥐약을 사다 주겠다며 쥐약을 갖다준다. 이것들이 조심성이 있어서 바로 먹지 않으니 기다려 보란다. 며칠 후 물어보기에 건드리지 않고 그대로 있다 하니 아는 사람 고양이가 새끼를 배었는데 새끼 나면 한 마리 달라 해서 주겠다고 조금 기다리란다. 고양이 소동으로 쥐 문제는 해결되었다.

도로로 가는 길목에 개××들이 사납게 덤벼서 몇 차례 물릴뻔 했다. 랏나야케에게 하소연하니 같이 가보자며 그것들 있는 곳 앞집에 갔다. 집주인과 얘기하다가 언성도 높이며 한참 얘기한다. 돌아서서 오며 랏나야케 하는 얘기가 이 사람들 말은 이것들 가끔 밥 챙겨주고 있을 뿐 자기네 개 아니니 뭐라 하지 말라 한단다. 자기네도 그것들이 나를 공격하는 것을 여러 번 봐서 안단다. 아무튼 해결책은 없다. 그래도 나를 위해 아저씨가 나서줬다.

개 때문에 경찰 찾아갔고 경찰이 그 집에 왔다갔다. 며칠 후 랏나야케가 하는 말이, 엊그제 경찰이 왔다 가서 자기가 곤혹스럽다고 한다. 무슨 말이냐 하니 그 집에서 자기가 내게 경찰에 얘기해 보라 시켰다고 생각하고 미워한단다. 아니라고 해도 믿지 않는다며 이웃 간에 서로 얼굴 붉히고 지내려니 힘들다고 한다. 아유~ 내가 그 집에 가서 경찰 온 건 아저씨와 아무 관계없는 일이다 얘기하고 해명하겠다, 했더니 그렇게 해주면 좋겠다 한다. 다음 날 그 집 60

대 남자를 찾아가서 웃으며 경찰이 찾아온 건 랏나야케와 아무 관계없고 내가 지내기 힘들어서 혼자 찾아간 거다, 이웃 간에 잘 지내시라 얘기하니 웃으며 알았다 한다.

인근 집의 소가 내 집 정원에 들어와 난리를 피운다. 랏나야케에게 전화하니 지금 밖에 있으니 일단 그냥 놔두라 한다. 두 시간쯤 후 들어와서 정원을 보더니 혀를 차며 커다란 돌덩이를 들고 소에게 다가간다. 내가 쫓을 때는 모르는 척하던 소들이 임자를 알아보고 겁을 먹고는 울타리를 훌쩍 뛰어넘어 달아난다. 자꾸 소들이 침입하여 랏나야케가 소 주인을 찾아가서 항의했다. 그래도 별반 달라지지 않아 주인이 울타리 고쳐줄 때까지 수시로 소 들어올 때마다 랏나야케가 와서 내쫓아 주었다.

비가 새고 상수도가 문제되고 쓰레기 문제 생기고 일이 있을 때마다 전화만 하면 자기 일처럼 바로바로 도와준다. 정원에 내가 손댈 수 없는 코코넛, 바나나도 수시로 따주면서 딸 때마다 바나나 나눠주고, 코코넛은 내가 자를 줄 모르니 먹고 싶으면 아무 때고 집으로 오라 하고. 툭툭 불러달라 부탁하면 바로 불러주고. 아래 위층 주인과 함께 살아도 제대로 안 해주는 주인도 있다던데 주인도 아니면서 도움이 필요할 때마다 적극적으로 도와준다. 나한테 전화하면 항상 "Mr Kim." 하면서. 랏나야케 아저씨, 참 고맙다.

집이 도로에서 멀어 불편해서 이사 가기로 하고 임대계약 하고 랏나야케에게 얘기했다. 놀라면서 어쩔 순 없는데 계속 있었으면 좋았을 걸 하며 서운해한다. 이사 가도 이 앞으로 계속 지나다닐 예정이며 종종 집에 들르겠다 했다.

이사하기 직전 아내와 아들이 한국에서 왔다. 오늘은 캔디 시내 관광하는 날이라 조금 늦게 나오는데 마침 집 앞에 랏나야케가 나와있다. 한국에서 온 아내와 아들이라고 소개했더니 반색한다. 아내가 내게 인상이 참 좋으시다, 랑카 가정집을 보고 싶은데 볼 수 있냐 한다. 랏나야케에게 얘기하니 얼마든지 보라며 시간 되면 들어가서 차 한잔하잔다. 들어가니 집에는 랏나야케의 아내는 잠시 없고 젊은 여자만 있어서 차를 내온다. 딸이란다. 딸 둘 아들 하나이고 위로 둘은 결혼했고 막내란다. 아저씨와 잠시 차 한잔하면서 얘기를 나눴다.

이사 이틀 후 출근길에 그 집 앞을 지나가는데 랏나야케가 있다. 서로 반가워했다. 멀어져서 괜찮냐, 지내기 어떠냐 묻는다. 잘 지내시라 종종 집에 찾아가서 차 한잔하겠다 했다.

이사 한 달 가까이 지난 토요일 오후. 전날 저녁에 콜롬보 갔다가 캔디 오는 중에 휴대폰 배터리가 얼마 안남아 끈 상태로 있다가 버스 안에서 휴대폰을 켜니 먼저 살던 앞집 처녀한테 페북 메신저로 연락이 왔다. 웬일이지? 하고 확인하니 이런~ 랏나야케가 돌아가셨단다. 세상에~ 얼굴 본지 한 달도 안 되었는데…. 내일이 장례식이란다. 꼭 사흘 전 우연히 퇴근길에 집 앞에서 앞집 처녀 만났는데 랏나야케가 많이 아프다고 들어서 병문안 가야 하나 생각했는데…. 집에 도착하니 밤 7시 반. 오늘은 늦었다. 샤워 후 서울의 아내와 통화하고 그 얘기를 전했더니 마찬가지로 안타까워 한다. 얼마 전에 같이 보고 집에 같이 가서 차도 한잔했는데…. 내일 집에 일이 있어서 집주인이 9시까지 온다고 했는데 그 전에 갔다 와야지 하고 초상집 방문 경험이 있는 케갈 파견 동기 이○○ 단원(女)과 코이카 사무소의 현지인 직원 자나크한테 전화해서 조문 풍습을 물었다. 검은 옷 입지 말고 흰색 같은 밝은 색 옷을 입고 보통 과자를 사 갖고 가는데 잘 모르면 돈으로 1,000루피 가지고 가면 된단다. 자나크한테 돈은 그 정도면 되냐 하니 더 많으면 부담스러워하니 1000루피만 봉투에 담아 주시라 한다. 안타깝다. 슬프다.

삶이라는 게 이렇게 허무하구나. 멀쩡히 지내던 사람이 어느 날 갑자기…. 눈을 뜨니 5시 20분. 정리하고 준비하고 랏나야케의 집으로 갔다. 내가 살던 집이 대문이 열린 채 담장에 현수막이 여럿 걸려 있고 안마당에는 의자들이 놓여있다. 내가 살던 집은 아직 비어 있으니 장례를 위한 공간으로 같이 쓰는 것 같다. 마당에 사람들이 있는데 먼저 그리로 갔다. 사람들이 나를 알아보는데 나는 그들을 모르겠다. 저번에 봤던 작은딸이 나와서 맞는다. 아버지는 자기 집에 계시단다. 물어보니 심장마비란다. 딸과 함께 아저씨 집으로 같이 들어갔다. 거실 한편에 아저씨의 시신을 모시고 있다. 평소 수염을 길렀는데 면도를 말끔히 하고 양복을 단정히 차려 입은 채 눈 감고 누워있다. 우리나라는 시신은 넣어 놓고 장례를 치르는데 여기는 시신을 놓고 치른다. 서양도 그렇다던데. 생전의 모습이 그려지며 같이 있었던 여러 일들이 떠올려지고 마음이 참 착잡하고 슬프다. 한동안 들여다보고 애도를 마치니 한 여자가 큰딸이라고 자기소개를 한다. 일주일 전에 심장마비가 와서 나흘 전부터 인공호흡기를 꽂고 계시다가 돌아가셨단다. 며칠 전 앞집 처녀한테 얘기 듣고 병문안 가려 했는데 이리 금방 돌아가실 줄 몰랐다, 하니까 의식 없이 산소호흡기를 꽂고 있어서 오셔도 못 알아보셨을 거다, 말이라도 고맙다고 한다. 차 한잔 마시고 가져온 부의금 전달하고 나왔다. 생각 같아서는 우리 발인식 같은 장례식 문화도 보고, 같이 애도하고 싶은데 아는 사람이 아무도 없는 데다 무엇보다 하필 집에 문제가 생겨서 집주인이 도와주러 그 시간에 오고 있어서 그럴 수 없었다. 내가 살던 집 대문에 아저씨 사진과 안내문이 붙어있기에 다시 슬퍼지고 사진 한 장 찍었다. 참 허무하다. 그렇게 덧없이 가기도 하는구나. 떠나면서 앞집 처녀한테 왔다 간다, 고맙다고 연락하니 바로 회신이 온다. 집에 와서 아내와 아들한테 사진 보내주고 슬프다 보냈더니 아내가 금방 회신이 온다. 조금 있다가 아들이 보고는 놀라서 묻는다. 멀리서 같이 슬퍼했다. 많은 사연들이 주마등같이 지나간다.

랏나야케 아저씨 편히 가세요. 고마웠어요.

빈소 안내문과 랏나야케 사진(먼저 살던 집 대문)

② 디누시카 라자팍세 (Dinushika Rajapakse)

내가 사는 집과 대문을 마주한 바로 앞집은 50대 후반으로 보이는 부부와 가족이 산다. 캔디에 좋은 집이 많은데 이 집도 꽤 괜찮아 보인다. 온지 며칠 안 되어 문 앞에서 만난 그 집 남자가 말을 건다. 머리는 완전히 벗겨졌고 인상이 좋으며 행동이 점잖다. 영어를 꽤 잘한다. 이 나라는 상류층일수록 영어를 잘한다. 페라헤라를 봤느냐 한다. 캔디 페라헤라가 내가 온 다음날부터 시작된 건 알고 있지만 아직 못 갔다. 나보고 대단한 행렬이다, 다음 주까지니 꼭 가보라 한다. 한국인이 앞집에 사니 반갑고 내게 호감이 가나 보다. 한번 대화를 하니 그 후 만날 때마다 한두 마디씩 나눈다. 식구가 어떻게 되는지는 모르고 지내는데 20대 중반의 처녀가 그 집에서 들락날락하는데 딸인 것 같다. 그냥 서로 마주치고 지나다녔다.

파견지(캔디) 부임한 지 두 달째 되는 2016년 9월 어느 날이다. 퇴근해서 들어오는데 앞집 처녀를 문 앞에서 마주쳤다. 귀가하는 것 같다. 마주쳤지만 평소같이 알은척 안 하고 열쇠로 문을 여는데 내게 한국인이냐며 말을 건다. 그렇다 하고 앞집 사느냐고 의례적 인사하고 들어오려는데 계속 말을 건다. 랑카 언제 왔느냐, 무슨 일하느냐, 어디에서 일하느냐 등. 지 애비 못지않게 영어를 제법 잘한다. 계속 질문을 하니 문을 잡은 상태에서 10분 넘게 얘기를 나눴다. 이웃에 한국인이 사니 호기심이 많았겠지. 그동안 내가 먼저 말 붙이진 못했지만 이웃이 말 걸어 오는 데 대화는 환영하고, 보통 사람들은 영어를 잘 못하는데 영어 잘하는 아가씨니 대화하기 좋았다. 평소 스치듯 서로 지나쳐서 얼굴을 제대로 본 적 없는데 오늘 보니 잘생겼다. 자기 아버지를 많이 닮았다. "나 운동하는 아침시간에 시내 방면 길로 가는 걸 종종 보았는데 뭐하느냐?" 물으니 매일 디자인 학원에 다니고 있단다.

아침 운동 나가는데 오늘은 앞집 처녀가 개를 데리고 나와 있다. 오늘은 어떻게 안 나가고 있나 물어보고 싶은데 그 집 개도 평소 나한테 무척이나 짖어대고 덤빈다. 마구 짖어 대서 그 애는 개를 붙들고 말리느라 얘기도 못 나누고 운동했다.

아침에 출근하려고 나오는데 앞집 차가 서 있고 앞집 남자와 딸이 타려고 한다. 남자와 인사를 나눴더니 어디로 가냐고, 태워주겠다고 해서 탔다. 교육받는다고 매일 아침 시내로 나가는 처녀가 오늘은 웬일로 안가고 조금 늦은 시간에 아빠 차를 타고 어디를 간다. 모습도 평소 모습이 아니고 사리(랑카 전통 의상)를 입고 화장도 하고 항상 끼던 안경도 벗었다. 그래서인지 평소 보던 모습이 아니고 성숙한 모습에, 마치 다른 여인 같아 보인다. 아빠와 같이 있어서인지 나를 보는 표정도 평소와 달리 딱딱하고. 오늘은 어디 가냐고 물으니 아빠가 대답하길 학교 수업하러 가는 첫날이란다. 그러면 오늘부터 교사란 말인가? 궁금해서 더 묻고 싶었지만 곧 내려야 해서 못 물었다. 나중에 알고 보니 그 여자는 인사 나눴던 처녀가 아니라 그 언니이고 결혼해서 애까지 있는 여자였다. 보수적인 나라라 여자들이, 특히 결혼한 여자들이 잘 얼굴을 드러내지 않아 몰랐다. 자매가 많이 닮아 내가 착각했다.

집 앞에서 앞집 처녀를 만났는데 내 이름을 물어보기에 명함을 주었다. 여러 날 지난 후, 아침 산책 나가는데 문 앞에 그 애가 있다. 왜 오늘 안 가냐고 물으니 오늘은 일이 있어서 안 간단다. 그러면서 저번에 준 명함 이름 Youngtae Kim으로 페이스북에서 조회하니 너무 많은 사람이 검색이 된다고, 내 사진이 어떤 거냐고 묻는다. 아들 결혼식에 아들을 안아주는 사진이라 하고 내 휴대폰을 꺼내서 이 사진이라고 알려줬다. 운동 마치고 들어오는데 집 앞에서 그 처녀가 자기 휴대폰을 들고 나와서 나를 기다리고 있다. 페이스북에 들어가서 나를 찾아주고 친구 신청하면 수락하겠다고 했다. 출근 후 보니 친구신청이 들어와서 수락했다. 이름도 몰랐는데 이름이 디누시카 라자팍세 (Dinushika Rajapakse).

살던 집이 도로에서 멀어 6개월 후 이사를 갔다. 이사한 집은 바로 집 앞에 커다란 슈퍼가 있어서 좋다. 예전에는 시내로 나가야 해서 불편했는데. 이사한 지 열흘쯤 지난 어느 날 슈퍼에서 물건 찾는데 뒤에서 누가 "Mr Kim" 하고 부르기에 돌아보니 디누시카다. 깜짝 놀라 어떻게 여기 왔냐 하니 평소에 이 슈퍼를 자주 온단다. 먼저 그 집은 집 근처에 슈퍼는 커녕 구멍가게 정도만 있어서 나도 물건 사러 항상 시내에 나갔다. 근데 시내는 복잡하기 짝이 없다. 반면에 이 슈퍼는 외곽이라 다니기 편하고 주차도 쉽다. 그래서 이리 자주 온다고 한다. 엄마와 언니도 같이 왔다 해서 보니 그 집 여자와 애를 안은 언니도 있다. 반색을 한다. 이사 갔다더니 이 근처에 사느냐 한다.

이사 가서 먼저 살던 집에서는 멀어졌지만 이사 간 집이 외곽 지역인데 학교로 가려면 교통편상 윗길에서 아랫길까지, 살던 집 주택가 길을 걸어서 지나가게 되어서 이사를 갔어도 먼저 집 앞으로 매일 걸어 다니게 되었다. 이사 한 달 가까이 되는 어느 오후, 퇴근하느라 비탈길을 올라가는데 마침 앞에 디누시카도 올라가고 있다. 인사 나누고 얘기하는데 랏나야케 소식 아느냐 묻는다. 모른다 하니 병으로 입원 중이며 심각하단다. 저런~ 안됐다. 집주인이 미국 살아서 주인 대신 주인 역할을 하고 많이 도와줬는데….

그로부터 사흘 후. 평소 페이스북을 안 해서 거의 특별한 게 없는데 페이스북 메신저가 왔다고 뜬다. 열어 보니 디누시카다. "Hi Kim. Have bad news. Mr. Rathnayake has passed away. His body is in his house. Funeral is in Tomorrow." 짤막한 메신저 받고 놀랐다. 찾아가 랏나야케의 가족에게 위로 인사했다. 랏나야케 말고는 내 전화번호를 가족들은 모르는데 디누시카가 알려주지 않았으면 랏나야케 가는 길에 인사도 못할 뻔 했다. Thank you.

Dinushika.

임기 마치고 귀국하고서야 간다는 말도 안 하고 왔구나 생각이
나서 페이스북 메신저를 보냈다. "Dinushika, I came back to
Korea 3 weeks ago. My period was over. I won't forget you
and your family." 하고 보냈더니 답장이 왔다. "Really? Nice to
have a friend like you, Kim. Hope you'll visit us again later.
Be happy as always."

귀국 후 10개월이 지난 2019년 4월, 뉴스를 듣고 깜짝 놀랐다. 랑
카에 폭탄테러 발생으로 수백 명 사망…. 이럴 수가? 집주인, 이웃,
지인, 기관 사람들에게 연락하며 디누시카에게도 연락했다. 페이스
북 메신저로 "Dinushika I was so surprised to hear about the
terror in Lanka." 하고 그녀와 가족 안부를 물었더니 여러 날 후
회신이 왔다. "We are safe. Thank you so much."하면서 "하지만
우리 장래가 걱정된다, 사람들이 돌아다니는 것도 무서워해서 도
로는 텅 비었다."라고 답장이 왔다. 위로의 말을 전했다.

③ 이웃의 부재

이사 간 집 맞은편 집에 아진따(Achintha Nugapithiya) 가족이 산
다. 아진따는 39세이고 아내와 초등학생 아들 포함 3남매, 5명이
산다. 영어를 곧잘 하며 중동 바레인 등에 일하러 갔다 왔다고도

하며 이일 저일 하는 것 같다. 이사 왔을 때 주인 필라가 소개시켜 주었는데 아진따가 내게 도움 필요하면 언제든지 전화하란다. 그후 사소한 일이 있으면 물어보기도 하고 도움을 청하기도 했다. 항상 친절하게 대답해주고 도와준다. 집 앞에서 무척 자주 만난다. 아침 운동 나갈 때면 그 집 애들이 등교하느라 나와서 기다리는데 애들이 참 귀엽다. 그때 아진따도 종종 애들을 데리고 나와 있다. 가끔 코이카에서 받은 한국 과자 등을 애들에게 주기도 했다.

내가 항상 아침 운동에 개 몽둥이로 등산용 스틱을 갖고 다니는 걸 보고는 어느 날 아진따가 묻는다.

"좋아 보입니다. 한국에서 얼마 합니까?"

싼 스틱이야 얼마 안 하니까 "○○○○루피면 저렴한 것 살 수 있어요."

"한국에 갔다 올 거라 했죠?"

손녀 돌이라 내가 국외휴가로 한국 간다고 얘기한 걸 기억하나 보다.

그렇다고 하니까

"올 때 하나 사다 주세요. 돈은 줄게요." 한다.

내가 웃으며 "아진따도 개 몽둥이가 필요해요?" 하니

"아니, 아버지가 노인인데 잘 못 걸으셔요. 지팡이가 필요한데 여긴 마땅한 게 없고 비싸요. 그것 좋아 보이네요. 그 정도 가격이면 적당할 것 같네요." 한다.

알았다고 했는데 한국 와서 까맣게 잊고 국외휴가 후 2017년 10월, 랑카에 복귀했다. 랑카 집에 와서야 생각이 났다. 내가 스틱 한 짝이 더 있어서 아진따한테 대단히 미안하다, 잊었다 하고 괜찮다면 갖고 있는 것을 주고 싶다, 집에 하나 더 있다, 기왕이면 새것 사서 선물로 주려 했는데 미안하다 했더니 고맙다고 잘 받겠다 하고 좋아한다.

그런데 그 이후 언제부터인가 아진따가 안 보인다. 한데 아진따만 안 보이는 게 아니고 그때부터 그 집이 인적이 없다. 종종 보이던 아진따 처는 물론 아침마다 보던 애들도 안 보인다. 밤에도 집이 캄캄하기만 하다. 이상한 일이네, 어느 날 갑자기 집이 비었네. 이사 가는 걸 못 봤는데.. 내가 학교 갔다 오는 낮 동안 후다닥 짐 꾸리고 이사 갔을 리는 없고…. 여러 날이 지나도 계속 그러길래 궁금해서 아진따한테 전화를 하니 안 받는다. 아진따가 없으니 물어볼 일이 있거나 도움이 필요할 때 영 불편하다.

그리고 석 달 이상 지났다. 그런데 좀 이상하다. 밤에도 불이 항상 꺼져 있는데 어느 날 유심히 보니 2층 유리창이 열린 날도 있고 닫힌 날도 있다. 이상하네. 엊그제는 닫혀 있었던 것 같은데 지금은 열려 있네. 도둑이라도 들었나, 그 집이 걱정된다. 내가 경찰에 얘기라도 해야 하나? 근데 그 옆집 사람들도 있는데 나만 이상하게 생각하나?

그로부터 며칠 후. 뜻밖에 아진따의 아내가 집 앞에 있다. 4살짜리 아들과 함께. 아무 일 없는 듯하여 일단 무척 반갑다. 아내는 영어를 잘하진 못한다. 그런대로 대화를 하니 아진따는 석 달어 전부터 몰디브에 일하러 갔고 다음 달이면 돌아온단다. 아진따가 전화도 안 받아서 걱정했고, 더구나 집도 밤마다 캄캄하고 전혀 사람 사는 집 같지 않아서 놀랐다 하니 애들과 집에 계속 있었는데 밤에는 일부러 바깥으로 밝게 보이는 전등은 모두 끄고 집 안쪽 등만 켜고 살았단다. 이런, 세상에~

그 후 주변에 물어보니 이 나라가 보수적인 문화라 남편이 어디 가고 없으면 아내가 일하러 나가는 사람이 아니라면 바깥출입을 자제하고 집안에만 있는 게 일반적이란다. 참 대단하다. 요즘은 많이 변했지만 예전에는 여자들이 혼전 순결을 지키는 것이 일반적이었다고 한다. 이 나라 문화의 또 한 면을 알게 되었다.

아진따는 일이 연장되어 6개월 만에 돌아왔다. 반가웠다. 임기를 마치고 귀국할 때 내 이민 가방을 주겠다 하니 무척 좋아한다. 우리는 캐리어를 많이 쓰지만 그 나라 사람들에겐 그것도 꽤 좋은 가방이니까.

아진따~ 잘 지내나요? 종종 생각나요.

④ 한국어 학원 세라상헤(Serasanghe)

랑카 길거리에서 현지인이 한국어로 한국인이냐고 물어오는 건 대단히 흔하다. 한국 내 이주노동자 중 두 번째로 많은 나라가 랑카라고 들었는데 그만큼 한국에서 일하고 온 사람들이 많다. 그들은 한국인이 반가울 거고 나도 한국 인연이 있는 사람이 우리말로 말 걸어 오는 게 싫지는 않다. 하지만 그들 중 일부는 지나치게 가까워지려 하고 전화번호는 물론 집도 알려고 한다. 집은 물론 안되고 처음 만난 사람한테 전화번호 가르쳐 주는 것도 부담스럽다.

2017년 1월 9일.

퇴근하여 학교 나와서 걷고 있는데 툭툭이 지나가다가 차를 세우고 한국말로 한국 사람이냐고 묻는다. 그렇다니까 한국에 있었다고 한다. 그런데 오늘 이 사람은 한국말을 엄청 잘한다. 많은 이주노동자 출신이 말을 걸어왔지만 이 사람 만큼 한국어를 잘하는 사람은 처음이다. 코이카 사무소의 현지인 자나크, 아누라다 정도로 잘한다. 툭을 멈추기에 잠시 대화했다. 물어보니 한국에서 무려 20년을 살았단다. 타시라고 해서 탔다. 한국말 잘 아는 툭 기사를 알아두면 나쁠 것 없을 것 같아서. 근데 툭 기사는 아니었다. 이름은 세라상헤(Serasanghe)이고 한국어 학원을 운영하여 한국어 가르치고 또 가게도 한다고 한다. 한국어를 잘하니 그와는 당연히 우리말로 대화했다. 내가 그 길을 걸어가는 걸 툭으로 지나가면서 많이 보았는데 한국인인지 아닌지 몰라서 말을 못 걸었단다. 나이는 많아 보이지 않는데 20년씩이나 일했다니. 물어보니 나이는 40세이고 18세에 한국에 갔단다. 20년 일했으면 돈 많이 벌었겠다고 하니 그게 그렇지 않았단다. 20여 년 전에는 돈도 많이 안 주는 정도가 아니고 거의 못 받았단다. 게다가 자기는 겨우 10대 소년이었으니 더욱 사장들이 돈을 안주어 무보수 정도로 일했단다. 그렇게 거의 10년 넘게 살아서 별로 못 벌었단다. 저런~ 옳지 못한 사장을 만났던 모양이다. 세라가 사실은 도움을 받았으면 해서 말을 걸었단다. 뭐냐 하니까 한국에서 질문지를 받았는데 뭔지 몰라 안 그래도 누구한테 물어보고 싶었단다. 도와주고 싶은 마음이 들고 한국말 잘하는 현지인 알고 지내는 것도 나쁘지 않아 뭐냐, 그게 어디에 있냐 하니까 자기 집에 있는데 내가 내리려던 레웰라에서 3㎞ 가면 된다 해서 시간도 될 것 같아 가자고 했다. 가면서 이런저런 얘기를 나눴다. 근데 3㎞라더니 한참을 간다. 조금 긴장도 된다. 아무리 대낮이고 내가 남자지만 처음 만난 툭툭을 타고 멀리까지 가는 게 올바른 행동은 아니다. 그냥 다음에 학교로 오라 해서 학교에서 만나 도와줄걸 그랬나 생각도 잠시 들었다. 이윽고 도착했는데 거의 5㎞ 정도 왔다. 세라상혜의 모친이 가게에 있고 음료수도 갖다 준다. 서류를 한참 찾더니 못 찾겠다고 하기에 찾으면 학교로 갖고 오면 도와주겠다 하고 왔다. 집에까지 데려다 주겠다는 걸 사양하고 레웰라까지만 타고 왔다. 그 친구 입장에서 도움이 필요했을 텐데 다음에 요청 오면 도와줘야지.

6월 18일(일).

일요일 집 근처를 운동 겸 걷는 중에 툭에서 누가 부른다. 보니 세라상혜다. 딸을 학원에 데려다 주러 왔단다. 잠시 인사 나누고 다시 갈 길을 떠났다. 한참을 걷다가 지도를 보니 이게 웬일~ 엉뚱한 길로 가고 있었다. 근데 마침 거기에 세라상혜가 또 있다. 거기가 자기네 집이란다. 내게 마다왈라 간다더니 길을 잘못 들었나보군요, 한다. 스마트폰 지도를 살펴보니 내가 전에 한 번 와본 세라상혜 집 근처를 걷는 중이었으며 아까 만난 지점 직후에 갈림길에서 내가 틀린 길로 접어들어서 근처에서 왔다갔다 한거다. 지도를 확인하고 갈 것을 선글라스 벗고 지도 확인하는 게 귀찮아 좋은 길만 따라서 왔더니 그 길이 아니었다. 바쁘지 않으면 집에 가서 음료수 한잔 하고 가라 해서 세라 집에 들어가서 음료수 한잔 하면서 잠시 얘기 나눴다. 얘기하던 중 자기 학원 출신 학생들 중 우리 학교의 한국어과에 입학하여 한국어 배우는 학생들이 있단다. 즉, 지금 강○○의 한국어 수업을 듣는 학생이 두 명 있단다.

11월 3일(금).

세라상혜한테 전화가 와서 받으니 다음 주 학교에서 한국어과 학생들 면접 연습을 한다고 들었는데 자기 학원 학생들도 도와달라고 부탁한다. 한국어는 강○○ 담당인데. 내 소관이 아닌데 월요일에 한국어선생한테 얘기해 보겠다고 했다. 이것도 인연이라고 도울 수 있으면 도와주고 싶다.

강○○에게 애기했더니 그러라고 한다. 세라상혜에게 시간 늦지 말고 오라 전화했다.

오늘은 강○○ 요청으로 한국어 면접 도와 주는 날. 한국어 반으로 갔다. 세라상혜도 자기 학원 학생들 두 명을 데리고 와서 한국어과 애들과 함께 면접을 해줬다. 강○○ 부탁으로 그날 내가 면접관으로 면접하고 강○○이 옆에서 지켜보면서 채점을 했다. 세라는 자기 학생들에게 원어민 면접도 시켜보고, 자기 학원 학생들 면접 지도도 해야 하는데 한국어과 면접하는 것을 보면서 노하우도 얻을 겸 해서 온 거다. 면접 진행을 뒤에서 꼼꼼하게 모두 지켜봤다. 도움이 되었으면 좋겠다.

2017년 12월.

세라상혜에게 연락이 왔다. 도움 받고자 하는 서류를 찾았는데 언제 도와달라 하기에 토요일 내가 집 근처를 걸을 테니 그때 보자 했다.

토요일에 걷다가 세라상혜의 집 인근에서 전화하니 바로 나온다. 세라가 한글로 된 문제집을 가져오며 무슨 문제인지 자기는 답을 모르겠단다. 뭔가 보니, 이런~ 그냥 한국어 문제가 아니다. 모두 공장에서 일할 때 관련된 실무적인 문제들이다. 공장에서 일하는 게 아닌 나도 모르겠는데 세라가 알 턱이 없다. 이게 뭐냐니까 한국어 문제가 이런 형태로 나온다는데 자기는 답을 못 찾겠단다. 그래서 이건 한국어 문제가 아니다, 공장에서 일하는 사람들 대상으로 한 실무 문제들이다, 한국어 문제는 이렇게 안 나온다, 이런 문제는 나도 답을 모른다, 그러니 이런 건 몰라도 된다, 하고 자신있게 대답했다. 그러냐 하고 이해시키고 이런저런 얘기 하다가 "선생님 한국 봉사단원들 집 얻으려면 우리 집 알선해 주세요. 집 한 층은 임대 주고 있어요." 한다. 한국말 잘하는 주인과 사는 것도 나쁘진 않고 보니까 세라 집도 나빠 보이지는 않다. 그런데 교통이 불편하다. 세라가 툭으로 한참을 들어왔고 버스 정류장이 꽤 멀어 보인다. 그래서 물어보니 그렇단다. 집은 괜찮으나 도로에서 멀면 힘들다, 아무튼 참고하겠다 했다. 저녁식사 하고 가라는 걸 괜찮다고 일어섰다. 세라가 집 인근 도로까지 태워줬다.

그런데 세라가 물어 본 문제집에 대해 며칠 후 내가 알아보니 내가 잘못 알고 있었다. 나야 한국어단원 아니니까 그런 거 전혀 몰랐는데 한국어단원에게 물어보니 그런 문제가 맞단다. 1차적으로는 순수 한국어시험이 있고 2차적으로 취업을 위해 그렇게 분야별로 한국어시험이 있단다. 이런~ 그렇게 시험을 본다고? 놀랍다. 그래? 그거 어려운데? 했더니 그렇단다. 저런~

다음날 세라에게 전화해서 그런 사실을 알려주고 필요하면 도움 청하라 했다.

5) 처음 보는 캔디 시내 밤거리

2016년 11월 25일.

　콜롬보에서 조금 늦게 출발했더니 캔디 도착 시간이 8시다. 캔디 파견 3개월이 넘었지만 한밤의 캔디 시내는 사실상 처음이라 기왕 늦은 거 캔디 시내 밤 모습이 어떤지 구경 좀 하자하고 잠시 걸었다. 캔디 시내 밤은 지금까지 세 번 있었다. 처음은 페라헤라 때. 그때야 퍼레이드만 구경했고 한밤중에 끝나서 늦기도 했지만 파견 직후라 모든 게 서툴러 시내 구경할 엄두도 못 했고, 또 영어교사 수지와에게 현지어 공부를 할 때 수지와가 오늘은 밖에서 하자고 불치사 데리고 나간 적이 있었는데 그때도 밤 불치사만 보고 수지와 차로 집에 들어왔다. 얼마 전엔 와우니아 파견 중인 시니어 이○○ 선생이 우리 집에 놀러 올 때 밤에 올 거라 생각하고 시내 배웅을 나가 밤거리 구경 좀 하려고 했더니 이○○ 선생이 생각보다 일찍 도착하는 바람에 밤거리 구경할 시간 없이 만나서 바로 집으로 들어왔다. 그래서 캔디 시내 밤거리는 아직 한 번도 보지 못했다. 낮에는 좁은 차도와 인도에 수많은 인파와 소음으로 복잡하기 짝이 없는 모습이 밤엔 어떨까 궁금했다.

랑카의 밤거리가 어둡다던데 그래도 이 나라 두 번째 도시이며 유명 관광지여서인지 그런대로 가로등이 많이 어둡진 않다. 번화가이다 보니 상점들의 불빛도 제법 많고. 하지만 행인이 낮에 비해 현저히 적고, 우리나라 같이 안전하다는 생각을 못하겠다. 외국인을 바라보는 현지인들이 많고. 외국인이라 쳐다보는 거 당연하겠지만 밤이라 눈빛이 다른 것 같고 느낌도 이상하고 기분이 별로다. 대로 옆 꺾어져 골목을 한번 들어가 보니 더 어둡고 몇 명 있는 사람들 눈초리가 음산하여 얼른 나왔다. 조금 구경하고 사진 몇 장 찍고 픽미(Pick me, 콜택시)를 찾으니 오늘도 없다. 아직 픽미가 일상화되지 못했다. 툭 타고 집에 오니 8시 40분. 오늘은 툭 기사가 착한 편이다. 평소 흥정을 한 금액과 상관없이 더 달라 떼쓰는 바람에 적게 줘도 350루피, 보통 400루피 주었는데 400루피 얘기하기에 안탄다, 300루피에 가자 하고 탔다. 어차피 350은 줄 생각을 했는데 집에 와서 "350루피 sir." 하고 부탁 겸 하기에 흔쾌히 주었다. 주면서도 기분 나쁘지 않았다. 이런 기사들만 있으면 좋겠다.

잠시 혼자 둘러본 캔디 시내 밤거리. 결론은 특별한 일도 없는데 밤늦게 혼자 시내에 있을 필요는 전혀 없다는 걸 알게 된 밤이다. 그나마 내가 남자니까 구경할 생각이라도 했지 여자단원 같으면 혼자 밤거리 구경하는 건 꿈도 꾸면 안 되겠다.

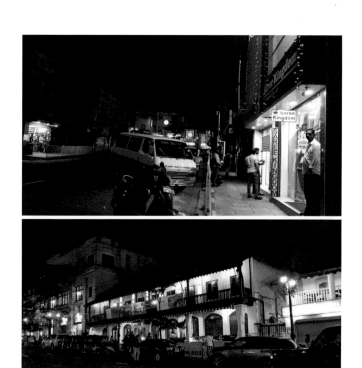

캔디 시내 밤거리

6) 힘들었던 귀가

2017년 6월 8일(목).

오늘은 뽀송뽀야데이. 공휴일이며, 이 나라 3대 불교축제일 중 하나이다. 오늘 불치사 앞에 퍼레이드가 있어서 물건도 살 겸 시내 구경 나갔다. 5시쯤 도착하여 퍼레이드를 잘 구경했다. 캔디안 댄스와 코끼리 행진. 봐도 봐도 괜찮다. 사진 찍고 동영상 찍고 30분 만에 퍼레이드는 끝났다. 슈퍼 가서 장 보고 저녁 먹고 나니 7시. 밤이 되었다. 밤에 시내에 있어 본 적이 거의 없는데…. 이젠 랑카 생활 1년이 되어 익숙한 데다 이사 간 집은 도로에서 멀지 않아서 밤이라도 얼마든지 버스 타고 갈수 있다.

그런데~~ 집에 갈 때 고생 엄청 했다. 불치사 후문으로 가서 집에 가려는데 외곽 방면 도로에 차들이 꽉 찬 채 움직이지 않고 있다. 아이쿠 하고 레웰라 정선까지 1㎞ 정도 걷자 하고 걸어갔다. 도로에 차들이 즐비하게 불법 주차되어 있고 정선(3거리)에서 차들이 꼬여서 도로에 차들이 움직이지 못하고 서 있다. 그런데 버스는 안 보인다. 장까지 본 무거운 배낭 메고 밀리는 좁은 도로를 헤쳐서 20분 정도 간신히 걸어서 레웰라 정선에 왔다. 거기부터는 외곽으로 나가는 차들은 도로 정체 없이 씽씽 달린다. 그런데~~ 버스가 없다. 많은 버스가 다니는 길이고 대부분의 버스가 우리 집 앞을 지나가는데 10여 분을 기다려도 한 대도 안 온다. 하긴 걸어오는 동안도 못 봤으니… 아무리 뽀송뽀야데이라도 그렇지. 저번 웨삭(부처님 오신날) 때는 별문제 없이 갔는데 그때는 아직 어둡기 전이라 괜찮았나 보다. 큰일이다. 툭툭을 타려 해도 한 대도 내 앞에 서지를 않는다. 아무래도 안 되겠어서 일단 걷다가 버스 오면 타자하고 걸었다. 한 10분 걸었을까? 처음으로 버스가 지나간다. 뒤에서 오니 오는 줄 몰랐다. 손을 흔들었지만 이미 지나쳤다. 좀 더 기다릴 걸.

다리도 아프고 힘도 들고 5분 정도 더 걷고 정류장에서 다시 기다렸다. 그런데 이젠 정말 없다. 많은 차량이 달리는데 버스만 없다. 10분 정도 기다려도 허탕. 툭도 한 대 안 선다. 지금은 툭이 서서 내게 타라고 하면 금액에 상관없이 탈 텐데… 평소엔 걸어가면 귀찮을 정도로 계속 서서 타라고 하더니… 수많은 툭이 달리지만 자가용 툭이거나 손님 탄 툭이겠지. 길에 남자가 지나가기에 버스를 물었더니 기다리란다. 버스정류장 앞에 사진관이 있는데 한 여자가 나온다. 사진관 사람일 거다. 다시 버스를 물었다. 정류장은 맞는데 오늘은 없을 거란다. 뽀송뽀야라 거의 없단다. 아이쿠! 큰일이구나. 집까지 어떻게 가나 걱정하는데 집이 어디냐 툭 타고 가라 하더니 바로 손을 들어 올린다. 그런데 놀랍게도 달려서 지나치던 툭이 바로 앞에 선다. 어라? 이게 무슨 일? 그렇게 서 있었건만 한 대도 안 섰는데. 평소엔 정류장이나 길거리에 서 있으면, 아니 걸어 가는 중에도 옆에 세우고 타라 했는데 오늘은 다른 사람이 손을 드니 바로 선다. 그렇다면 내가 가만히 서 있을 게 아니고 손을 들었어야 하나? 근데 이 나라는 툭이라고 택시 표시도 없고 밤에 윗등 켜는 것도 아니고 자가용 툭이 더 많은데… 그래도 무조건 밤엔 손을 들어 흔들어야 하나 보다. (참고로 이 나라는 툭툭 택시 영업이 허가제나 면허제 이런 게 아니고 아무나 툭툭을 사면 그냥 영업을 할 수 있단다. 콜롬보 외엔 미터기도 없고 비용은 손님과 흥정이다.) 아무튼 다행히 툭을 타고 왔다. 오면서도 버스는 한 대도 못 봤다. 4㎞ 정도 거리라 평소에는 걷기도 하는데 지친 상태에서 타고 가니 참 긴 거리다.

툭을 못 탔으면 어땠을까? 어쨌든 걸어갔겠지만 다리 아프고 몸은 완전히 지친 상태에서 무거운 배낭 메고 군사 훈련같이 녹초가 되었을 거다. 생각만 해도 아찔하다. 그 사진관 여자 아니었으면 죽을 고생할 뻔 했다. 급히 타고 오느라 미처 고맙다는 말도 못 전했다. 경황없이 타느라 가격도 안 물어보고 그냥 타서 툭 기사가 바가지 씌우면 어쩌나 생각도 들었지만 지금은 찬밥 더운밥 따질 때가 아니다. 다행히 300루피 달란다. 깎아서 250루피를 주었다. 현지인이면 150루피 정도 거리일 거다. 하지만 내 심정은 500루피, 아니 천 루피 달라고 떼써도 줄 판이다. 그만큼 절박했다. 친절한 여자 덕분에 다행히도 무사히 왔다.

📢 랑카에는 3대 불교축제일이 있다. 4월의 신년인 알룻아우루두데이(우리의 설날), 4월 말~5월 초의 웨삭뽀야데이(부처님 오신 날), 5월 말~6월의 뽀송뽀야데이 (랑카에 불교가 전파된 날), 이렇게 3대 공휴일을 대명절로 기리며 축제가 벌어진다. 그중 으뜸은 단연 웨삭뽀야데이이다. 웨삭뽀야데이 축제는 전국에서 벌어지는데 특히 랑카의 대표 사찰인 콜롬보 강가라마야 템플을 중심으로 어마어마한 불교 행사가 이틀 넘게 벌어진다. 정말 장관이며 못 보고 귀국한다면 아쉽다. 알룻아우루두데이는 거의 4월 14일인데 반해, 웨삭과 뽀송뽀야는 매년 날짜가 조금씩 다르다.

뽀송뽀야데이 행진

7) 민간 외교관

2017년 12월 1일.

　퇴근해서 집에 오는데 집 앞 골목에서 한 여자가 알은척하며 인사한다. 40세 정도로 보이는 아줌마다. 그래서 나도 인사했는데 중국인이냐 말을 건다. 한국인이라고 대답했다. 나를 매일 봤단다. 아침마다 자기 출근하는 길에 내가 운동 나갔다 들어오면서 항상 서로 인사 나눴고 우리 집도 안단다. 나야 아는 사람이어서 인사한 게 아니고 현지인과 눈 마주쳤는데 먼저 인사를 해서 인사 나눴을 뿐 누군지는 모른다. 처음 보는 현지인들은 얼핏 보면 그 얼굴이 그 얼굴인데⋯. 해외봉사단으로 오면 유명인사처럼 인근 모든 사람들의 시선이 집중된다더니.

2018년 3월 5일(월).

　퇴근하면서 평소 가는 집 앞 도로변 이발소에 들어갔다. 오늘 여러 가지 피곤한 일들이 많아서 컨디션이 별로라 손님 많으면 도로 나오고 나중에 다시 가리라 하고 들어갔다. 다행히도 손님 한 명만 머리 깎고 있는데 보니까 다 깎았다. 잠깐만 다듬으면 될 것 같다.

그런데 이것들 둘이 수다 떨면서 머리 다듬는 게 어쩌나 오래 걸리는지, 손님이 기다리고 있는데도…. 결국 내가 못 참고 조금 큰소리로 "Take long time?" 했다. 이발사는 아주 젊은 사내인데 전에 몇 차례 왔지만 영어를 못한다. 머리 깎은 남자가 다 깎았다 대답한다. 그러면서 자리 털고 일어나면서 내게 "Where are you from?" 한다. 그냥 퉁명스럽게 "Korea" 하고 앉으니 나보고 아래 골목에 살지 않느냐, 나 많이 봐서 잘 안다, 한다. 이런 제길~~ 집에서 가깝긴 하지만 집 골목에서 올라온 대로변이라 모르는 사람인 줄 알았더니 동네 사람인가 보다. 나는 그들을 모르지만 그들은 나를 잘 알겠지.

봉사단으로 오면 마치 연예인 같이 그 지역에서 모든 사람들의 시선을 받고 살고, 본인은 모르지만 주변 사람들은 모두 본인을 안다 들었는데…. 봉사단 나오면 연예인 심정을 안다고 하더니 맞는 말이다. 단원들이 활동 마치고 귀국하면 "왜 사람들이 나를 안 쳐다보는거야? 이상한 일이네." 한다던데…. 나와 우리나라 이미지만 구겼다. 성격 급한 내가 문제야. 자제해야지. 교육받았는데. 대한민국을 대표하는 민간 외교관인데….

2018년 4월.

콜롬보 갔다가 캔디 돌아가는 열차 안. 열차 좌석은 2등칸인데 맨 앞좌석 자리라서 앞사람과 마주보고 앉게 되어 있는데 영 불편하다. 맞은편과 옆 한 자리엔 한 가족이 앉았는데 맞은편에 부부,

내 옆에 어린애 둘이 자리 잡았다. 평소에 차 안에서 잠을 못자서 자는 일이 없는데 간밤에 못자서 얼마나 피곤했는지 깜빡 잠이 들었다. 갑자기 뭐가 내 팔을 건드리는 바람에 놀라 깼는데 옆에 앉은 애가 그런 거였다. 놀라서 애에게 우리말로 "놀랐잖아" 하고 조금 큰 소리로 말했다가 바로 후회했다. 모처럼만에 열차에서 잠들었는데 곤히 자다가 놀라서 깨서 화가 났지만 암만 그래도 그렇지. 일곱 살쯤 되어 보이는 어린애가 모르고 그런 건데 앞의 부모 얼굴 보기가 민망했다. 내 성질을 주체 못해서 후회스러울 때가 많다. 조금 있다가 허리도 아프고 앞의 부모 얼굴 마주보고 앉아 있기 민망해서 일어나 출입문으로 가서 서서 바깥 풍경을 내다보면서 왔다.

8) 무서운 순간

랑카는 개도국치고 치안이 상대적으로 괜찮다. 많은 다른 나라 단원들이 소매치기나 강도당했다는 얘기를 들었는데 랑카 2년 동안 강도나 소매치기 당했다는 얘기는 없었다. 밤길을 혼자 다닌 적은 거의 없지만 낮이라 해도 겁 없이 인적 드문 곳을 마음껏 다녔던 것 같고 휴대폰을 손에 들고 수없이 구글 지도를 보면서 찾아다녀도 소매치기 당한 적 없었다. 코이카 봉사활동하기엔 안전한 나라다. 그런데 아래 사건은 강력 사건은 아니지만 무서웠다. 이사 가기 전 처음 집에 살던 때 일이다.

그날을 다시 돌이켜보면 겁이 난다.

2016년 9월 23일(금).

불가사의다. 도대체 이해가 안 간다. 겁이 나고 혼란스럽다.

퇴근하여 집에 들어올 때였다. 집에 가려면 도로에서 들어와서 200여 m 가면 양갈래길이 나오는데 우리 집은 우측으로 간다. 평소대로 우측으로 꺾어져서 들어와서 골목길을 걷는데 길 휘어지는 곳에서 웬 차가 뒤에서 내 옆을 빠른 속도로 내 앞으로 꺾었다가 급히 사라졌다. 바로 어깨를 스치듯이 와서 거의 내 발을 밟을 듯이 꺾고는 빠른 속도로 달렸다. 물론 아무 경적도 없이. 뒤에서 달려오고 있었으니 당연히 몰랐다. 기겁을 했다. 차의 속도로 봐서 치었으면 중상이다. 어떤 자가 나를 겁주고 달아난 거야? 차가 빠르기도 했지만 경황이 없어서 번호판을 보지 못한 게 안타깝다. 가장자리가 흙길인 길바닥에 차바퀴 자국이 선명하다. 경악할 일이다. 근데 알 수 없는 건, 그 길을 조금 더 가면 다시 좌우 길이 나오는데 좌측 길은 빙 돌아서 오던 길을 돌아가는 길이고 우측 소로가 있는데 그리 가면 300여 m 되는 길로 우리 집이 끝이고 지나가는 골목길이 아닌 막힌 길이다. 만약 우측으로 갔으면 내가 다니는 길가 동네 차량일 텐데…. 중간에 인가도 몇 채 없고 모두 아주 잘 아는 사람들뿐인데 아무리 봐도 그럴 만한 집도 없고, 내가 항상 사람들 마주칠 때마다 서로 인사를 하고 모두 좋게 볼 텐데. 그쪽이 아니면 사고 장소 지나서 집 쪽이 아닌 왼쪽으로 돌면 도는 길이고 돌아 나가는 길인데 그 골목에 있는 집 차라면 애초부터 내가 가는 오른쪽으로 올 일이 없는데. 집 방향으로 들어가면서 골목마다 집집마다 혹시나 조금 전 얼핏 봤던 차가 있나 세심히 살폈지만 없는 것 같다. 그렇다면 사고지역 전의 골목 갈림길에서 내가 오른쪽으로 꺾어 들어오는 걸 보고 따라 들어왔다가 일을 벌이고 달려가서 다시 왼쪽으로 꺾어서 돌아서 밖으로 나갔다고 추측이 되는데…. 어떤 자가 도대체 무엇 때문에 내게 그랬단 말인가? 그리고 동네 ×인지 아니면? 그 길은 지나쳐서 통과하는 길이 아니고 끝

나는 길인데…. 가슴이 철렁한 날이다. 랏나야케에게 얘기했지만
알아낼 방법은 당연히 없다. 경황없어도 다음엔 번호판을 꼭 확인
하란다.

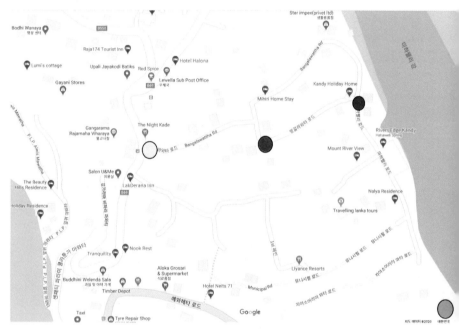

(사진설명)
　노란색 원: 도로에서 집으로 들어오는 입구
●붉은색 원: 사고날 뻔 했던 현장
●보라색 원: 집 방향 갈림길
●초록색 원: 당시 살던 집

5
랑카에서 살아가기
(랑카 생활)

1) 몸살감기, 눈병 그리고 진료

2017년 2월 6일(월).

눈을 뜨니 5시 반. 그래도 잠은 얼추 잤는데 이상하게 몸이 천근만근이다. 왜 이러지? 눈이 무거울 뿐 아니라 몸을 못 움직이겠다. 무슨 일일까? 겨우 일어났지만 1분 만에 침대에 도로 누웠다. 아무 것도 못하겠다. 오늘은 산책도 그만두자, 그리고 점심 토스트 만드는 것도 그만두자. 그냥 누워서 휴대폰으로 매일 아침 듣는 한국 라디오 방송만 들었다. 몸이 말이 아니다. 왜 이러지? 몸살기도 있는 것 같고…. 어제 너무 많이 걸었나? 아니야, 그 정도는 흔히 걸었는데. 학교는 가야 하나? 휴가내고 쉬고 싶다. 혹시 뎅구(Dengue: 뎅기열이라고 알려진 열대병)는 아닐까? 별 생각이 다 든다. 간신히 몸 추스르고 출근했다. 오전에 한국어반에 가서 강○○ 잠깐 봤다. 수업 중에 찾아오니 약간 놀라며 "선생님 어디 아프세요? 얼굴이 안 좋아요." 한다. 좀 아파서 들어가려 한다, 하니 눈치 보지 말고 어서 들어가시라 한다. 정오에 바로 퇴근했다. 집에 와서 땀 좀 식히고 바로 침대에 누웠는데 점점 더 아프다. 열이 나고 오한에 쑤시고 아프고 목도 붓고 두통에 가래도. 침대에 누워 쉬면 좀 괜찮겠거니

했는데 점점 더 아프다. 정말 뎅구 아닐까? 겁이 나서 입국 초기 현지적응교육 시 뎅구 걸렸던 콜롬보 동기 이○○(女)한테 전화했다. 증세를 듣더니 자기 뎅구 걸렸을 때 증상과 같다고 인터내셔널 SOS에 전화해서 상의하란다. 오전보다 많이 안 좋아 코이카 사무소에 전화하고 겁이 나서 SOS에 전화했다. 뎅구일까 걱정된다니까 상담원이 목소리가 많이 안 좋다며 의사와 통화시켜 주겠단다. 조금 후 의사한테 전화 와서 얘기했고 의사가 증상으로 보면 뎅구일 수도 있으니 내일 병원에 가도록 예약 후 알려주겠단다. 한 시간여 후 SOS에서 병원 예약되었다고 연락이 왔다. 예약해 준 병원을 보니 코이카 사무소에서 파견지역 의료기관 책임자를 만나라고 해서 캔디 OJT 왔을 때 찾아갔던 그 병원이다. 제법 큰 병원이다. 당시에 병원장을 만나고 왔는데… 교장과 코워커에게 전화해서 이러저러해서 내일 병원갈 거라고 얘기했다. 몸이 아파 내일 버스는 못 타겠고 랏나야케에게 툭툭을 집으로 보내달라고 부탁했다. 간단히 저녁을 챙겨먹고 잠자리에 들었다. 몸이 아파 잘 잘 수 있을까 모르겠다.

2월7일 (화)

예상대로 못 잤다. 열나고 춥고 쑤시고 거의 뜬눈으로 밤을 보냈다. 입맛이 없지만 밥은 챙겨 먹고 혹시 입원할지도 몰라 필요한 물품들 모두 챙기고 랏나야케가 불러준 툭을 타고 갔다. 툭 기사가 나를 잘 아는 눈치다. 물어보니 나를 잘 안단다. 근처에 산단다.

병원이 제법 멀어서 모르는 툭을 탔으면 1,000루피 정도 불렀을 텐데 500루피만 달란다. 아는 사람을 불러 줘서 편하고 싸게 병원에 왔다.

　도착하여 수속을 마치니 8시 40분. 9시 예약이라 진료실 앞에서 기다렸다. 몸이 쑤시고 앉아 있기가 힘들다. 그런데 9시가 넘어도 의사가 나타날 생각을 하지 않는다. 9시 10분쯤 창구로 가서 왜 의사가 없느냐 하니 곧 온다고 기다리란다. 다시 와서 기다려보지만 계속 안 온다. 환자들은 한 명 두 명 늘어서 여럿이 기다리는데 이런 어처구니없는 일이⋯. 의사가 진료시간이 훨씬 지나도록 안 오는 게 도저히 우리 상식으로 받아들일 수가 없다. 우리나라에선 불가능한데⋯. 앉아 있기도 힘든데⋯. 다시 창구에 가서 강하게 항의했다. "왜 의사가 안 오느냐? 나 못 기다리겠다. 아파서 눕고만 싶다." 했더니 알았다고 연락하겠단다. 화도 나고 SOS에 전화해서 "항의해도 의사가 안 온다, SOS에서 얘기 좀 해달라." 했더니 조금 있다 의사가 온다. 9시 반이 넘었다. 나보고 들어오라고 손짓한다. 미팅이 있었단다. 별소릴 다 한다. 병원이 환자가 먼저지 미팅이 먼저인가? 증상을 얘기하고 뎅구일까 걱정된다니까 혈압 검사와 목 검사, 가슴 진료 등을 하더니 뎅구는 아닌 것 같다며 혈액 검사해보자고 한다. 아니면 다행이지만 증상이 뎅구와 같은데⋯. 암튼 1층 가서 채혈하니 결과가 11시 반에 나오니 기다리란다. 이런 제길~ 10시도 안 되었는데. 난 지금 5분도 앉아있기 힘들고 당장 눕고만 싶은데⋯. 할 수 없이 창구 의자에 앉아 있으니 힘들어 죽겠다. 이런 경우 우리나라 같으면 입원실이나 병실 침대에 누워서 기다리게 하지 대책 없이 기다리게 하지는 않는데… 1층 창구에 가서 아파서 앉아 기다리기 힘들다, 눕고 싶다, 어디 누울 데 없느냐? 하니까 영어를 잘 못알아듣는다. 있기 힘들어서 이번엔 아까 진료했던 2층 창구로 가서 같은 얘기를 하니 진료실 가서 얘기해보란다. 이런~거~참. 어디 빈방 빈 침대라도 있나 두리번거리며 찾았지만 안 보이고 오히려 직원들이 이상한 눈으로 쳐다본다. 포기하고 2층 한쪽에 보니 조금 푹신한 의자가 보이기에 거기에 몸을 기대고 기다렸다.

11시 반에 채혈한 곳에 가니 조금 있다 내게 와서 결과는 나왔는데 진료 의사가 바빠서 전화를 안 받는다, 기다리라고 한다. 이런~어처구니 없는… 아파 죽겠는데. 찾아보라고 막 소리치고 항의하니 원한다면 이 결과서를 갖고 진료의사가 아닌 다른 의사가 설명하도록 해주겠다고 한다. 따라가서 다른 진료실 앞에 있는데 안에 환자가 진료를 한참이나 하고 나온다. 이윽고 들어가니 여의사가 결과서를 보고는 뎅구는 아니고 몸살이다, 물 많이 먹고 며칠 푹 쉬어라, 한다. 뎅구 아니니 다행이다.

불만투성이 진료를 마치고 지어준 약을 받아 간신히 몸을 끌고 귀가했다. 집 앞 단골 가게에서 코코넛을 먹고 식욕은 없지만 약을 먹어야 하기에 간단히 점심 먹고 약 먹고 누웠다. 교장, 코워커에게 전화하니 안 받아서 며칠 못 간다고 문자를 보냈다. 코이카 사무소에 전화해서 뎅구는 아니라고 얘기해주었다. 약 때문에 밥을 조금이라도 먹어야 해서 대충 저녁 먹고 약 먹고 침대에 누웠다.

병원(OJT 당시 병원장 만나러 갔을 때 사진)

(목)

나흘째 꼼짝 못하고 침대에 누워서 앓았다. 몸이 아프니까 밤에 자다 힘들어서 깨고 잠이 쉽게 안 온다. 아프니까 잘 못자고 잘 못자니까 얼른 안 낫는 것 같다. 물어볼 게 있어서 케갈 파견 동기 이○○ 단원(女)한테 전화했더니 목소리를 듣고 깜짝 놀란다. 몸이 어떻기에 목소리가 그러냐고 걱정해준다. 교장한테 전화가 왔다. 그제는 회의 중이어서 못 받았다고 얼마나 아픈지 묻는다. 뎅구는 아니고 몸살인데 심하다고 얘기했다. 빨리 나으라고 한다. 종일 누워서 쉬었다. 5시가 다 되어 마담페루마한테 전화가 와서 의외다 하고 받으면서 창밖을 보니 대문 앞에 와있다. 놀라서 나가니 교장, 수지와 이렇게 셋이 왔다. 혼자 사는 한국인 선생이 아프다고 여러 날 못 나오니까 문병 온 거다. 내일은 뽀야데이라 공휴일이어서 오늘 온 거다. 고맙긴 하지만 암만 그렇기로서니 연락도 없이 그냥 오는 건 우리 상식 밖이다. 밤에 친하게 지내는 케갈 파견 시니어 윤○○ 선생 전화가 왔다. 같은 기관 파견 중인 이○○한테 전해 듣고 전화한 것 같다. 여기는 기온 변화가 없어서인지 심한 감기몸살에 걸리면 회복하는 데 기본 일주일은 걸린단다. 단원 생활을 오래 한 사람이라 자기 경험도 들려주고 푹 쉬고 건강관리 잘 하란다. 고마웠다.

(금)

오늘은 뽀야 데이, 공휴일. 공휴일이 있어서 다행이다. 아니면 계속 쉬어야 하는데. 간밤에 멜라토닌 먹고 잤더니 좀 잘 잤다. 3일을 연속 못 자서 걱정했는데. 잘 잤더니 몸도 좀 낫다. 그래도 아직 회복되려면 멀었다. 느긋하게 생각하자. 샤워한지 오래되어 몸이 끈적이고 땀냄새도 나고 못 견디겠다. 이럴 때 온수가 나오면 좋은데. 오후에 억지로 얼른 비누질하고 찬물 샤워했다.

(토)

점심 때쯤 케갈 파견 동기 이○○(女)가 좀 어떠냐고 전화했다. 어느 정도 괜찮으면 우리 집에 와서 같이 밥 먹을까 한다. 많이 좋아졌으니 오겠으면 오라고 했다. 동기들 데리고 병문안 오겠단다. 점심 먹고 나서 물도 없고 하여 슈퍼 나가서 물, 감자, 우유 등을 사왔다. 화요일에 병원 다녀 온 이후 밖에 처음 나갔다. 저녁시간이 되어도 아무런 연락이 없어서 카톡 해 보니 조금 늦는다고, 아무것도 하지 말고 가만히 계시란다. 9시 다 되어서야 누와라엘리야, 김○○, 콜롬보 이○○(女)과 같이 셋이 들어온다. 동기가 참 좋다. 아프다고 멀리서들 와주니…. 케갈 이○○가 나더러 어디에 뭐 있는지만 알려주고 꼼짝 말라더니 이것저것 챙겨서 순식간에 뚝딱 한상 차려준다. 하여튼 재주꾼이다. 내가 와인을 사 두었는데 김○○이 또 와인 사 갖고 왔다. 넷이 둘러앉아 차린 음식을 안주로 와인 한 잔씩. 이 얘기 저 얘기 한동안 나누다가 나는 평소 취침 시간이 훨씬 지나서 피곤하여 먼저 들어갔다. 11시가 넘었다.

(일)

즐거운 저녁식사를 하고 몸도 좀 나아져서인지 좀 낮게 잤다. 이○○가 내려오고 차례대로 내려와서 8시쯤 아침을 먹었다. 어제 닭을 사들고 오더니 어제 밤 이○○가 닭백숙을 만들어 놓고 잤다. 내가 아프다니까 잘 먹어야 한다고 만들어 준 거다. 넷이 맛있게 닭백숙으로 아침 먹고 차 한잔 하고 수다 떨고. 오전에 셋은 귀가했다. 내가 아프다고 찾아와서 챙겨준 이○○가 참 고맙다. 점심으로 이○○가 만들어 놓고 간 닭죽 먹었다. 몸이 많이 좋아져서 오후에 여러 날 만에 운동 삼아 조금 걸었다.

동기들 (2016년 7월 현지적응교육 시)

2017년 11월.

어제 콜롬보 권○○ 단원(女)의 전화가 왔다.

"선생님, 한국에서 안과 의료봉사왔어요. 캔디에서 멀지 않은데 시간되시면 가서 도와주셔도 되고 눈이 불편하시면 진료받으세요." 한다.

개도국에 봉사활동 와서 몸이 안 좋으면 낭패다. 개도국이 다 그렇겠지만 이 나라 역시 의료능력이 떨어진다. 대단치 않은 것으로도 치료가 힘들어 중도에 귀국하는 사례가 흔하다. 나도 왼쪽 눈이 충혈이 잘 되는데 요즘 들어 아주 심하다. 특히 저녁 이후에는 너무 빨개서 거울을 못 보겠다. 무서울 정도로 빨갛다. 평소 넣는 안약의 부작용인 듯하다. 권○○이 알려준 한인목사 연락처로 전화하니 다행히도 집에서 40~50분 거리인 텔데니야에서 진료한단다.

오후 2시에 학교에서 나와 텔데니야에 내려서 찾아가니 그 지역 병원이다. 퍽 외진 지역의 병원인데 원래 의료봉사는 오지 마을에서 한단다. 갔더니 진료 받으러 온 현지인들이 엄청 많았다. 기다리는 줄이 까마득해서 오늘 중으로 다 봐주기 어려워 보인다. 개도국은 의료 분야가 가장 취약해서 이런 의료 봉사는 정말 큰 도움이 된다. 안내하는 한국인 봉사자를 찾아가니 줄서지 말고 안으로 들어가란다. 안으로 들어가니 다시 접수 줄이 있기에 또 맨 앞으로 가서 한국인 간호사를 만나니 간호사가 여기 기재하시고 바로 의사한테 가란다. 이름, 나이 적고 진료 중인 의사한테 가니 진료 중이던 의사가 한국인인 나를 보고 진료 받으러 오신거냐 하더니 이 환자 다음으로 바로 봐드리겠단다. 그래서 바로 의사와 만났다. 의사가 내 눈을 보더니 염증이 심하다면서 심각해한다. 요즘 와서 더 심하더니. 더 놔두었으면 상당히 안 좋을뻔 했다면서 하루 두 번씩 열심히 넣으라고 안약 세 종류를 주었다. 혹시나 해서 하나씩 더 달라 해서 받아 갖고 왔다. 집에 와서 열심히 넣었더니 며칠 만에 왼쪽 눈이 완전히 정상으로 돌아왔다. 한국에서 마침 안과 의료봉사를 나오고 그것도 내가 갈 수 있는 거리여서 천만다행이었다.

파견 기간 중 몸이 아프지 말아야지, 진료 받는 게 한국 같지 않아 아프면 참 힘들다.

2) 병원가기

2017년 6월 12일.

이 나라 병원이 내키지 않지만 얼마 전부터 이가 불편해서 진료 한번 받자 하고 학교 끝나고 오후에 나왔다. 페라데니야 치과 병원이 그중 좋다는 말을 듣고 찾아갔다.

그런데 오늘 병원 갔다 오는 게 엄청 스트레스의 연속이었다.

1. 병원 가서 도대체 치과 창구 찾기가 힘들다. 병원 직원들이 영어를 못한다. 영어가 안 되니까 두 번 세 번 사람을 옮겨 소개한다. 이 나라가 그래도 영어가 공용어인데 서비스가 주 업무인 병원 사람들이 어찌 이리도 영어를 못하나? 겨우 영어가 통하는 사람을 소개받았는데 여기가 페라데니야 병원이 맞긴 한데 이곳은 일반 병원이고 치과 병원은 저 앞 다른 건물이란다.

2. 나와서 도로에 있는 병원 경비원한테 치과 병원을 물었는데 엄청 불친절하다. 거만하기 짝이 없는 표정으로 말도 안하고 그저 턱으로, 콧등으로 저기란다. 이렇게 불친절하다니. 경비원이지만 그래도 병원에 몸담고 있으면서 서비스 정신이 꽝이다.

3. 치과 병원을 찾아갔지만 예약이 안 된단다. 기다려서 진료 받으

라고 한다. 얼마나 기다리느냐, 난 예약하고 다음에 오겠다, 했지만 여기는 사설 병원이 아니고 공립 병원이라 예약은 안 받는단다. 이런~~ 병원이 왜 예약이 안 되나? 하지만 암만 얘기해도 소용없다. 기다려서 진료 받으란다. 예약이 안 되면 도대체 얼마나 기다려야 한단 말인가?

4. 진료실 앞에서 마냥 기다렸지만 간호사가 한 번 이름 확인하고는 계속 기다리게 만든다. 한참을 기다리다가 진료실 가서 얼마나 기다려야 하느냐 물으니 30분 정도 기다리란다. 지금껏 기다린 게 30분 넘었는데 또? 게다가 그 말대로 30분 후에 진료 받는다는 보장도 없다. 속으로 욕이 나온다. (2년 살아 보니 이 나라에선 이렇게 마냥 기다리는 게 당연한 일이다.)

5. 얘기나 다시 한번 하고 돌아가려고 아까 접수대에 갔는데 아까 나와 얘기했던 여자는 또 자리를 비웠다. 옆의 여자는 또 다른 손님과 한참 얘기하면서 내가 가도 본체만체한다. 제기랄~ 결국 진료 포기하고 그냥 나왔다.

불편한 이는 동기한테 치간 치술을 얻을 수 있어서 그후 매일 관리를 하니 다행히 석 달 후 국외휴가로 한국 올 때까지 견딜 수 있었다. 다른 저개발국가도 마찬가지겠지만 랑카에 살면서 아프지 말아야지 진료받기도 힘들고 의술도 신뢰할 수 없어서 몸이 아프면 힘들다는 것을 새삼 알게 되었다.

3) 은행업무

코이카 거래 은행은 지점이 모두 콜롬보에만 있다. 두 번째 도시라는 캔디에도 지점이 없다. 그래서 지방 단원들은 불편하다. 그래도 토요일에 교대로 여는 지점이 있어서 주말에 콜롬보 가서 은행일을 볼 수 있다.

2017년 5월 6일(토).

은행 가기 위해 콜롬보행 열차 타려고 토요일 5시 20분쯤 나왔다. 바로 타운행 버스가 와서 탔는데 사람이 꽉 찼다. 참 희한하다. 토요일이면 휴일인데 휴일 새벽에 버스가 만원이라니. 타운의 캔디역에서 열차 타고 콜롬보에 도착했다. 은행가서 해외 송금하려 한다니까 서류를 주고 작성하라 해서 작성해서 주니 이것저것 묻고는 가란다. 오늘은 토요일이라 월요일에 송금된단다. 영수증도 없고 서류만 작성하고는 가라 하다니. 하다못해 내가 작성한 내용을 전산 입력이라도 하는 줄 알았더니 아무것도 없다. 현지은행 계좌번호는 서류에 적었지만 신분증 보자고도 안 하고 원래부터 통장은 만들지 않아서 통장도 없는데, 은행카드 보자고도 않고 핀번호도 안 묻고.. 그래서 다시 물었더니 오늘은 토요일이라 전산입력도 안 하고 월요일에 처리된다고 같은 말만 한다. 그럼 영수증은 안 주냐 하니 영수증이 따로 없는데 원한다면 방금 작성한 서류를 복사해 주겠다 하고 복사해서 준다. 뭐 이런가 싶지만 그러려니 하고 나왔다. 돌아가다가 가만히 생각하니 서류에 사인을 잘못하지 않았나 생각이 들어서 갖고있는 은행 카드 뒷면을 보니 한글 이름으로 사인되어 있다. 이런~ 아까 서류에 내가 한국에서 사용하는 사인을 했는데 틀린 거 아닌가 하는 생각이 들었다. 사인을 한 번 더 하라던데 틀린 것 보고 그런 건가? 다시 은행에 가서 사인을 잘못 했는지도 모른다 했더니 사인 맞다, 확인한 거다, 한다. 내가 은행 계좌 만들 때 어떤 사인을 했는지 모르겠다, 하니 맞다며 모니터를 보여주는데 내가 한국에서 사용하는 사인이 되어있다. 그렇구나. 내가 계좌 만들 때 원래 사인으로 만들었구나. 그 친구 얘기가 사인을 확인하고 처리한 거란다. 괜히 쓸데없는 걱정을 했고 머쓱해졌다. 그렇지. 아무리 엉성해도 설마 사인 확인도 안 했으랴? 이 나라는 신분증 확인 이런 거 다 필요 없고 오로지 사인으로만 본인 확인하나 보다.

그런데 지금 생각해도 이해가 안 된다. 통장도 없고 신분증으로 본인확인도 안 하고, 핀번호도 확인 안 하고, 오직 사인 하나만 보고 고객의 돈을 인출하다니. 사인이야 위조할수도 있는데, 참 별일이다.

사흘이면 송금된다 했는데 여러 날 지나도 송금이 안 되고 있다. 전화로 확인하고 싶은데 담당자 이름을 확인 안 했고 지점 전화를 찾아봤더니 콜센터 전화번호만 확인된다. 전화하니 우리 식으로 몇 번 눌러라, 몇 번 눌러라, 나오고는 기다리라 멘트 후 전혀 연결이 안 된다. 코이카 사무소 회계담당 코디에게 물어보니 개인이 다시 은행 가서 직접 물어볼 수밖에 없단다. 제길~ 송금이 주말엔 안 된다고 하니 평일 일과시간에 시간 내야 할 텐데.

일주일여 후 마침 사무소 갈 일이 있어서 콜롬보 가서 볼일 본 후 은행에 갔다. 먼저 만난 남자에게 나 기억하느냐 하니까 물론, 그런다. 왜 송금이 안 되고 송금 안 해주면서도 전화도 없느냐? 따지니까 놀라면서 아직 송금이 안 되었냐 한다. 자기는 넘겨줘서 모르고 있단다. 그가 확인해보더니 보류 중이라며 이유를 말하는데 어이없다. 신청서 중 날짜 기재하는 란에 '06052017' 이렇게 써 있는데 이게 6월5일을 의미하는 거여서 6월 5일에 집행하려고 그때까지 홀딩 중이란다. 즉, '05062017' 이렇게 써야 2017년 5월 6일 신청한다는 거란다. 이런~ 거지같은…. 내가 신청한 날이 5월 6일인데 뭔 소리? 더 어이없는 건, 그건 내가 쓴 게 아니다. 나머지는 내가 다 쓰고 그 부분은 그 친구가 썼다. 그건 네가 쓴 거다, 왜 그렇게 썼냐? 따지니까 반신반의하기에 내가 갖고 있는 영수증 사본을 보여주며, 봐라, 난 거기 안 썼다, 글씨를 봐라, 내 글씨가 아니다, 네 글씨인지 네가 잘 알거 아니냐? 하니까 그제서야 미안하다고 한다.

즉, 5월6일 신청했는데 그 친구가 신청서 날짜 란에 0506… 이렇게 써야 할 것을 0605… 이렇게 쓰는 바람에 은행에서는 6월 5일이 될 때까지 보류 중이었던 거다. 정말 어처구니가 없다는 말은 이런 데에 쓰나 보다. 은행원 일이 도대체 뭔가? 고객이 작성한 것을 꼼꼼히 살펴보고 혹시 잘못된 것이 있으면 봐주는 게 업무 아닌가? 그런데 그러기는커녕 심지어 쓰는 걸 잘못 쓰다니? 이런 어이없는 일도 다 있나? 그냥 미안하단 말이 전부다. 더 따져 봐야 피곤하다. 자기가 매니저한테 얘기해서 오늘 바로 조치 취하고 알려주겠단다. 지금 얘기하라니까 점심 때라 매니저가 밥 먹으러 가서 안 된단다. 할 수 없이 알았다, 제대로 처리하고 알려주라 하고 나오는 수밖에….

이틀 후 송금 확인 되었다. 그렇게 금방 처리될 일을….

4) 버스 이야기

랑카의 버스는 열악하면서 특이하다.

콜롬보에 도착하여 현지적응 초기, 코이카 사무소 교육담당인 현지인 자나크의 안내로 이동 시 처음 버스를 탔다. 랑카의 버스는 특이한 점들이 많다.

1. 개도국이 다 마찬가지겠지만 참 낡았다. 우리나라 같으면 폐차 처분될 버스들이다.
2. 매연이 엄청 심하다. 버스 외의 다른 차량들도 마찬가지지만 앞이 안 보이는 시커먼 매연을 뿜고 다닌다. 우리나라 같으면 매연 단속으로 운행 불가다.
3. 앞뒤 두 개 출입문을 열고 달린다. 아예 출입문이 닫히지 않는다. 더우니까 바람 잘 통하라고 열고 달리는 것 아닐까 생각해보지만 모든 창문을 항상 활짝 열어놓고 다니는데 왜 출입문까지 열고 달리는지 모르겠고 위험하기만 하다. 이 나라가 우리나라의 60년대 모습이라지만 내가 살았던 60년대 우리나라는 가난

하고, 낡고 매연 뿜는 버스였어도 문을 열고 달리지는 않았다.

4. 좌석이 엄청 좁다. 좌석이 양쪽에 줄지어 있고 가운데는 통로인데 버스 좌석이 우리 상식으로는 한 쪽에 두명씩, 한 줄에 4명 앉는 데 반해, 이 나라 버스는 한 줄에 2인용 좌석, 3인용 좌석이 있거나 아니면 좁은 2인용 좌석만 있거나 한다. 2인용 좌석 두 개가 한 줄인 버스의 경우 중앙 통로가 넓다. 즉, 우리의 경우 한 줄당 4명이 앉는 좌석을 이 나라 버스는 5명이 앉는 좁은 좌석으로 만들어 놓았다. 그러니 자리가 좁다. 이 나라 사람들이 우리보다 작은 체구도 아닌데 왜 좌석을 이렇게 했는지 이해가 안 된다. 옆 사람과 좁은 의자에 서로 몸을 붙여 앉아야 해서 여자들은 불편하다. 그래서 여자 단원들은 장거리 버스 타는 걸 힘들어 한다. 남자들도 좁은 의자가 힘들고 불편한 건 마찬가지. 의자가 좁은 건 나라가 가난한 것과는 상관없는데….

5. 버스컨덕터(옛날 우리나라 버스 차장)가 있다. 버스를 타면 버스컨덕터가 일일이 다니면서 요금을 걷고 종이쪽지 같은 영수증을 꼭 준다. 이 영수증은 내릴 때까지 보관해야지 장거리 버스의 경우 종종 중간에 확인하는 경우도 있다. 만원버스에서 손님들을 비집고 다니면서 요금 받고 손목에 부착한 영수증 철에서 영수증을 만들어 주는 능숙한 모습이 신기하다. 버스컨덕터는 모두 남자다. (참고로 이 나라는 보수적이라 여자는 서비스직 일을 하지 않는다고 한다. 예를 들어 버스컨덕터, 식당 접객원 모두 남자다. 슈퍼마켓 계산원 정도만 여자다.)

6. (특히 장거리 버스의 경우) 음악 볼륨을 크게 해서 틀어놓는다. 노

래도 낯선데 매우 시끄러워서 우리에겐 소음공해다. 버스 타면 인내가 필요하다.

7. 만원버스에 승객들을 매달고 달리기도 한다. 많이 태우다보니 열려있는 출입문에 대롱대롱 사람들이 매달려 가는 걸 볼 때면 내가 불안하기만 하다. 문을 열고 달리는 것도 위험한데. 안전 불감증이다.

2016년 11월.

버스 타고 집에 오는데 또 희한한 일을 다 봤다. 버스가 가다가 주유소로 들어간다. 세상에~ 버스가 운행 중에 많은 손님을 태운 채 주유를 하다니. 참 별일이다. 우리나라에서 시내버스가 중간에 급유를 한다는 건 꿈에서도 보기 힘든 광경일 텐데. 또 하나의 이야기거리가 생겼다. 우리 같으면 그렇지도 않겠지만 혹시라도 그랬다간 난리가 날 텐데 이 나라 사람들은 모두 태연하다. 이런 일이 흔한 모양이다. 정말 헐~ 이다.

2017년 5월.

오늘은 시내에 일이 있어서 아침 일찍 6시 15분쯤 나왔다. 그런데 오늘은 버스가 이상했다. 버스가 만원인데 심지어 가다가 막힌다. 차량이 거북이 걸음이다. 나중에 현지인에게 물어보니 중 고등학교가 7시까지여서 이 시간에 항상 만원이란다. 내가 평소 그 시간에 버스 탄 적이 없어서 몰랐다. 학교들이 일찍 시작하는 건 콜롬보에서 봤지만 모두 7시라니? 참 희한하다. 게다가 콜롬보와 달리 캔디는 모든 학교들이 시내에 있어서 이 시간에 시내 가는 버스들이 다 그렇단다. 그리고 시내 방향으로 차량들이 엄청 밀리고. 이런~

2017년 6월.

버스가 마냥 느리게 간다. 그러더니 한 정류장에서 떠날 생각을 하지 않고 호객만 한다. 보니까 거리의 한 학교에서 막 하교했는지 애들이 몰려나온다. 버스컨덕터는 계속 호객만 하고 운전수는 떠날 생각을 안 한다. 이런~ 이 학생들 모두 나올 때까지 기다릴 건가? 이 나라는 왜 버스가 호객을 하는지 알 수가 없다. 승객을 태우면 바로 떠나야지. 전에도 버스가 계속 호객만 하고 갈 생각을 안 하는 걸 여러 번 겪었다. 손님 운임대로 수입이 생기는 건가? 설마~ 왕짜증 난다. 한참을 태우고는 떠난다.

(나중에 들으니 랑카에는 나라에서 운영하는 빨간색 공영버스와 개인회사가 운영하는 파란색 사설버스가 있는데 사설버스의 경우 승객 운임에 따라 기사와 버스컨덕터의 급여가 좌우된단다. 그래서 파란색 버스는 가급적 많이 태우려고 한단다. 별일이다. 공영버스는 그렇지 않단다.)

2017년 10월.

콜롬보에서 새벽버스 타고 캔디에 내려 학교 가는 아루뽈라행 버스 종점에서 타니 8시 20분이다. 그런데 이 버스, 한참 있다가 8시

40분에야 출발한다. 승객을 가득 태워 이미 만원이다. 그런데 버스는 승객을 가득 태운 채 주유소로 들어가서 주유를 한다. 참, 별일이다. 대낮도 아니고 바쁜 아침 출근 시간에 미리 준비를 안 하고, 더구나 승객이 꽉 차 있는데 가다가 주유를 하다니…. 우리 상식으로는 이해 불가다. 버스가 카투가스토타 방향으로 가는 갈림길에 오니 이미 만원인 버스에 또 많은 인원이 탄다. 더 이상 들어갈 자리가 없는데도 버스 컨덕터는 꾸역꾸역 밀어 넣고 자기도 매달린다. 근데 놀랍게도 학교 동료교사 세네위랏너가 거기서 탄다. 이 사람 집이 페라데니야라 했는데 왜 거기서? 학교 와서 물어보니 버스가 자주 안 다녀서 더 빠른 버스 타기 위해 버스 한 번 더 타고 거기까지 와서 다시 갈아탄단다. 어차피 학교 가는 버스는 이 버스하나밖에 없는데 시간 절약이 되나? 그렇게 오면 앞의 버스를 탈 가능성이 있다는 얘기인데 코스가 똑같은데 가능한가? 암튼 모르겠다. 하여튼 갈림길에서 더 들어갈 자리가 없는 상태에서 많은 학생들이 또 타고 버스는 승객들을 대롱대롱 매단 채 달린다. 서너 명의 승객이 겨우 한쪽 발만 딛는 둥 마는 둥하고 양팔의 힘만으로 매달려 간다. 참 이 나라 안전불감증이란….

2017년 11월.

오늘 이 버스 유난히도 천천히 간다. 그러더니 한 정류장에서 가지 않고 그냥 서 있다. 뭐야 하고 보니 버스컨덕터는 안 보인다. 이것 참~ 우리 상식으로는 이해불가한 상황이 참 많다. 전에도 종종 승객을 태운 버스가 중간에 서서 버스컨덕터가 잔돈을 바꾸러 가거나 뭐를 사는 등 볼일 보는 것을 봤다. 그것도 우리 상식으로는 말이 안 된다. 그래도 그때는 얼마 안 있어 출발했는데 오늘은 한참을 볼일 보고 무려 10여분 후에나 출발한다. 이 나라 사람들에겐 이게 당연한 일인가? 내가 랑카 스타일에 맞춰야 하나?

2017년 8월.

아침에 버스로 학교 가는데 좀 이상하다. 이 버스가 잘 가지를 못한다. 왜 그러나 하니 앞의 버스가 천천히, 아주 천천히 간다. 그래서 이 버스가 추월하려고 몇 차례 시도했지만 그때마다 좁은 2차선 도로 맞은편에서 차가 오는 바람에 추월하지 못한다. 아침 출근길이니 차가 많지. 중간쯤 와서 정류장에 앞 버스가 옆으로 바짝 붙여 서기에 이제는 공간이 되니 이 버스가 추월하겠구나 하는 순간 앞 버스에서 차장이 손짓을 하더니 이게 웬일? 앞에 가던 느림보 버스가 결국 문제되었나보다. 앞 버스 손님들이 모두 내리더니 이 버스로 옮겨 탄다. 이 나라 차량들이 모두 낡은 차량이라 언제든 이런 일이 발생할 수 있다. 지방 다니다 두 번 경험했는데 바쁜 아침 출근길엔 처음이다. 버스가 미어터진다. 난 중간에 내려야 하는데 큰일이다. 비지땀 쏟으며 비집고 나와서 겨우 탈와따에서 내렸다.

2016년 12월.

지방 여행 중 돌발 상황이 발생했다. 목적지를 7㎞ 정도 남긴 시점에서 타고 가던 버스가 갑자기 연기를 내고 멈춰 섰다. 낡아빠진 고물차가 문제를 일으키고 더 이상 운행 불가란다. 제기랄~ 별일 다 겪는다. 우리는 참 신기한 경험인데 현지인들은 흔히 있는 일이어서인지 지극히 자연스럽게 삼삼오오 얘기 나누면서 태연하게 기다린다. 30여 분 기다려서 다음 오는 버스로 옮겨 탔다.

(다른 나라 얘기로는 달리던 버스가 갑자기 멈춰 서기에 창밖을 보니 바퀴 하나가 떨어져 나가 굴러가더란다. 그보다는 나은가?)

📢 버스 중엔 출입문 닫고 에어컨이 나오는 버스도 있다. A/C버스라고 불리는 에어컨버스를 말하는데, 지역 간을 다니는 시외버스 중 일부가 그렇다. 크기가 보통 마이크로버스 형태가 대부분인데 좌석이 좁은 건 똑같다. 그리고 모든 지방을 다 다니는 게 아니고 주요 지방도시 위주로 다닌다. 즉, 특정구간에는 일반버스와 A/C버스가 같이 다니는데 일반버스와 달리 A/C버스는 정류장마다 서지 않아서 빠르다. A/C버스는 같은 구간 일반버스보다 배 이상 비싸다. 또한 이 나라에는 콜롬보에서 남부 해안도시 마타라까지 랑카 유일의 고속도로(약 170㎞)가 있는데 이 고속도로를 달리는 고속버스는 우리나라 고속버스와 같다. 좌석 간격이 한 줄에 네 명씩 앉게 널찍하고 안락하며 차도 비교적 새 차다. A/C버스와 고속버스는 출입문을 닫고 달리고 에어컨도 나온다.
위에 쓴 버스 이야기는 전체 버스의 95% 이상인 일반버스(시내버스, 시외버스, 장거리버스 포함) 이야기이다.

📢 이 나라의 불편한 도로 및 교통은 생략하고, 길 건너는 건 얘기하고 싶다. 랑카에 살면서 길 건너는 일이 괴롭다. 횡단보도도 많지 않고 무엇보다 신호등이 없다. 횡단보도 신호등은 캔디 중심가 다섯 손가락 이내 곳에 있을 뿐 시내라도 나머지에는 없다. 신호등이 없으니 차가 오건 말건 본인 책임하에 알아서 건너야 한다. 전국적으로 횡단 신호등은 이 나라 유일의 대도시 콜롬보 시내에만 제대로 있는 것 같다. 나머지 도시들은 거의 없다. 많은 차량이 꼬리 물고 오는데, 혹은

씽씽 달려오고 있는데 알아서 건너야 한다. 현지인들은 겁 없이 알아서 잘 건너는데 우리 외국인들은 힘들다. 차가 뜸하길 기다리다 보면 한참 기다릴 때도 많다.

버스 모습

버스 내부 모습(앞 부분)

5) 날씨 변화

2017년 3월.

날이 엄청 맑고 햇살이 눈부신데 폭우가 퍼붓는 게 아닌가? 햇볕 속 비는 흔히 있는 일이지만 이 정도는 아니다. 눈이 부시도록 해가 내리쪼이는데 큰비가 쏟아지다니? 이런 모습은 실제 보지 않으면 설명이 어렵다. 생전 처음 본다. 한 시간 넘게 계속된다. 별일 다본다.

2017년 11월 19일.

콜롬보에서 30분이나 늦게 저녁에 캔디역에 도착했다. 열차로 오는 동안 계속 비가 퍼부었는데 캔디는 비가 전혀 안 왔나 보다. 바닥이 바싹 말라있다. 지난번에 흠뻑 비 맞고 들어가서 후회해서 오는 동안 비가 오기에 오늘은 비싸더라도 툭 타고 가려 했는데 날이 멀쩡해서 버스정류장을 향해 걸었다. 걷는 중에 막 빗방울이 한두 방울씩 떨어진다. 빨리 가야지 하고 부지런히 걸어서 버스 탔다. 그런데 버스로 가는데 탈와따를 지나면서부터 폭우로 변해서 퍼붓는다. 이런~. 폭우는 계속되고 집에 다 와서 집 앞에서 내렸다. 일단 급히 버스 스탠드 지붕 밑으로 들어갔다. 폭우 정도가 아니고 앞이 보이지 않는 장대비다. 잠깐 사이에 이렇게 급변하다니. 이럴 줄 알았으면 비용에 관계없이 당연히 툭을 탔지. 이런 비라면 우산은 아무 소용없고 몇 m만 걸어도 물에 빠진 것 같을 거다. 빗줄기 줄어들기를 기다리자 하고 버스 스탠드에서 기다렸지만 10분이 넘도록 변함없다. 마냥 기다리자니 많이 늦고 지치겠어서 일단 길이나 건너자고 우산을 받쳐 들었다. 우산이 부서질 것 같다. 부지런히 길을 건너서 가게 처마 밑에 섰다. 거기엔 몇몇 젊은이들이 서 있었다. 내가 들어서니 툭 필요하냐고 묻는다. 보니까 앞에 툭이 여러 대 서 있는데 툭 기사들이다. 필요하다 하니까 타란다. 덕분에 집까지 200m 정도의 거리를 다행히 잘 들어올 수 있었다. 비싸게 달라고 해도 할 수 없지 하고 타고 왔는데 다행히 50루피 달란다.

(이날처럼 심한 폭우는 평생 본 적이 없다. 말 그대로 장대비였다.)

어느 날의 폭우. 집 거실에서 본 모습

2018년 3월.

주말 낮에 날이 밝아지고 해가 나기에 조금 덜 마른 빨래를 마당에 옮겼다. 옮기고 바로 침대에 누워 노트북으로 미드 보고 있는데 금방 무슨 소리가 나는 듯하여 내다보니 이런~. 10분밖에 안 되었는데 그새 날이 변해서 폭우가 쏟아지고 있다. 미드 보고 있었으니 창밖의 변화를 모르고 빗소리를 못 들었다. 무슨 날씨가 잠깐 만에 변한담. 한국에서는 보기 힘든 이런 현상이 여기서는 잦다. 할 수 없이 빨래를 모두 세탁기로 다시 돌리고 널었다. 비는 10여 분 쏟아지고 멈추더니 다시 햇살이 난다. 얄미운 비 같으니.

2018년 4월.

시내에 볼일 보러 나갔다가 상가 가게에서 아이스크림을 사먹고 있는데 바깥이 소란스럽다. 보니 소나기가 쏟아지고 있다. 조금 전까지 햇볕이 뜨겁더니. 제길. 빨래를 비 안 맞게 처마 안에 놓고 와서 걱정은 안 되는데 그래도 비가 오면 다 말랐다가 다시 습기 차겠는데. 볼일을 포기하고 버스 타고 오는데 시내를 조금 지나보니 거기는 비가 안 왔다. 불과 200~300m 사이로 비가 오고 안 오고 한다.

6) 망상

2년간 열악한 환경에서 혼자 살다 보면 참 희한한 경험도 다 해 본다.

2017년 3월 26일.

어이없는 일을 겪었다. 집에서 자다가 소변이 마려워 깨서 침대 위에서 일어서서 방바닥이라 생각하고 그냥 걷다가 침대 아래로 떨어져 넘어졌다. 무릎을 땅에 찧었다. 크게 다치진 않은 것 같은데 무릎이 몹시 아프다. 침대에서 잤는데 깨서는 방바닥이라 생각하고 걷다니…. 잠에 취했기로서니 별일을 다 겪는다.

2017년 6월 2일.

참 희한한 경험도 한다. 초저녁 때쯤 잠깐 쉰다고 누웠다가 잠이 들었네, 하면서 소변이 마려워 깼다. 깜빡 잠든 게 밤이 되었구나 하고 화장실에 갔다가 나와서 아직 저녁도 안 먹었는데, 하면서 시계를 보니 11시. 이상하다? 이렇게나? 내가 초저녁에 잠들었는데 벌써 11시? 어떻게 된 거야? 하고 생각을 더듬으니 그게 아니다. 초

저녁에 잠깐 누운 게 아니고 저녁 다 먹고 치우고 9시에 자러 들어가서 잠들었다가 두 시간 만에 소변 마려워 깬 것뿐이다. 불 켜고 주방에 가서 보니 저녁 먹고 설거지까지 다하고 깨끗한 상태. 그런데 왜 잠자다 깼다고 생각이 안 들고 저녁도 안 먹고 초저녁에 잠깐 누웠다가 잠든 걸로만 생각했을까? 희한하다. 이런 게 망상인가? 아무튼 다 기억이 나고 다시 누웠다.

2017년 12월 17일.

자다가 오줌 때문에 깼다가 기겁을 했다. 닫힌 방문 틈으로 불빛이 보이는 게 아닌가. 이게 웬일이래? 혼자 있는 빈집 거실에 불이라니. 도둑이라도? 무서운 마음에 놀라 일어났다. 밖에 뭐야 하다가 생각해보니 아차, 여기 집이 아니고 유숙소지, 하고 그제야 생각이 들었다. 어제 토요일이라 콜롬보에 왔고 유숙소에서 자다가 깬 거다. 방문 틈으로 보이는 불빛은 집이 아니고 유숙소 거실 불빛인 것을. 곤하게 자다가 깨서 집으로 착각했다. 망상~

📢 **유숙소:** 지방 단원들이 공적 혹은 사적인 일로 콜롬보에 왔을 때 머무를 수 있도록 코이카 사무소에서 임대한 아파트로서 취사가 가능하며 많은 단원이 체류할 수 있다.

7) 김치 담그기

　저개발국가에 파견되어 생활하면서 가장 힘든 것은 나의 경우 식생활이다. 대부분의 단원들, 특히 남자 단원의 경우 식생활은 힘들다. 현지 쌀이 우리나라 쌀이 아니고 흔히 '안남미'라고 하는, 밥을 지으면 흩어지는 쌀이다. 그리고 그들의 음식이 우리 입에 맞을 리 없다. 상황을 모르는 한국의 지인들이 한식당에 가서 사 먹으면 되는 것 아닌가 얘기하는데, 나라에 따라 다르지만 랑카의 경우 한국 식당이 수도 콜롬보에만 세 군데 있을 뿐, 지방에는 없다. (그나마 많이 비싸서 콜롬보 갔을 때도 매번 먹지는 못한다.) 현지 음식을 그냥 사먹는 것도 (입에 안 맞아 별로 사 먹고 싶지도 않지만) 수도 콜롬보 외에는 집 밖에 나가 봐야 변변한 식당이 없다. 캔디의 경우 식당다운 식당을 가려면 타운에 가야 하는데 한참 가야 한다. 그래서 우리식 식사를 각자 집에서 만들어 먹어야 하는데 힘들고 귀찮다. 일단 쌀은 우리 쌀과 같은 중국쌀을 비싸게나마 살 수 있는 곳이 콜롬보뿐이다. 그래서 콜롬보 갈 때 종종 5Kg, 혹은 10Kg 중국쌀을 사 갖고 온다. 승용차가 있는 게 아니어서 무거운 쌀을 배낭에 메고 버스 혹은 열차로 몇 시간 걸려서 갖고 온다. 그리고 음식은 쇠고기, 돼지고기는 드물고 종종 생닭 사다가 닭고기 음식 만들어서 단백질을 보충한다. 밑반찬으로 김치가 있어야 하는데 젊은 단원들은 안 그렇기도 하지만 우리 또래들, 특히 나의 경우 집에서 먹을 때 김치 없이는 밥을 못 먹는다. 한데 김치 파는 곳도 콜롬보뿐이다. 코이카 봉사단원 대다수는 수도가 아닌 지방 단원이라 그래서 김치를 직접 담가 먹는다. 파견 전 국내교육 시 봉사활동 다녀온 재파견 단원들로부터 파견국가에 가면 김치를 담가 먹는다는 말을 들었다. 전에는 국내교육 시 김치 만들기 수업시간도 있었다고 들었는데 우리 때에는 없었다. 출국 전 아내한테 만드는 방법을 배우고 입국 후 현지교육 기간 동안 음식 만들기 시간이 반나절 있어서 그날 랑카 교민인 한국인 여자 강사로부터 김치 담그기를 배웠고 같이 만들어 봤다.

2016년 8월 8일.

파견지 임대주택 3일째. 파견일부터 학교 방학 시작이라 쉬는 날이다. 아무것도 준비된 게 없는 빈집이어서 이틀 내내 급한 집안일 하느라 먹는 것은 대강 먹으며 지냈다. 오늘은 드디어 김치를 담그기로 했다. 입국 2개월 동안 현지교육 마지막 날 수료식 후 오찬을 한식당에 가서 먹은 것 말고는 한식을 못 먹어서 김치가 많이 먹고 싶었다. 랑카 입국 시 고춧가루와 액젓은 가지고 왔다. 타운 나가서 이것저것 사면서 배추를 샀다. Chinese Cabbage라는 이름으로 파는데 550루피에 두 통 샀다. 역시 값이 만만치 않다. (나중에 보니 배추 가격은 일정하지 않고 들쭉날쭉하다.) 대파는 없고 쪽파는 흔하다. 쪽파도 한 묶음 샀다. 집에 와서 먼저 배추 포기를 자르고 물에 몇 차례 씻었다. 바닥에서 큰 플라스틱 통으로 씻으려니 허리가 아프다. 그런 후 배운 대로 소금을 적당히 뿌려 놓았다. 이제부터 양념차례다. 다진 마늘 만드는 게 참 힘들다. 일단 우리와 달리 깐 마늘은 팔지 않아 통마늘을 사다가 일일이 까야 한다. 믹서기가 없으니 하나하나 도마 위에 올려서 식도 손잡이로 찧어야 하는데 아직 모든 게 준비가 덜 되어 큰 식도가 없다. 그래서 과도로 마늘들을 하나하나 잘게 잘랐다. 생강도 조금 자르고… 그리고 양파 까고 자르기. 쪽파 다듬고 씻고 자르기. 배추 두 통에 맞게 적당량의 양파와 쪽파를 준비했다. 다 준비하고 나니 꽤 시간이 흘렀다. 배추 절인 상태를 보니 적당하다고 배운 상태 정도로 절여졌다. 이제는 절인 배추 씻기. 세 번에 걸쳐 수돗물에 소금물을 씻어서 물 빠지는 채판 위에 올려 놓았다. 드디어 다 되었고 김치를 담글 차례. 큰 플라스틱 통에 씻은 배추를 넣고 자른 양파, 쪽파에 고춧가루와 마늘, 생강, 액젓을 넣고 버무렸다. 고춧가루를 어느 정도 넣어야 하는지 모르겠지만 대강 붉은 색이 띠도록 넣었다. 다 버무리고 나니 김치 담그는 데 다섯 시간 넘게 걸렸다. 허리가 아프고 힘들다. 힘들게 만들었는데 맛은 나려나?

8월 9일.

낮에 다시 시내 나가서 이것저것 필요한 물품을 사고 들어와서 저녁 준비를 했다. 어제까지는 대강 먹었는데 김치도 있겠다 이제 한국식으로 먹자, 하고 내가 좋아하는 된장찌개를 준비했다. 된장은 입국 시 가져왔고 감자, 양파는 사면 되는데 호박은 우리 애호박은 없다. 호박 대신 먹는다고 배운 호박 비슷한 것을 샀고 두부도 우리 두부는 없고 역시 두부 비슷한 것만 판다. 멸치도 팔긴 파는데 이 나라 멸치는 무척 굵은데다 짜고 맛이 없다고 한다. 멸치와 다시다도 한국에서 가져왔다. (참고로 한인 식자재 역시 이 나라에 하나뿐인 콜롬보의 한인 슈퍼에서만 판다. 우리나라보다야 물론 많이 비싸지만 고추장, 된장은 물론, 다시다, 라면, 과자 등 우리 식자재가 모두 있어서 콜롬보 갈 때마다 꼭 들른다. 아니 어떤 때는 식자재 사려고 콜롬보 가기도 한다.) 감자, 양파에 두부 등을 넣고 된장 풀고 다시다 넣고 푹 끓였다. (된장찌개는 사실 많이 끓여봐서 식자재만 있으면 자신있다.) 계란 프라이 만들고 드디어 어제 담근 김치를 꺼냈다. 김치 통을 여니 하루 만에 잘 익은 김치 냄새가 좋다. 식탁에 된장찌개와 김치, 계란 프라이를 올려놓으니 아주 마음에 드는 한식 식탁이 되었다. 김치를 한 젓가락 집어 들었다. 처음 만든 것 치고 제법 김치 맛이 나고 괜찮다. 신기하네. 나도 김치 담글 줄 아네. 내겐 된장찌개와 김치만 있으면 된다. 오랜만에 정말 맛있는 집밥을 먹었다.

김치 담그기 정말 힘들다. 항상 다섯 시간 넘게 걸린다. 힘드니까 한꺼번에 많이 담지 하면, 양이 많은 만큼 시간이 더 걸려 그만큼 더 힘들다. Chinese Cabbage가 이 나라 사람들 주 야채가 아니어서 어떤 때는 배추 값이 너무 비싸기도 하고 어떤 때는 여러 날 계속 없기도 한다. 담그는 게 너무 힘들어 마늘 빻는 일이라도 덜어 보자 하고 6개월 지난 후 믹서기를 사서 사용했다. 그래도 점점 담그기가 싫어져서 1년 지난 후부터는 김치를 콜롬보 가서 사다 먹었다. 담그는 것보다야 물론 많이 비싸지만. 처음에는 김치 먹고 싶은 마음 때문에 힘들어도 담가 먹었는데 날이 갈수록 김치 담그기가 귀찮고 힘들다. 2년 동안 아내가 세 차례 다녀갔는데 올 때마다 김치를 맛있게 많이 담가주고 가서 고맙게 한동안 잘 먹었다.

(믹서기는 귀국 시 강○○ 후임으로 온 선생님에게 기증했다.)

현지적응교육 시, 음식 만들기 수업시간

집에서 김치 담그기

집밥, 된장찌개와 김치

8) 극장 구경

랑카에도 물론 극장은 있는데 수도 콜롬보 외에는 거의 없다. 극장은 우리와 마찬가지로 개봉관에서만 개봉하고 종료되는 듯하다. 파견 기간 중 영화 보러 2차례 극장에 갔다.

2016년 8월 3일.

현지적응교육 기간 말미에 극장 구경을 갔다. 모레면 2개월간의 현지적응교육이 끝나는데 극장가서 영화 구경하는 것도 교육 일정 중 하나다. 연수원에서 점심 식사 후 코이카 사무소 교육진행자인 현지인 자나크의 인솔하에 현지인 싱할라어 교사 차말리 선생과 우리 동기들이 함께 버스로 이동하여 콜롬보의 한 극장에 갔다. 연수원에서 그리 멀지 않은 곳인데, 일부러 그렇게 정했나 보다. 극장 입구엔 커다란 영화 간판이 붙어 있다. 제목이 'Melody of Love'. 티켓 판매소에 현지인들이 줄지어서 티켓을 산다. 자나크가 일괄적으로 티켓을 구매해서 입장료는 얼마인지 모르겠다. 극장 안에 들어가니 계단식 의자 좌석이 그런대로 안락하다. 관객은 제법 많아서 평일 낮인데도 좌석이 반쯤 찬 듯하다. 에어컨은 없지만 선풍기

가 시원하게 돌아가서 더워서 불편하진 않다. 극장 레벨이 어떤지
는 모르겠지만 다른 부문의 열악한 모습에 비해서는 극장은 그런
대로 나은 편이다. 영화는 랑카 영화로, 전형적인 애정영화다. 물론
싱할라어로 나오는데 두 달간 배운 걸로 알아들을 리가 없고 영상
으로 유추해서 그런가 보다 하고 봤다. 동기들 중 그래도 싱할라를
제법 잘하는 사람도 있지만 내용을 제대로 이해했을 리는 없다. 영
화 끝나고 나와서 누군가가 "알아들은 말이 '아드레이(사랑한다)' 하
나뿐" 이라고 하니까 모두들 맞다고 하면서 웃음을 터뜨렸다. 나도
그건 알아들었다.

현지 극장을 구경하는 새로운 경험을 한 날이다.

교육기간 중 영화보러 가서

내가 원래 영화를 좋아해서 한국에서 영화관에 많이 갔다. 단원들은 2년 봉사활동 기간 중 주말, 공휴일, 그리고 방학 등 시간은 많은데 가족, 친구들과 떨어져 혼자 사는 삶인데다 TV도 없어서 할 일이 없다. 그래서 영화관이 있으면 종종 갔을 텐데 이상하게 캔디에는 영화관이 없다. 시내를 샅샅이 살펴봐도 없고 혹시나 하고 주변에 물어봤더니 없단다. 콜롬보에는 여러 곳에 많이 있는데 제2도시라는 캔디에 없다니…. 캔디에 비해서는 작은 도시인 케갈에는 있던데. 지방 다른 곳에는 거의 없는 듯하다. 캔디에 극장이 있으면 볼 만한 영화 있으면 종종 갔을 텐데.

2018년 6월 12일.

동기 네 명이 여러 날째 콜롬보 유숙소에서 대기하면서 출국준비 하는 중이고 출국 하루 전날이다. 전날 저녁 먹고 수다 떨다가 나 먼저 자러 들어간 후 셋이서 오늘 아침에 영화 보러 가자고 했단다. 밥 먹자마자 모두 나와서 꼴루피티야에 있는 커다란 상가 건물 리버티프라자에 있는 영화관에 갔다. 콜롬보에 있는 단원들은 종종 영화 구경을 하고 심지어 지방 단원들도 주말에 콜롬보 와서 영화를 보기도 한단다. 미리 어디서 뭐하는지는 알아봤나 보다. 상영 영화는 'Juraic Park, Fallen Kingdom (쥬라기공원, 폴른킹덤)'이다. 랑카 와서 소식 접고 살아서 몰랐는데 올해 새로 나온 영화란다. 평일인데다 오전이어서 극장에 관객은 거의 없었다. 입장료가 550루피, 이 나라 생활 수준에 비해 상당히 비싸다. 영화관은 그런

대로 괜찮다. 의자도 매우 편안하고. 현지적응교육 시 갔던 영화관은 에어컨이 없었는데 여기는 에어컨도 빵빵하게 나와서 추울 지경이다. 이 나라에서 영화도 보고. 한글 자막이 없으니 영어를 잘 못 알아들었지만 재미있었다.

랑카에 있는 동안 우리끼리 영화관 가서 최신 영화도 본, 즐거운 경험을 했다.

9) 소소한 일상

◇ 픽미

짐이 많아 픽미를 불렀는데 이 기사가 가다가 급유를 한다. 세상에~ 이 나라 참 이상하다. 우리나라에서 택시가 손님 모시고 가다가 급유를 한다면 어떻게 될까? 전혀 상상할 수 없는 일이 이 나라엔 있다. 이런 일이 흔한가? 아니면 내가 외국인이어서? 하여튼 어이가 없다. 그것도 무려 15분 정도나 걸려서. 시간 거리 병산제라 급유하는 동안 미터기는 계속 올라간다. 심사가 뒤틀린다. 집에 오니 미터기로 246루피 나왔다. 240루피 주니 10루피 더 달란다. 아까 당신 때문에 10분 넘게 기다렸다, 그것도 그렇거니와 그 때문에 20루피 정도 더 나왔다, 하면서 돌아서니 그도 수긍한다.

어이없는 자 같으니. 자기가 먼저 깎아서 받아야 하거늘.

◇ 살생 금지

아침 운동 중 강변 한 집에서 한 남자가 쥐덫을 들고 나온다. 그런데 보니까 안에 쥐가 갇혀 있다. 지켜보고 있자니 그 남자 강 쪽으로 쥐덫 입구를 열어서 쥐를 내보낸다. 이런~ 우리 같으면 잡힌 쥐를 그냥 살려서 보내진 않는데…. 불교 나라라 이 나라 사람들 모기가 몸에 붙어 피를 빨아도 잡지 않고 손으로 내쫓고 뱀이 집에 들어와도 잡는 법이 없이 나가게 한다더니….

◇ 구걸하는 사람

캔디 인근의 근사한 곳인 후나스폭포를 향하는 한적하고 공기 맑은 산책로를 따라 올라갔다. 참 좋다. 집에서 오는 데 두 시간 반 걸리긴 했지만 집에 있는 것보다 훨씬 낫다. 걷기 좋게 완만한 오르막길이다. 올라가는데 웬 늙은이가 말을 건다. 60대 후반으로 보이는 행색이 아주 초라한 맨발의 늙은이다. 어디서 왔냐, 어디 가냐 하며 말을 걸기 시작해서 이것저것 가르쳐 준다고 후추 잎사귀, 커피나무 등을 따서 이건 뭐다, 저건 뭐다 하고 계속 말해준다. 그러면서 이것 좀 봐라 하며 끌고 나무로 가서 이건 뭐다 하고 얘기한다. 고맙다 하고 '이 사람이 귀찮게 왜 이러나' 하면서 빠른 걸음으로 계속 걷는데 이 사람 같이 빠른 걸음으로 따라오면서 이것도 봐라, 저것도 봐라, 하며 말을 계속 건다. 바쁘다 하고 잰걸음으로 걸으니까 그의 발걸음도 빨라진다. 맨발에 발등도 상처투성이고. 계속 얘기해 주려 해서 집이 어디냐, 이제 돌아가라, 나 바쁘다 하니까 그제서야 용건을 얘기한다. 가족이 몇인데 먹을 것이 없다, 하며 짐작대로 돈 달란다. 그런 식으로 외국인에게 접근해서 동냥하는 거다. 30분 넘게 쫓아 왔으니 모른다 하고 내치기도 뭐해서 50루피 줘서 보냈다. 100루피 주기엔 과하고 20루피 주자니 너무 인색한 것 같고.. 참 가난한 나라라 이런 사람도 있구나.

◇ 마루살리

잔돈을 싱할라로 마루살리라 한다. 랑카에서는 거스름돈을 잘 거슬러주지 않는다. 적당한 돈을 내도 마루살리 달라고 할 때가 많아 당황스럽다. 손님이 왕이 아니고 봉인 느낌이다.

2016년 8월.

이 나라 명소 중 한곳인 페라데니야파크에 갔다. 캔디 외곽에 있는 페라데니야공원은 동양 최대의 식물원인데 멀지 않아서 좋다. 다음주가 개학이라 앞으로는 주말이나 공휴일 말고 가기 어려운데 그런 날은 사람이 많을 테니까 평일 시간 날 때 한 번 더 가보자 하고 갔다.

표 살 때 이 나라 사람들의 서비스정신 부재. 외국인은 2,000루피지만 난 레지던트비자가 있어서 입장료가 60루피다. 지갑을 보니 100루피짜리가 한 장밖에 없다. 이 나라는 항상 잔돈이 있어야 하는데 그걸 내면 잔돈이 전혀 없어서 당연하게 500루피짜리 냈더니 마루살리 달란다. 아니 세상에. 나라에서 하는 국립공원 매표소에서 겨우 500루피 냈는데 잔돈 달라니. 1,000루피를 낸다 해도 거슬러 줄 수 있는거지. 어이가 없다. 우리나라라면 국립공원이 아니고 어디서든 그런 일은 없을 텐데. 서비스정신이라곤 없다. 어떻게 하는지 볼 겸 잔돈 없다고 버티고 싶었으나 뒤에 사람들도 기다리고, 말도 잘 안 통하는데 정말 안 팔면 나만 피곤해서 할 수 없이 한 장 남은 100루피짜리 내고 거슬러 받고 입장. 씁쓸하다. 언젠가도 이런 일이 있었는데, 그때는 가게였지만 이번엔 국립공원인데도 불구하고.

그런데 나중에 알았지만 그날 잔돈 없다고 했으면 잔돈 가져오라 하고 티켓 안 팔았을 거다. 그게 이 나라의 문화다. 당시는 랑카 생활 초기라 이 나라 사람들의 모습을 잘 몰랐다.

캔디 페라데니아파크: 동양 최대의 식물원

2016년 12월.

콜롬보 가려고 A/C버스를 탔다. 콜롬보까지 A/C버스 비용은 320루피. 지갑을 열어보니 100루피 네댓 장이 보인다. 어차피 콜롬보 가면 잔돈이 필요한데 하면서 1,000루피 꺼내서 버스컨덕터 주었다. 그랬더니 마루살리 없냐고 묻는다. 젊은 컨덕터다. 이 친구 그냥 바꿔줄 것이지. 500루피짜리를 주려고 지갑을 여는데 이 친구가 내 지갑을 같이 들여다보면서 100루피짜리로 달란다. 그러면서 20루피짜리도 있네 하면서 320루피 달란다. 눈으로 보면서 달라는데 안 줄 수도 없고 할 수 없이 주면서 떨떠름했다. 이 나라는 버스에서도 잔돈을 많이 준비하지 않는다. 그래서 거슬러 주다가 없으면 나중에 다른 승객으로부터 잔돈 생기는 대로 거슬러준다. 버스표에 잔돈 얼마라고 써서 주는데 잘 갖고 있다가 안 주면 내릴 때라도 달라고 해야 한다. 그래도 버스는 내릴 때라도 어떻게든 마련해서 주지 잔돈 없다고 버티는 일은 없다. 잔돈 없다 하고 지갑을 꺼내지 말 것을. 그후로 버스컨덕터 앞에서 다시는 이렇게 지갑을 보여주지 않았다.

2018년 3월.

새벽열차 타러 나왔는데 오늘따라 버스가 안 온다. 곧 오겠지 하는데 툭툭이 서더니 타란다. 역까지 얼마냐니까 500루피 내란다. 가만히 보니 내가 타지 않아도 영업하러 시내 나가려는 듯하다. 다닐 필요 없어서 400루피에 가자고 하고 탔다. 버스는 곧 오겠지만 암튼 빨리 가는 게 낫겠어서 타고 갔다. 근데 지갑을 보니 백 루피짜리가 석 장뿐이다. 콜롬보 가려면 툭, 택시비용 때문에 잔돈을 많이 준비해두어야 하는데.. 역에 내려서 500루피짜리 주고 100루피 달라니까 우려대로 잔돈 없단다. 툭 기사가 손님 맞으면서 100루피짜리가 한 장도 없다는 게 말이 되나? 달라니까 주머니를 한참 뒤지는 척 하더니 꼬깃꼬깃 구겨진 20루피짜리 한 장 더 주고 만다. 그럴 줄 알았다. 이 나라에선 외국인에겐 무조건 잔돈 없다 해 버리니. 물건 살 때는 잔돈 없다면 안 사면 그만이니까 그런 일이 드문데 툭툭 탈 때는 반드시 잔돈을 준비해야한다. 내릴 때 거슬러 달라면 무조건 잔돈 없다 한다. 그럼 어쩌겠나. 그냥 바가지 쓰는 수밖에.

◇ 일꾼들

2017년 7월 15일(토).

정원이 엉망이라고 집주인이 정원 손질해주겠다고 해서 일꾼 둘이 일하고 있다. 일꾼들 일하는 것을 보면 우리 상식과 다르다. 온통 수풀이 빽빽한 정원에서 웃통을 벗고 일한다. 덥긴 하겠지만 모기도 있고 해충도 있을 텐데. 무엇보다 열대의 햇볕에 화상 입을 텐데. 우리와 체질이 다른가? 그리고 맨발이다. 이 사람들 평소에도 신발을 신는 둥 마는 둥 하긴 하지만 여기는 바닥이 엉망인 정원인데. 좋은 땅도 우리는 맨발로 못 걷는데 그 엉망인 정원에서 일하면서 맨발이라니. 돌투성이에 나뭇가지 등 바닥이 아주 거칠 텐데.

발바닥이 얼마나 두꺼울까? 아무리 두꺼워도 그렇지 작업화를 신어야 안전할 텐데. 두 명 중 한명은 맨발이고 나머지 한명도 쪼리(엄지발가락만 끼는 얇은 슬리퍼)를 신고 있어서 맨발이나 다름없다.

주인이 잭프루트를 준다고 해서 정원에 갔다가 또 놀랐다. 잠시 잭프루트를 먹고 있는데 마침 일꾼들 점심 먹을 시간이어서 도시락을 먹으려는지 정원 수돗가로 가는데 흙투성이의 손을 수돗물에 대더니 씻는 둥 마는 둥 손에 물 한 번 흘려 버리고는 그 손으로 수돗물을 먹는다. 놀라 자빠지겠다. 우리는 일단 수돗물 먹는 것을 상상할 수 없다. 입국 후 교육 시 수돗물은 말할 것도 없고 정수한 물도 먹지 말고 먹는 물은 반드시 생수 사 먹으라 했다. 현지인은 수돗물을 그냥 먹기는 하지만 그래도 그렇지. 손을 깨끗이 씻고 물컵이나 그릇에 받아서 먹어야지. 맨손으로 먹는 것도 이해가 안 되는데 정원 작업하던 흙투성이의 엉망진창인 손으로 받아서 먹다니 너무 놀랐다. 그러고도 괜찮을까 내가 걱정이 될 지경이다.

정원정리 해주니 정원이 너~무 말끔해서 좋다.

말끔히 정리된 정원

◇ 파업

2017년 5월 6일.

콜롬보 가는 새벽 열차를 타러 나왔다. 버스는 차 없는 도로를 씽씽 달려 평소보다 빠르게 10여 분 만에 캔디역 앞에 도착했다. 5시 35분. 열차 시간이 6시 15분이니 한참 남았다. 열차 개찰구를 가니 역무원이 열차가 한 시간 정도 늦게 출발한단다. 오늘 파업 때문에 그렇단다. 이런 제길~

12월 8일.

콜롬보 갈 열차표 예매하러 갔다가 또 놀랐다. 역 문이 모두 잠겨 있기에 이게 뭐야 하니 파업이란다. 저번에는 조금 늦게 출발하긴 했지만 어쨌든 운행은 했는데 오늘은 아예 역사 문이 잠겨있다. 아무튼 이 나라도 대단하다. 국가 기간산업이 파업을 하다니. 이날 열차표를 예매한 사람들은 어쩔 것인가?

2018년 6월 4일(월).

며칠 전 귀국 전 한국으로 개인 물품들을 보냈는데 추가로 보낼 물건이 생겨서 한 번 더 보내려고 우체국에 갔다. 오늘 다른 일도 있어서 서둘러야 해서 9시에 우체국에 도착했다. 근데 이상하다. EMS 접수카운터에 아무도 없고 무엇보다 물건 포장하는 코너가 셔터가 내려있다. 어라~ 옆 창구 가서 물어보니 자기는 담당이 아니고 EMS 담당 오라 하겠단다. 오늘 일하는 날 맞지 않느냐 하니 맞단다. 조금 있다가 한 남자가 오는데 몇 차례 봤던 직원이 아니다. 우체국 관리자인 듯하다. EMS 보내겠다 하니 오늘은 포장코너가 파업이라 안 된단다. (특이하게 우체국에 소포를 포장해주는 포장코너가 있다. 물론 비용은 받고. 부칠 물건과 뽁뽁이 등만 가져가면 포장코너에서 비닐포장해주고 종이박스에 싸서 테이핑해준다. 캔디 우체국엔 있는데 다른 단원들 얘기 들어보니 모든 우체국에 포장코너가 있는 건 아니다.) 뭐라고? 포장 직원이 파업이니 EMS 직원들도 안 나온 모양이다. 별일 다 있네. 오늘 아니면 못 보내는데 큰일이다. 한동안 승강이하다가 그렇다면 포장은 포장지와 박스 사다가 내가 할 테니 부쳐 달라 하니 그제서야 그러겠단다. 포장지와 테이프를 어디서 파는지 알아봐서 멀리 가서 사다가 포장을 해서 다행히 부쳤다. 창구 담당 직원이 없어서 관리자로 보이는 사람이 처리해주었다. 하마터면 못 보낼 뻔했다. 공공기관이 파업을 하면 선량한 시민들이 피해를 입는데…

◇ 환불

2018년 1월.

아내와 콜롬보에서 제일 큰 백화점이라는 오델에 가서 구경하고 아내가 몇 가지 샀다. 아내는 더 둘러보고 있고 나는 산 것들 먼저 계산했다. 근데 계산하다보니 작은 기념품 코끼리가 무려 6,500루피나 한다. 보기보다 꽤 비싸네 하고 아내 찾아서 이거 6,500루피던데 살 거야? 하니 놀란다. 그렇게 비싼 줄 몰랐다며 붙어 있는 가격표의 숫자를 잘못 보았단다. 그래서 환불하러 갔더니 이런~ 계산원이 환불 안 된단다. 무슨 소리냐 하니 계산대 위에 붙어있는 게시판을 보란다. 뭔데 하고 위를 올려다보니 벽에 여러 가지 써 있는데 첫 번째가 환불 안 된다는 것이다. 그게 말이 되느냐, 하루 지난 것도 아니고 지금 막 산 것이고 영수증이 있는데 왜 안 되느냐, 매니저 만나게 해 달라 하니 매니저에게 안내한다. 매니저에게 환불을 요구하니 그도 똑같은 소리를 한다. 어이가 없어서⋯. 조목조목 따지다가 사장 만나게 해 달라, 어려우면 전화 연결해 달라, 하니 어디론가 전화해서 얘기하더니 기다리라면서 물건과 영수증을 갖고 가더니 한참 있다가 돈을 갖고 와서 환불해준다. 손도 대지 않은 방금 산 물건을 환불 못해 준다니. 항의하니 결국 환불은 받았지만 씁쓸하다.

◇ **외등 교체**

2018년 2월.

며칠 전부터 대문 앞의 불이 안 들어온다. 전구가 나갔나보다. 대문 옆에 전신주가 있는데 그 위에 외등이 있다. 외등이 대문을 환히 비추어서 밤마다 집 대문 앞과 마당이 환해 참 좋고 심지어 우리 집 2층도 훤히 비춰주어서 좋았는데 그게 꺼지니 대문 앞이 캄캄하고 불안하다. 근데 마침 친한 앞집 아진따는 오랫동안 집에 없어서 아진따가 해줄 수 없고 주인에게 도와 달라 전화하니 뒷집 남자 라란따에게 얘기하란다.

며칠 후 집 앞에서 라란따를 만나서 외등 교체를 얘기하니 그건 자체적으로 갈아야 하는데 자기가 시간이 없어서 며칠 걸린단다. 빨리 갈아야 할 텐데. 주인한테 다시 전화하니 그건 나라에서 갈아 주는 게 아니고 각자 알아서 갈아야 한단다. 자기가 라란따에게 전화해 줄 테니 나중에 그 사람 외등 교체할 때 도와주란다. 이런~ 외등 바꾸는 거야 우리라면 동사무소에 얘기하면 알아서 해줄 텐데 이 나라는 안 그러네. 외등을 설치만 해 주고는 이후 사후관리는 주민들이 알아서 하는 체제란다. 고장 나면 주민들이 새 전등사서 사다리 타고 올라가서 교체한단다. 별일이네.

며칠 후 아침 먹으려는데 밖에서 소리가 들리기에 보니 뒷집 라란따가 사다리 타고 올라가서 전구를 바꾸고 있다. 오늘 바꿔주는구나. 그동안 집 앞이 너무 캄캄해서 불안했는데 다행이다. 라란따가 전봇대 위에서 크게 불러서 내다보니 자기가 갖고 온 전구 타입이 안 맞는단다. 얼른 슈퍼 가서 맞는 것 사서 갖다 주었다.

외등을 다시 켜니 집 앞과 마당이 다시 밝고 좋다.

◇ 충격적인 장면

2017년 7월 2일(일).

참으로 끔찍하다. 나는 물론이고 누구도 그런 걸 보고 싶지 않은데….

주말 콜롬보 갔다가 캔디행 열차 타고 출발하자마자 나는 잠을 제대로 못 자서 눈 감은 채 잠을 청하고 있었다. 한 시간쯤 갔을까? 얼마나 갔나 하고 눈을 떴는데 바로 조금 있다가 열차가 선다. 정거장은 아닌데 서 있고 분위기가 이상하다. 창밖을 보니 수많은 사람들이 내려서 앞으로 간다. 무슨 일이람? 뒷자리 사람에게 물어보니 세상에. 어떤 사람이 달리는 열차에 뛰어들어 자살했단다. 어이쿠 하고 얼마나 지체되나 하고 자리에 앉아 있는데 차창 밖 옆으로 뭐가 지나간다. 무조건 밖을 내다보지 말았어야 하는데… 아무 생각 없이 무심코 창밖을 보니 악! 저쪽에서 시신을 들것에 들고 오는데 완전히 덮지 않고 엉망인 부분이 그대로 보인다. 어쿠! 하고 고개를 돌렸다.

그런데 앉아 있는데 계속 창밖에 사람들이 서서 내가 앉은 창문 아래쪽을 바라보고 있다. 뭐야 하고 또 아무 생각없이 그냥 창밖으로 고개를 내밀어 내려 봤다가 기겁을 했다. 바닥에 그걸 놓았는데 왜인지 모르겠지만 이제는 시신 덮었던 것을 벗겨놓았다. 끔찍하다. 0.1초밖에 안 되는, 극히 순간이지만 훼손된 시신을 눈으로 보고 말았으니. 들것에 들고 가는 줄 알았는데 왜 그걸 바로 거기다가 내려놓고 거적도 벗겨 놓고 있단 말인가?? 더욱 알 수 없는 것은 창밖에 많은 사람들이 서서 그걸 바라보고 있으며 그보다 더 놀라운 것은 또 많은 사람들이 그걸 사진을 찍고 있는 것이다. 보는 것도 끔찍한데 왜 그런 걸 찍는지. 그 사람들 모두 제 정신인가? 나는 무조건 눈 감고 있어야 할 걸 아무 생각 없이 밖을 내다보다가 두

번이나…. 더욱이 두 번째는 절대 창밖을 내다보지 말았어야 하는
데. 근데 왜 그걸 거기다가 두었는지 원~ 그것도 하필이면 내가 앉
은 바로 옆 창밖에다 두니 사람들이 모두 내 옆을 보고 있어서 뭔
가 하고 호기심에 그만. 살다 살다 정말 못 볼 것을 봤다. 참담했
다. 그 열차를 타지 말 것을. 내가 잠을 잘 잤으면 좋았을 것을. 타
자마자 잘 잤으면 그때 자고 있을 텐데.

이 나라는 자살율이 높다고 한다. 특히 젊은이들의 자살이 많단다.
경제적인 면 외에 남녀 간의 애정, 결혼 관련한 자살이 많단다.

10) 짐 부치기

봉사단원은 임기 마치기 전 개인 물품을 따로 한국으로 부친다. 코이카에서 개인당 50kg까지 소포비용을 지원한다.

2017월 11월.

얼마 전 강○○과 차 마시다가 며칠 후 짐 부친다고 하기에 내가 도와줄 테니 짐 부칠 때 얘기하라 했다. 그동안 같은 기관에서 같이 지내온 정도 있고 여자 혼자 짐 부치기도 힘들 테고.

짐 부치는 날, 강○○ 짐 부치는 것 도와주러 학교에서 12시쯤 나왔다. 학교 앞에 있는 강○○ 집에 가서 격려품 받았던 박스에 담긴 물품 박스 두 개를 같이 들고 나왔다. 우체국에서 일일이 확인을 해야 해서 짐 보따리는 밀봉하지 말고 가져가야 한단다.

시내 우체국에 도착했다. 한국으로 짐 보내는 게 엄청 힘들다. 얘기 들은 대로 하나하나 짐 검사를 한다. 외국에서 들어오는 것이면 모르겠는데 나가는 개인 물품을 뭘 그리 검사하는지. 검사 끝나고 포장하고 부치는 데 엄청 오래 걸리고 복잡하다. 박스 두 개가 큰데다 무겁기도 해서 내 도움 없이 체격도 아담한 강○○ 혼자 왔으면 고생 많이 했을 거다. 강○○이 "생각지 않았는데 선생님이 도와주셔서 정말 감사합니다." 한다. 두 시간 넘게 땀 흘리면서 짐 부치고 나니 지쳤다. 아직 점심도 못 먹어서 같이 KFC 가서 치킨으로 늦은 점심 먹고, 다시 유명한 커피숍인 내츄럴커피 가서 커피 한잔하면서 담소했다. 강○○은 며칠후 출국 준비하러 콜롬보로 간다. 캔디 시내에서 얼굴 보는 것도 오늘이 마지막이다.

2018년 5월.

오늘은 출국 전 개인 짐 부치는 날. 격려품 박스 두 개에 담은 짐을 집 앞 대로변에서 안면 있는 툭툭을 불러서 싣고 출발했다. 툭기사가 기름 넣어야 한다며 주유소에서 세우면서 500루피 달란다. 기름 채우고 역 옆에 있는 우체국에 도착했다. 근데 이 친구 또 200루피 달란다. 아니~ 시내까지 보통 500루피면 가는데 700루피라니? 짐 실었다고 그러나? 툭툭에 짐 싣고 가는 거 당연하지. 이 툭툭 그동안 몇 번 이용해서 우리 집도 알고 서로 아는 사이인데 단골이라는 자가 좀 덜 받지는 못할 망정. 그냥 주었지만 괘씸하다. 며칠 후면 신변정리차 콜롬보 갈 거라 다시 이용할 일도 없고.

우체국에 들어가서 짐 부치는데 황당했다. 짐 검사하는 건 알고 있는데 액체는 안 된다면서 이 나라 특산품인 키뚤(코코넛으로 만든 랑카 꿀) 여러 병과 아라꾸(랑카 전통술) 두 병을 꺼낸다. 이런~ 지난번 강○○ 보낼 때 액체류 보내는 걸 봤는데. 전에는 보냈는데 왜 그러느냐 하니 규정이 바뀌어 금년부터는 안 된단다. 윗사람 만나겠다 하니 만나게 해줘서 항의했지만 이제는 안 된다고 한다. 키뚤은 EMS로는 안 되고 배로 부치란다. 배는 3개월 걸린단다. 그리고 아라꾸는 주류라 못 보낸단다. 그런 게 어디 있는지. 자기네 나라 술을 사 간다는데 안 된다니. 할 수 없이 옆의 포장 코너에 가서 두 박스와 키뚤 이렇게 세 가지를 한참을 걸려서 재포장했다. 포장비 800루피를 받는다. 그리고 다시 키뚤은 선적 코너에서 배로 부치고 박스 두 개는 EMS로 부쳤다.

(아라꾸 두 병은 부피도 있고 좀 무겁지만 할 수 없이 출국 시 핸드캐리했다.)

개인 물건 내보내는 데 일일이 검사를 하는 것도 이해 안되고, 뭐는 되고 안 된다 하는 이 나라의 소포 탁송 체계가 씁쓸하다.

6
봉사하기

1) 야무야무

📢 야무! 야무! (Yamu!Yamu!)

싱할라어로서 "가자! 가자!"라는 뜻인데 단원들이 자발적으로 하는 봉사활동 프로젝트를 말한다. 봉사단원은 개인별로 각자 파견기관에서 자기 분야별로 봉사활동을 하고 있는데 (예를 들어 한국어교육, 컴퓨터교육, 나의 경우 전자공학 교육 등) 몇 해 전 단원들이 자기분야 봉사활동만 하고 돌아가는 건 조금 아쉽다는 의견이 나와서 우리끼리 좀 더 해줄 일 없을까 하다가 원하는 단원들이 모여서 뭐든 봉사활동을 해보자 하여 주말에 별도의 봉사활동을 하기로 했는데 이를 '야무야무'로 명명하였다. 주로 소외 지역, 낙후된 지역을 대상으로 좋은 일 하는 것인데 평일이 아닌 주말을 활용해야 해서 단원들이 자기 휴식시간 반납하고 참가해야 한다. 순수 자발적 행사로서 코이카 사무소에서는 소요되는 비용만 지원할 뿐 전혀 관여 안 한다. 야무야무 팀장이 선임되어 있으며 활동지역 선정, 활동 내용 등 모든 제반 일들은 단원들이 자체적으로 상의 결정하고 집행한다. 1년에 두세 번 하고 1박 2일 혹은 2박 3일 하며 한번 할 때 약 20명 내외 단원들이 필요하다. 개인의 휴식시간을 할애해야 함에도 불구하고 야무야무 참가 모집하면 매번 선착순으로 순식간에 마감되며 선발되지 못한 단원들은 아쉬워한다. 모두들 봉사활동 왔다는 사명감이 있기 때문이다.

◇ 야무야무 "One Day School with Veda" (2017년 11월)

(1일차)

오늘은 야무야무 출발일. 이번 행사장소인 마히양가나야는 중부 내륙에 있다. 20명 정도 참가 인원 대부분은 콜롬보에서 대절버스를 타고 출발한다. 마히양가나야 가려면 콜롬보에서 출발하여 캔디 외곽인 우리 집 앞 도로로 가야 해서 나는 콜롬보까지 갈 필요 없이 바로 집 앞에서 합류하기로 했다. 마히양가나야는 우리 집 앞에서 두 시간 정도 더 가야 한다. 캔디 인근 마탈레에 있는 이○○ 단원이 우리 집에 와서 같이 기다리고 있다가 밤 7시 넘어 버스에 합류했다. 버스에 올라타니 야무야무 참가 단원들이 미니버스에 꽉 찼다. 두 시간 가까이 달려서 9시 넘어 호텔에 도착했다. 나와 이○○는 집에서 버스 기다리면서 대강 저녁을 먹고 나왔지만 나머지 사람들은 식당에서 저녁 먹고 호텔방에 여장을 풀었다. 코이카 단원들은 대부분 젊지만 나같이 나이든 사람들도 몇 명 있는데 이번 야무야무에 60대의 박○○ 선생이 합류하여 그와 한방을 배정받았다. 방이 무척 크고 괜찮다. 하루 6천 5백 루피란다. 시설이 괜찮은 만큼 조금 비싸다. 샤워 후 내일 미니콘서트 연습을 했다. 난 사물놀이를 하기로 했고 북치기로 배정되었는데 생전 처음 북을 잡았다. 그냥 두드리면 되는 게 아니고 박자를 맞춰야 해서 생각보다 어렵다. 늦은 시간이지만 30분 가까이 연습하고 겨우 손발 맞추고 숙소 들어와 잠자리에 드니 11시가 훌쩍 넘었다.

야무야무 일일학교 행사

(2일차)

　잘 못 잤다. 원래 잘 못 자는데다 에어컨 때문에 중간에 추워서 깨서 자는 둥 마는 둥 했다. 6시 다 되어 자리에서 일어나서 씻고 아침 먹고 7시에 호텔에서 버스로 행사장소를 향해 출발. 1시간 반

가량 달려서 한적한 마을 학교에 도착했다. 이번 야무야무는 이 나라 원주민인 베다족 마을에서 초중고 학생 대상으로 이틀간 주말학교를 열어 학생들에게 선진문화를 알려주는 것이다. 참고로 베다족은 오래전 싱할라족이 인도대륙에서 건너오기 훨씬 전부터 이 섬에 살고 있던 선주민으로 최근까지도 석기시대 생활을 하고 있다고 한다. 약 3천 명 정도로 추산되는 소수민족으로 주로 마히양가나야 인근 산속에 모여 있다. 베다족 학교라 했는데 오늘 야무야무 행사하는 곳은 내가 생각했던 그런 오지의 산속이 아니고 그냥 외진 마을일 뿐이다. 그리고 학교도 평범한 시골학교다. 원시의 베다족을 보나 했는데 조금 실망이다.

이윽고 오프닝 세리머니 그리고 세 개의 반으로 나뉘어서 각자 교실로. 지리수업, 음악수업, 미술수업, 이렇게 세 개의 수업 진행이 이번 행사 내용이다. 나는 미술수업에 배정이 되었다. 오늘은 초등학교 저학년에서 3~4학년까지 아이들이 대상이다. 나와 동년배 이○○ 선생(女)이 주교사이고 나 포함 세 명의 단원이 보조교사로 수업이 진행되었다. 유치원 원장을 했던 이○○ 선생이 주교사로 능숙하게 아이들을 가르친다. (이번 행사에는 나와 박○○, 이○○ 이렇게 세 사람만 60대고 나머지는 대부분 젊은 단원들이다.) 오늘 수업은 색칠해서 오리기. 애들이 처음 접해보는 거라 이○○선생이 하는 걸 따라하게 하고 이를 옆에서 보조교사들이 지도해주고 가르쳐 준다. 애들이 참 천진난만하다. 10시 반 티타임. 아이들 간식거리도 우리가 미리 준비해갖고 와서 나눠 주고 우리는 학교에서 차를 마련했다고 해서 따로 모여서 티타임을 가졌다. 그리고 이어서 다음 수업. 생각보다 엄청 힘들다. 아이들이 잘 못하니까 이 선생과 보조교사들이 매달려서 하나하나 가르쳐줘야 한다.

　점심시간이 되었는데 아직 식사가 안 왔다고 올 때까지 아이들 데리고 놀라 하여 30분 가까이 아이들 데리고 놀았다. 보조교사 중 한 단원은 타밀지역에 파견 중이라서 싱할라어를 못하고 나도 잘 못하는데 (나는 수업이 전자공학이라 대충 영어로 진행) 다행히 다른 한 단원이 싱할라어를 잘해서 이○○ 선생과 둘이서 아이들을 리드한다. 그 단원은 파견기관도 기능대학이 아니고 중고등학교여서 오늘 수업에 적임자다. 점심이 왔는데 우리 점심도 애들과 똑같은 커리 섞은 밥이다. 먹기 싫어서 안 먹었다. 미술반 다른 선생들도 다 안 먹었다. 점심은 학부모들이 애들용과 함께 우리 것도 만들어 준 거라 같을 수밖에 없다. 준비해 간 간식거리와 바나나로 대신했다. 오후에도 같은 수업이 한 번 더 있었다. 자기네들이 평소에 전혀 접해 보지 않은 수업을 재미있게 하고 스스로 만들어 보니 아이들이 모두 신기해하고 너무 재미있어 한다. 이○○ 선생이 아이들에게 "만든 것들은 모두 집에 갖고 가서 부모님에게 자랑하라." 하니 무척 좋아한다. 가난한 나라에서 어렵게 살고 있지만 참 해맑은 아이들이다.

　수업 다 마치고 나니 녹초가 되었다. 다음으로 미니콘서트 시간이다. 미니콘서트는 아이들과 학교 관계자가 모두 모인 가운데 사물놀이와 핸드벨 두 가지 공연을 하는 것이다. 콜롬보에서 연습했고 어젯밤 다시 연습했지만 북치는 박자를 자꾸 못 맞춘다. 같이 북을 치는 다른 여자단원 한명도 자꾸 틀린다. 겨우겨우 사물놀이를 마쳤다. 호텔 도착하니 5시 40분. 샤워하고 6시 반부터 식당에서 저녁 먹었다. 핸드벨 팀은 더 연습을 해야 한단다. 방에 들어오니 잠이 쏟아진다.

(3일차)

일찍 일어나서 아침 먹고 출발. 이틀간의 야무야무는 쉽지 않다. 어제는 교실이 아니고 댄스룸이라 하는 곳이라 빈 공간에 애들이 걸상을 들고 와서 했는데 오늘은 어제와 달리 교실에서 수업을 한다. 오늘 학생들은 우리로 치면 중학교 아이들로 어제보다 큰 아이들이다. 오늘 수업은 오려 붙여서 자동차 만들기와 색종이 접어 팽이 만들기. 어제와 마찬가지로 오전 두 타임 세 시간, 중간에 티타임, 그리고 점심, 그리고 오후 한 타임 이렇게 이어졌다. 잘하는 애들은 잘하는데 안 하는 애들은 할 생각을 않고 만들어 달라고만 한다. 열심히 해보다가 잘 안 되는 애들은 빨리 도와주고 자기가 전혀 할 생각 없이 만들어 달라는 애들은 의도적으로 늦게 도와준다. 아무튼 몸이 바쁘고 힘들었지만 이틀간의 수업이 끝났다.

수업 다 끝나고 콘서트 하려는데 학교 측에서 우리를 위해 공연을 해준다. 장발에 도끼를 어깨에 걸친 베다족 복장을 한 민속 무용이다. 나중에 알고 보니 학생들이 분장한 거였다. 특이하고 진기한 춤이었다. 이어서 우리 미니콘서트를 마쳤다. 오늘은 틀리지 않으려고 신경을 바짝 썼다. 다 끝나고 기념촬영하고 나니 5시가 넘었다. 정오 때부터 오던 비가 계속 오고 있다. 버스로 출발하니 선생과 학생들이 손을 흔들어 준다. 힘들었지만 무척 보람 있었다. 콜롬보를 향한 버스가 중간에 저녁 먹으러 캔디 시내에 도착한 시간이 8시가 넘었다. 캔디 랜드마크인 KCC건물 식당에서 같이 저녁 먹고 캔디가 집인 나는 일행과 헤어졌다.

이번 야무야무 팀장 강○○은 임기 마치고 열흘 후 귀국이다. 나와 같은 기관에 파견되어 한국어단원으로 봉사활동했는데, 귀국 준비차 오늘 콜롬보 가면 작별이다. 콜롬보행 버스를 탈 필요없는 나는 집에 가려면 KCC건물 후문으로 나가야 하는데 강○○은 내가 바로 집으로 간다는 걸 깜빡 잊고 일행들을 이끌고 버스 타러 KCC 정문 방향으로 간다. KCC 3층에서 앞장서서 가는 강○○을 작별 인사하려고 내가 "강선생" 하고 부르니 그제서야 알고는 얼른 돌아서서 온다. 잘 가라고 작별의 악수를 했다. 주위 단원들이 "참, 두사람 이별이구나." 한다. 둘이 멀리 이 오지의 나라에 와서 같은 기관에 파견되어 활동하면서 1년 반 동안 숱하게 차 마시고 밥 같이 먹으면서 수다 떨던 기억들이 새록새록하다. 마주 잡은 여인의 손이 따뜻하다. 강○○이 "그동안 감사했습니다. 건강하세요." 한다. 또래 젊은 남자단원 황○○, 서○○이가 선생님에게 그렇게 인사하느냐고, 랑카식으로 인사하라면서 짓궂게 강○○을 강제로 끌어 엎드리게 한다. 어이쿠! 만인 주시 하에 28살 처녀의 절을 받게 생겨서 나도 맞절 비슷하게 엎드리면서 강○○을 붙들어 일으켜 세웠다. 주위에 둘러선 단원들의 웃음보가 터진다. 많은 단원들 앞에서 이별 세리머니라니. 지금 생각해도 웃음이 나온다.

밖에는 계속해서 비가 내린다. 픽미(콜택시)를 부르려니 인터넷이 안 터진다. 서 있는 툭툭을 흥정하여 500루피 주고 집에 왔다. 샤워하고 잠자리에 누우니 10시 반. 창밖에는 비가 세차게 유리창을 두드리고 있다.

사물놀이

원주민 공연

◇ 야무야무 "Family Photo Shoot in Madu" (2018년 5월)

(1일차)

이제 다음 달이면 임기 종료라 가기 전에 마지막으로 한 번 더 해보자 하고 다시 야무야무에 지원했다. 이번 행사지역은 열악한 북부지역에서도 가난한 지역인 만나르 인근 시골이다. 오늘도 버스는 콜롬보에서 출발하는데 나는 콜롬보 안 가고 중간 길목인 이 나라 고도(古都) 아누라다푸라로 중간 합류하러 갔다. 버스로 세 시간 걸려서 아누라다푸라에 도착한 시간은 4시 반. 아누라다푸라에 있는 김○○ 단원(女) 집에서 몇몇 단원이 함께 기다렸다. 근데 콜롬보 출발이 늦는 바람에 많이 기다려야 했다. 맥주를 같이 마시며 수다 떨고…. 버스는 결국 8시 10분이 되어서야 왔다. 같이 타고 행사장 인근 작은 마을 와우니야 호텔에 도착한 시간이 10시. 호텔 식당에 모여서 늦은 저녁을 먹고 호텔방에 누운 시간은 11시가 넘었다. 잠자리가 불편할까 봐 난 독방을 요청했다. 이번엔 코이카 예산이 부족하여 호텔비는 개인부담 한다고 공지되었는데 편히 자고 싶어서 방 하나 따로 얻었다. 4천 루피인데 방은 괜찮았다.

(2일차)

식당에 아침 먹으러 갔는데 젊은 단원들은 아침 먹는 시간 동안 자는 게 낫다고 안 나오고 나와 친한 동년배인 와라카폴라 홍○○ 선생만 나왔다. 역시 나이 들면 잠이 적어진다.

7시에 호텔 출발하여 봉사활동 목적지인 만나르의 한 마을에 도착한 시간은 8시 반. 덥고 빈한한 북부지역의 외진 마을이다. 활동할 장소는 유치원. 오늘 활동내용은 가족사진 촬영해 주기. 이 지역 주민들에게 가족사진을 찍어주고 사진을 인화하여 액자에 끼워서 근사한 가족사진을 만들어 주는 것이다. 누가 아이디어를 냈는지 참신하고 좋은 활동이다. 이 열악한 지역 주민들이 언제 사진이나 제대로 찍어봤겠으며 그런 멋진 사진을 액자에 넣어 거실이나 방에 걸어 놓으면 얼마나 좋아들 할까? 고성능 컬러프린터와 고급 인화지는 모두 코이카 사무소에서 가져왔다.

시간이 되니 주민들이 줄지어 몰려온다. 순서 기다리는 줄이 까마득하다. 근데 일정이 여러 가지로 꼬인다. 방 열쇠를 가져올 현지 사람이 한 시간 반 늦게 오는 바람에 그만큼 늦게 시작했다. 오는 주민 맞이하고, 방명록에 작성하고 번호표 붙여주고, 이들을 순서대로 우리가 만들어 놓은 임시 스튜디오로 이동하여 사진 촬영하고, 촬영된 파일 담은 카드를 인쇄실로 옮겨서 좋은 사진 골라서 인화하고, 이를 액자에 끼워서 기다리는 가족들에게 나눠주고, 대기자들에겐 준비해온 다과 제공하고…. 각 분야마다 단원들이 배치되었는데 내가 맡은 일은 촬영보조. 나도 사실 사진 찍는 건 자신 있으나 오늘 촬영은 개인 카메라를 보유한 단원들로 선발되었다.

촬영팀은 세 팀이고 각 팀이 임시 스튜디오 세 곳에서 나누어 촬영을 진행했다. 촬영보조 일은 촬영기사가 사진 찍는 것을 도와주고 조명 비춰주고 찍은 SD카드를 인화실로 갖다주고 다시 새 카드를 받아와서 촬영기사에게 전해주는 일이다. 나는 사진 전문가인 마탈레 이○○ 단원과 짝이 되었다. 현지인들이 사진 찍는 데 익숙치 않아 사진 찍는 일이 쉽지 않다. 특히 아주 어린 아이들과 찍는 가족들은 아이들이 보채서 좋은 포즈 잡기가 힘들다. 그래도 이○○가 노련하게 어르고 달래면서 좋은 사진을 찍어주려고 애썼다.

날이 덥다. 북부지역은 역시 덥다. 오전 촬영하고 점심 먹고 다시 오후 촬영. 세 촬영팀의 촬영보조 세 명은 인화실에 찍은 카드 갖다 주고 새 카드 받으러 왔다 갔다 하느라 인화실에서 수시로 만난다. 메모리를 저장하는 잠시 동안 촬영보조인 콜롬보 권○○(女), 트링코말리 김○○(女)와 수다 떨면서 즐겁게 일했다. 덥고 다리도 아프고 지친다.

그런데 오늘 예정된 150팀 촬영 중 120팀 정도 찍고 문제가 발생했다. 프린터 잉크가 떨어졌단다. 컬러 잉크 중 한 색깔이 끝났다. 충분히 준비했지만 사달이 났다. 아직 기다리는 사람들을 어떻게 할까, 사진 못 주면 문제될 텐데, 미안하다고 그냥 돌려보내는 게 나은가, 하다가 이번 야무야무 팀장 최○○ 단원(女)이 결단을 내렸다. 사진촬영은 해주고 상황을 설명하고 사진은 추후 전달하겠다 양해를 구하기로 했다. 인화 못한 나머지 사진은 최○○가 나중에 시간 할애해서 콜롬보에서 인화해서 우편으로 보내주겠단다. 그래서 서른 가족 가까이는 촬영만 하고 사진은 못 주고 사진 촬영을 마쳤다. 그 사람들에게는 나중에 준다고 얘기하고 돌려보냈다. 사진 못 받은 사람들이 항의할까 걱정했는데 현지 공무원이 전달하니 아무도 불만을 나타내지 않고 바로 귀가한 게 퍽 생소하다. 더운 날 많이 기다려서 사진 찍었는데 자기네는 못 받고 가니 불만스러웠을 텐데. 우리 같으면 한바탕 소동이 벌어질 텐데 참 고분고분하다. 공무원들의 권위가 대단해서 일반 국민들이 절대 복종한단다. 그리고 결단을 내렸던 최○○가 대견하다. 인화를 적게 하니 덕분에 30분 정도 일찍 끝났다.

정리를 모두 마치고 4시에 활동지역에서 출발하여 저녁 먹으러 다시 와우니야 호텔에 도착한 시간은 5시. 와우니야에서 저녁을 먹고 출발하여 7시 반에 아누라다푸라에 도착했다. 나는 이제 곧 귀국이라 대부분 다시 못 볼 사람들, 일일이 이별의 악수를 했다. 버스는 출발하고 콜롬보까지 갈 필요 없는 나 포함 몇 명은 예약한 게스트하우스로 갔다. 너무 늦어 캔디행 버스가 없어서 집까지 못 가고 여기서 묵고 가야 한다. 물론 오늘도 숙박비는 개인 부담이다. 맥주 사갖고 와서 게스트하우스에서 젊은 단원들과 맥주마시며 마무리했다

아무아무 가족사진 촬영 행사

2) 한국문화축제

2017년 7월 1일(토).

오늘은 대사관 주관 한국문화축제 있는 날. 한국대사관에서 이 나라 사람들에게 한국을 알리는 행사로서 주관은 대사관이 하고 코이카봉사단의 지원을 받아 단원들이 진행을 돕는다. 얼마 전 지원자를 모집한다 하여 같이 동참하고 싶어 지원했다. 참가할 단원들이 유숙소 앞에 모이니 꽤 많다. 9시에 코이카 차량으로 한국문화축제가 있는 빈센트컬리지 대강당으로 이동했다. 우리 단원, 코이카 사무소 직원, 대사관 직원 이렇게 어울려 각자 업무를 부여받고 준비 시작. 일정은 1시반 부터 '퀴즈 온 코리아' 하고, 5시부터 K-pop 경연대회가 있고 시상식, 이렇게 진행된다. 내가 맡은 일은 몇몇 인원과 함께 퀴즈온 코리아 무대 진행과 K-pop 진행시 장내 안내.

오전 내내 준비하고 12시경 주최 측에서 준비해 준 김밥이 도착하여 김밥으로 점심 먹고 시작. 오랜만에 많은 단원들과 어울린다. 109기 동기 모두 동참해서 좋았다. '퀴즈 온 코리아' 시작. 무대 진행 일은 무대 커튼 뒤와 무대 가장자리에 있다가 대기하는 사람들,

참석하는 사람들 안내하고 무대 위 참석자들 문제풀이 결과 나오면 무대 안내 하는 일 등이다. 퀴즈는 모두 한국과 관련된 질문들로서 참석자가 맞추면 계속해서 살아남는 방식이다. '퀴즈 온 코리아'에 기대만큼 참석자가 모이지 않아 몇차례 진행을 바꾸다가 수상자를 모두 선발했다. 1등 선발자는 한국에서 있을 퀴즈온코리아에 참가시켜 준단다. 우리나라에서 그런 행사가 있는 줄도 처음 알았다. 무대 진행 하는 것도 만만치는 않다. 몸은 피곤해도 단원들과 어울리니 할 만하다.

이어서 5시부터 K-pop 경연대회. 내 임무는 몇몇 단원들과 대강당 장내 안내인데 만만치 않다. 5시 시작인데 사람들이 들어오기 시작하자 4시 10분부터 자리를 정돈해서 앉게 하라는 지시다. 앞에서부터 차곡차곡 앉게 하는데 모두들 귀찮아해서 겨우 옮기게 하곤 하는데 사람들이 계속 들어오더니 시작 임박해서는 빈자리가 없을 정도다. 이제 그만해도 알아서 빈자리 앉겠다 하고 어디 적당한데 서 있어야 하는데 자리가 꽉 차고 막 시작을 하는데 이제 자리 잡을 데가 없다. 어디 적당한 데 앉아 있다가 상황 생기는 대로 안내할 생각이었는데 빈자리가 전혀 없고 통로에도 뒷사람들 가려서 서 있을 수가 없다. 어느 정도 장내 정리가 되어 뒤쪽에 빈자리 한군데 있기에 거기 앉아서 케이팝(K-pop) 경연대회 구경했다. 우리야 말로만 케이팝, 케이팝 했지 실상은 몰랐는데 외국에서 케이팝 열기는 대단하다. 정말 몰랐다. 우리가 우리를 제대로 몰라주고 밖에서 우리를 알아준다. 퀴즈온 코리아와 마찬가지로 오늘 케이팝 우승팀도 한국에서 열리는 케이팝 경연대회 본선에 참석한다고 한다. 참석을 위한 일체의 비용은 한국에서 전부 지원해준단다. 즉 오늘 케이팝 경연대회는 우리나라에서 열리는 본선 참석을 위한 국가별 지역 예선이었다. 한국에서 전 세계 국가 간의 케이팝 경연대회가 있는 것도 역시 몰랐다.

대회가 모두 끝나고 시상식과 행운권 추첨까지 마치니 8시가 넘었다. 뒷정리하고 모두 대사관으로 가서 저녁을 먹었다. 대사관에 뷔페를 준비해 놓았는데 음식 종류는 그리 많지 않지만 모두 한국 사람들이 좋아하는 한식이라 참 좋았다. 김치, 잡채, 닭강정, 부침개 등등. 피곤하고 안 그래도 배고픈데 평소 먹기 힘든 맛있는 한식이라 잔뜩 떠다가 배가 부르도록 먹었다. 여기 살면 한식이라면 뭐든 너~무 맛있다.

7월 2일(일).

다음날 아침 유숙소에서 동기들 중 어젯밤 콜롬보의 자기 집으로 간 이○○(女) 제외한 셋이 같이 빵집에서 아침을 먹었다. 어제 있었던 일 등 한 시간여 담소를 나눴는데 둘 다 나보다 훨씬 힘들었나 보다. 케갈 이○○(女)는 카운터에서 접수업무를 했는데 로비는 에어컨이 안 되어 더운 데다 하루종일 꼼짝 못하고 많은 사람들과 시달렸고 접수업무이다 보니 행사는 볼 수 없었단다. 나는 무대업무라 내내 볼수 있었는데…. 마타라 박○○은 무대 뒤에서 케이팝 경연대회 출연자들을 관리했는데 말이 관리지 대기하는 팀들

오도가도 못하게 하는 일이었단다. 작년에 대기팀 중에 돌아다니다가 문제가 되었다고 올해는 대사관 측에서 돌아다니지 못하게 통제하라 했단다. 대기자들이 좋아할 리 없고 항의가 많았단다. 더욱이 거기도 냉방이 안 되는 더운 곳이란다. 둘 다 행사도 제대로 못보고 더운데 고생들 많았다. 안 그래도 내가 내려 했지만 고생한 동기들 안쓰러워 빵 값은 내가 지불했다.

힘들었지만 보람되고 즐거웠던 주말이었다.

한국문화 축제, 퀴즈 온 코리아

한국문화 축제, K-POP 콘테스트

3) 해군사관생도 입항 환영 행사

2017년 10월 27일(금).

오늘은 한국의 해군사관생도 입항 환영행사 참석차 콜롬보 가는 날. 해군사관학교 생도들은 4학년 때 원양훈련이라고 하여 군함을 타고 해외의 여러 나라를 돌고 오는 훈련을 하는데 올해 거치는 나라 중 랑카가 있다고 한다. 그래서 교민들과 시간이 되는 단원들은 해군 환영하러 콜롬보 대사관으로 간다는 것을 얼마 전 알았다. 내가 대한민국 해군 중위 출신인데 해군 후배들이 온다니 반갑고 당연히 가야지, 하고 나섰다. 마침 행사가 금요일 저녁이어서 금요일 오후 출발하여 갈 수 있었다.

콜롬보 한국대사관에 도착한 시간은 4시 25분. 대기 중인 버스에 타니 교민들과 일부 봉사단원 포함 사람이 꽉 차 앉았다. 콜롬보 항구에 도착하니 구축함 한 척과 옆에 또 한 척이 있다. 구축함은 ○○○함이고 옆의 배는 유류 공급함으로 같이 따라다니면서 유류를 공급한단다. 군함 맨 앞에서 원스타 제독이 맞이하는데 이번 원양단 책임자로 생도대장이다. 옆의 대령 두 명은 구축함 함장과 생도대 참모장이란다. OCS 70차라고 내 소개를 하니 반가워한다. 모두들 ○○○함 갑판 위로 올라가니 행사장이 준비되어 있다. 랑카 해군 고위직 사람들도 많이 왔다.

이윽고 인사말과 함께 행사 시작되고 식사와 파티. 평소 접하기 힘든 맛난 한국 음식을 배불리 실컷 먹었다. 해군장교와 생도들 만나는 대로 얘기를 나눴다. 내가 해군 OCS 출신임을 밝히면 누구나 예외 없이 예의를 갖춘다. 이번 원양단장인 생도대장(준장)도 장교 서열로 나보다 10년 이상 후임이니…. 내가 한때 몸담았던 해군 후배들 모두 반갑고 감회가 새롭다. 생도 관리자 해군중령과 잠깐 얘기를 나눴다. 이번 기수 생도들은 50일 정도 10여 개국 순항한다고 한다. 나야 단기장교이기 때문에 당연히 원양훈련이 없었지만 내가 복무하던 70년대 말 해군사관 생도들은 20여 일 정도 기간에 몇 나라 안 갔던 것으로 기억해서 중령에게 원양 기간이 많이 길어지고 좋아졌다 하니 이번 기수들은 그래도 일정이 짧은 거란다. 어떤 기수는 3개월 넘게 세계일주하는 경우도 있단다. 내가 해군에 몸담았던 당시와 비교하면 격세지감이다. 우리 국력이 그만큼 커졌으니 그럴 만하지.

8시 반쯤 파티가 끝나고 해산. 갑판 앞에서 중위가 인사하고 수병이 뭘 주는데 소주란다. 1인당 두 병씩. 이런~ 선물까지 받고 참 좋다. 멀리 외국에 나와 있으니 한국의 이런 소주도 접하기 쉽지 않을 거라 생각하고 해군 측에서 환영 온 모든 사람들에게 선물로 준비했던 거다. 남녀 관계없이 온 사람들에게 모두 나눠 주었다. 소주가 필요 없는 몇몇 여자단원들이 내게 주어서 덕분에 소주 몇 병 더 얻었다.

해군 후배들 만나서 반갑고 여러 단원들도 와서 맛있는 것 실컷 먹고 마시고 즐겁게 대화하고, 즐거운 저녁이었다.

10월 29일(일).

오늘은 오전에 부두에 나가서 출항하는 생도들을 환송하는 날이다. 유숙소에서 시니어 단원 오○○과 대사관에 도착하니 9시 50분. 근데 우리 외에 아무도 없다. 조금 있다가 권○○단원(女)이 온다. 이게 전부라니? 엊그제 리셉션 때는 그렇게 많은 교민과 단원들이 가서 실컷 먹고 즐기더니 환송해주라니까 아무도 안 온다. 나야 당연하고 오○○도 육사출신 예비역 대령이라 나온 거고 권○○ 말고 나머지 사람들은 아무도 없다. 리셉션 시 왔던 단원들 면면을 보면 대부분 지방단원들이다. 주말에 파견지로 복귀했으리라 이해한다. 하지만 교민들은 대부분 콜롬보 사람들인데 왜? (지방에는 교민이 거의 없다.) 가까이 있으면서 먹을 때만 오다니…. 대사관 직원들도 실망스러운 표정이다. 그나마 권○○이 자기 파견기관인 콜롬보 도서관의 한국어 제자들 10명 정도 데리고 와서 다행이다.

대사관 버스타고 부두에 들어가니 구축함이 서 있고 출항준비중이다. 직접 부두로 몇 명의 교민이 더 왔지만 이틀 전 리셉션에 비해 환송인원이 너무 적다. 이윽고 다 준비되어 출항. 해군 장병들이 갑판에 도열하여 경례를 하고 우리는 깃발과 함께 손 흔들어 준다. 대한민국 해군 주악대 연주로 해군가가 울려 퍼진다. 감정이 참 묘하다. 내가 몸담았던 해군을 이 먼 나라에서 조우하니 참 반갑다.

오래전의 추억을 되살린 해군 순양단의 랑카 방문이었다.

해군사관생도 원양단 환영행사

4) 코페-코리아 페스티발

📢 **코리아 페스티발(Korea Festival):** 랑카에 한국을 알리기 위한 행사로서 연중 가장 큰 단원들의 행사이며 매년 10월~11월에 콜롬보에 큰 행사장을 마련하여 거행한다. 행사는 한국어 말하기대회와 문화부스 운영 두 가지로 구성되는데 매년 있는 한국어 말하기 대회에 한국을 더 알리기 위해 말하기 대회 결선일에 문화부스를 추가하여 여러 해 전 확대 개편한 행사다. 말하기대회는 그것대로 많은 단원이 투입되어 진행하고 문화부스에는 다양한 한국문화 체험을 위한 행사, 예를 들어 한국 음식 만들어서 나눠주고, 한복입기, 팽이치기, 제기차기, 투호 등 많은 부스를 마련하여 현지인들 대상으로 많은 단원들이 행사에 참여하여 진행하는, 현지인과 봉사단원이 어울리는 한바탕 축제다. 순수 단원 자체 행사이며 이를 위해 코페 단원대표를 선발하여 집행부를 구성하고 코페 집행부는 여러 달 전부터 준비하느라 많은 고생을 한다. 금년에는 한국과 랑카 간 수교 40주년 되는 해라서 예년보다 훨씬 규모를 크게 한다고 하여 집행부 단원들이 애를 많이 썼다.

2017년 11월 18일(토).

오늘은 코리아 페스티발 있는 날. 작년 코페 때는 온 지 얼마 안 되어 봉사 참가 신청을 안 하고 구경꾼 노릇만 해서 아쉬웠다. 나이 많은 시니어라 해도 적극적으로 신청하고 참여해야 하는데 당시엔 잘 몰라서. 그래서 이번에는 오래전 일찌감치 신청을 했다. 올해는 콜롬보대학에서 한다. 아침에 행사장에 모여서 행사 얘기 전달받고 각자 담당 부스로. 나는 공기놀이 부스를 신청했다. 코이카 봉사단 외에 단기적으로 봉사활동 오는 대학생봉사단이 보조요원으로 같이 도와줄 거라 했는데 여대생 두 명이 우리 부스에 왔다. 각기 4학년, 3학년이란다. 발랄하고 예의바르다.

이윽고 9시 반부터 오픈. 손님들이 들어온다. 우리 어렸을 때는 남자들도 공기놀이를 많이 했고 나는 그중 잘하는 편이었다. 옛날 솜씨를 되살려서 보여주니 현지인들이 신기해한다. 손재주 좋은 한국인이 빠른 손놀림으로 시범을 보이니 신기할 만하겠지. 현지인들에게 하는 방법을 천천히 가르쳐주고 시켜보지만 당연히 잘 못한다. 요즘 젊은 사람들은 공기를 별로 안 해 봐서 대학생 봉사단 두 명도 여자들임에도 나보다 못한다. 허긴 요즘은 놀 게 많은데 공기 안하겠지. 손님들이 계속 밀려 들어온다. 오전 일과가 끝나고 점심으로 나온 김밥으로 점심 먹고 오후 세 시 반까지 이어졌다. 다른 부스도 그렇지만 공기는 구경하는 것보다 실제 해봐야 하는 거라 시간이 걸려서 공기놀이 부스는 계속 사람들이 많았다. 더운 날씨에 지친다. 혼자 했으면 엄청 힘들었을 텐데 여대생 둘이 도와줘서 할 만했다. 마타라 파견 중인 임○○ 단원(女)이 제자들을 데리고 부스 다니다가 우리 부스 오더니 나를 보고 반색하고는 공기놀이를 애들에게 보여 달란다. 잘한다고 칭찬이다. 갈레 파견 중인 시니어 박○○ 선생도 제자들과 함께 방문해서 또 내가 시범 보여주고.

4시에 문화부스 행사는 마치고 잠깐 자리 정돈하고 2차 행사인 문화콘서트가 이어졌다. 잔디밭에 마련된 대형 무대에서 단원들과 참가 학생들이 준비한 다양한 무용, 음악, 퍼포먼스가 이어졌다. 그중에 아누라다푸라 김○○ 단원(女)이 한 퓨전 무용이 기억에 남는다. 김○○이 다재다능하다. 음악단원이 파견된 북부지역에서는 학교 학생들이 합창으로 대장금의 '오나라'를 불렀다. (랑카 사람들과 애기하다보면 이 나라 사람들 치고 대장금-여기 사람들은 '장금이'라고 한다.-을 안 본 사람은 없다. 랑카 사람들이 우리보다 더 많이 봤다.) '오나라' 노래를 들으면서 마음이 뭉클했다.

나도 코리아 페스티발 활동 단원의 한 명으로 하루를 보낸 뿌듯한 하루였다. 더위에 땀 많이 흘리고 몸은 녹초가 되었지만 즐겁고 행복했다.

코리아 페스티발

5) 코리언데이

많은 한국어단원들은 파견기관에서 한국알리기 문화행사를 한다. 본연의 한국어 수업 외에 대한민국 코이카 파견 봉사단원으로서 한국을 알리기 위해서 힘든 걸 감수하고 자체적인 행사를 벌인다. 활동사업 품의를 받아서 코이카 예산을 지원받아 하기도 하지만 품의절차가 불편하여 자비로 진행하는 단원들도 있다.

2017년 10월 19일(목).

오늘은 한국어 단원인 강○○ 주관하에 학교 내 작은 코리아페스티발 격인 코리안 데이(Korean Day) 행사일이다. 강○○ 도와주러 어제 여러 지역에서 단원들이 와서 강○○ 집에서 잤나보다. 우리 집이 넓으니 우리 집에 몇 명 보내서 자게 하라 했는데 괜찮다고 모두 강○○ 집에서 잤다. 강○○ 집은 바로 학교 앞인 데 반해 우리 집은 꽤 멀어서 불편해서라지만 모두 강○○과 가까운 젊은 단원들이니 나이 많은 나보다 좁더라도 친한 강○○ 집에 모여서 자고 싶었겠지. 출근 후 세네위랏너에게 오늘 코리안 데이 페스티벌(festival)이 있으니 학생들을 보내라고 전했다. 10시 다 되어 행사장에 갔다. 단원들의 행사 준비가 분주하다. 강○○ 외에 콜롬보 권○○ (女), 트링코말리 김○○(女), 마타라 박○○, 암파라 서○○, 호마가마 조○○, 꿀리야피티야 김○○(女), 아누라다푸라 김○○(女) 등 전국에서 강○○과 가까운 단원들이 와 있다. 현수막 붙이고 책상 정리하고….

이것저것 같이 도와주고 준비 마친 후 11시에 대강당에서 행사가 시작되었다. 오늘은 교장이 없어서 부교장이 대신 인사를 했다. 많은 학생 외에 제법 많은 교직원이 모였다. 행사에 보통 촛불 점화를 먼저 하는데 내게 촛불 점등을 하라 하여 앞에 나가서 점등했다. 동영상 상영과 한국어반 학생들의 몇 가지 공연 후 드디어 OX 퀴즈를 시작으로 행사 시작. 강○○ 코워커인 영어선생 수지와가 싱할라어로 학생들에게 알리면서 도와준다. 모두 일어서라 하고 책상을 양 옆으로 쌓아 놓고 시작해야 하는데 학생들이 제대로 움직여주지 않는다. 책상을 치우고 가운데 공간을 마련해야 하는데 잘 안 되어서 먼저 앉아 있는 학생들 모두 일어서게 했다. 그리고 책상을 옆으로 쌓아서 공간을 확보하니 정리가 된다. 시작하니 이제 꽤 많은 학생들이 모여서 행사 분위기가 난다. 양편으로 갈라서게 하여 OX 퀴즈를 하고 최종 선발자에게 한국 과자를 선물한다. OX 퀴즈 후 본격적인 문화체험 행사다. 콜롬보 코리아 페스티발과 비슷하게 한복입기, 한국어 이름쓰기, 제기차기 등 다양한 한국문화 체험과 강○○과 단원들이 어젯밤 만들어 온 부침개 등 한국음식을 보여주는 행사이다. 나는 권○○과 둘이 젓가락질 시범을 보여

주는 것을 했다. 작은 콩알을 젓가락으로 집고 옮기는 걸 보여주니 신기해한다. 학생들에게 해보라며 젓가락을 쥐어주지만 역시 쉽지 않다. 중간에 조○○이 "선생님 제기 잘 차시죠?" 하면서 내게 제기 차기를 보여주란다. 원래 제기차기는 마탈레 이○○가 하기로 했는데 사정이 있어서 오늘 못 오는 바람에 자기가 맡았는데 자기는 제기를 잘 못 찬단다. 우리 때와 달리 젊은 애들이 제기 차볼 일이 없었겠지. 근데 나도 제기 잘 못 차는데… 그래도 해보니까 조금 된다. 조○○이 내게 잘하신다고 도와달라 하여 젓가락질 하다가 제기도 찼다가 했다. 학생들이 매우 흥미있어 한다. 세 시간 정도 해서 몸이 지칠 때쯤 되니까 끝날 시간이 되어 3시경 행사를 마무리 짓고 정리했다. 접견실 가서 준비된 다과로 점심 굶은 배를 조금 채우고 모두 강○○ 집에 가서 잠시 쉬었다가 6시쯤 저녁 먹으러 캔디 시내로 나갔다.

보람된 하루였고 이 행사를 주관한 강○○이 새삼 대견해 보인다. 내가 많이 도와주지 못한 것 같고. 같은 기관에 있으니 공동으로 하는 것 같이 많이 돕고 싶은데 강○○이 미안해서인지 내게 부탁을 많이 안 해서.

코리언데이 (교내 미니 코페)

7
여가 생활,
그리고 이야기

1) 캔디 도심 속 정글 우다와타켈레

2016년 10월 1일(토).

주말인데 뭐할까 하다가 평소 집과 다운타운 사이에 있는 언덕길에 한번 가보기로 하고 나왔다. 구글 지도를 보면 타운 불치사 뒤부터 학교 및 우리 집 사이는 넓은 녹지로 되어 있어서 뭔가 궁금했다. 7월 홈스테이할 때 지도를 보면서 거기가 뭔가 하고 찾아가다가 도로 입구에서 500여m 들어간 골목에서 개×× 두 마리가 사납게 덤벼서 되돌아온 적 있었는데 그 후 스리랑카 정보를 확인하니 거기는 자연녹지지역으로 보존구역이란다. 그래서 더 가보고 싶었다. 지도상 집에서 타운 가기 못 미처 길로 들어가면 그쪽 방향이다. 찾아 올라가보니 지대가 높아서 시가지가 잘 보이는데 가다 보니 웬 건물이 높다랗게 있고 더 이상 길이 없다. 발길을 돌리려는데 건물에서 한 남자가 나온다. 산책 중에 여기까지 왔다하니 여기는 보석 홍보관으로 보석을 진열, 판매하는 곳인데 구경시켜 줄 테니 들어오란다. 먼저, 건물 맨 꼭대기 카페 같은 곳에 데려가서 보니 주변이 아주 잘 보인다. 그리고 보석 진열한 곳에 데려가서 보여주는데, 와~ 멋있었다. 랑카가 보석의 나라인데 세공은 캔디에서 한단다. (참고로 '신밧드의 모험'에 나오는 '보석의 섬'이 실론, 즉, 랑카라고 한다.) 한동안 설명 듣고 덕분에 구경 잘 했다. 자연 녹지지역에 가려고 왔다고 하니까 친절하게 구글 지도로 길 안내까지 알려준다. 그곳을 향해 다시 갔으나 지도는 실제와 달라 중간에 길이 없다. 할 수 없이 포기하고 내려왔다. 다음에 다른 길로 가야지.

10월 23일(일).

  저번에 가려다 못 간 녹지지대를 찾아서 걸어갔다. 지난번 그쪽은 길이 없어서 구글 지도를 살펴보니 시내에서 올라가는 길이 있다. 시내까지 걸어서 지도대로 걸어 올라가니 공원 입구가 나온다. 자연녹지지역으로 알려졌는데 공원이네. 정문과 매표소가 있고 입장료를 받는다. 정식 이름이 Royal Forest Park, 또 다른 이름은 Udawatta kele(우다와타켈레). 아무런 정보 없이 왔는데 뜻밖에도 좋은 곳 같다. 입장료를 내라 해서 단순 외국인이 아니고 거주민이다, 거주비자 있다 하면서 랑카에서 발행해 준 신분증을 보여주니까 장부를 내밀며 이름, 주소를 기재하게 하더니 30루피 내란다. 외국인은 650루피란다. 들어가니 완전 정글속이다. 그 사이로 산책로가 잘 조성되어 있다. 열대의 나무들이 정글을 이루었다. 워낙 정글이 빽빽하고 산책로는 나무 숲속이라 하늘이 안 보여 전혀 덥지 않고 시원하다. 그리고 참 넓다. 정말 좋다. 그런데 사람은 없다. 한동안 아무도 안 보인다. 양옆으로는 빽빽한 정글 그 사이 호젓한 길이 마냥 이어진다. 정글의 나무들이 참 독특하다. 크고 울창하고 쭉쭉 뻗은 데다 나무 기둥과 줄기들이 참 희한한 것들이 많다. 인적이 없는 정글 속인데 희한하게 산책로에도 동물들이 없다. 개야 물론 없겠지만 그 흔한 원숭이도 한 마리도 안 보인다. 돈 받고 나라에서 관리하는 공원이라 동물들도 관리했나? 너무 정글이라 야생의 동물들이 있지 않을까 다소 겁나기도 했는데 다행히 산책로에는 전혀 안 보인다. 그래도 명색이 공원인데 야산 같이 야생동물들이 무방비 상태로 있지는 않겠지. 공기가 참 맑다. 매연의 도시 캔디에 이렇게 공기가 맑은 곳이 있다니. 그것도 시내에서 바로 진입이 가능하고. 랑카에 온 이후 가장 맑은 공기를 마음껏 마셨다. 헌데 사람이 너무 없다. 세 시간 가량 천천히 걸으면서 그 넓은 공간에 네댓 명의 현지인 본 게 전부다. 너무 호젓하고 인적이 없어서 조금 겁도 난다. 여자단원이면 절대 혼자 와선 안 되겠다. 이런 인적 없는 곳에 강력범이 나타나면 당할 수도 있겠다. 그래도 공원인데 설마. 그래도 어쩌다 마주치는 현지인들에게 먼저 인사하니 밝게 맞아준다. 모두 나같이 공원 나들이 나온 사람들이다. 한 바퀴 길 따라 돌고 나니 공원에서만 8㎞ 이상 걸은 것 같다. 전체 공원 중 극히 일부만 둘러본 것 같다. 너무 좋았다. 아무런 인공시설 없이 (간간이 벤치만 있음) 천연의 열대 정글 중간에 사람다니는 산책로만 뚫어서 공원으로 만들어 놓아서 참 좋다. 그런데 이런 곳에 대한 정보가 어디에도 없다니…. 앞으로 종종 이용해야지.

우다와타켈레

11월 14일(월).

　오늘은 뽀야데이, 국가공휴일이다. 우다와타켈레에 다시 가기로 했다. 집에서 약 4km 걸어서 공원 정문에 도착. 여권의 거주비자를 보여줘도 오늘 관리인은 이건 거주비자 아니라고 계속 안 된다고 한다. "봐라, Resident Visa라고 분명히 써있잖느냐, 왜 이게 거주비자가 아니라고 하느냐"하고 따지니까 들여보내준다. 두 번째 오는 건데 정말 좋다. 캔디에 이런 곳이, 그것도 바로 시내에 있어서 참 좋다. 전에는 처음이라 트레킹 길만 따라서 한 바퀴 돌았는데, 오늘은 나름 구석구석 돌아봤다. 제일 높은 곳까지 가봤다. 전망이 좋을 줄 알았는데 사방이 높은 나무로 막혀 아무것도 안 보인다. 대신 다른 길 찾아 들어가니 캔디 호수와 시가지가 잘 보이는 곳이 있다. 전망대같이 시멘트 블록이 되어있는데 캔디 시내가 한눈에 보인다. 돌다보니 후문 쪽 문이 있다. 차단기가 내려져 있고 매표소는 없는데 그 바로 앞 초소에 사람이 있다. 집에 가려면 정문보다 그리로 나가는 게 가까워서 그리로 나왔다. 나오다 보니 지난번에 이곳 찾아오려 길 찾다가 길이 없어진 그쪽 입구였다. 당시 거의 끝까지 갔는데 지도상 길이 없어서 못 찾았다. 그리로 나와서 집까지 걸어오니 오늘 12㎞에 3시간 반 걸었다.

우다와타켈레에서 본 캔디 시내

11월 28일.

학교 방학 중이다. 우다와타켈레에 다시 갔다. 오늘로 우다와타켈레 네 번째인데 오늘은 종전과 몇 가지 달랐다.

1. 공원 입구에 멧돼지가 있었다. 공원 매표소 앞 숲에 접한 도로 가장자리에 몇몇 사람들이 뭐를 보고 있기에 보니 멧돼지다. 멧돼지가 새끼들과 함께 있었다. 사실 동물원 말고 야생의 멧돼지는 처음이다. 달려들까 두려워 가까이 못 가고 멀리서 사진 찍었다.

    (나중에 아내와 이곳 왔을 때 이번에는 공원 안에서 멧돼지를 봤다. 산책로를 걷는데 앞에서 두 사람이 서서 비탈 위를 쳐다보고 있다. 보니까 거기에 제법 큰 멧돼지 한 마리가 있다. 멧돼지 조심하라는 걸 알고 있어서 한동안 움직이지 못하고 멧돼지가 멀리 간 다음에 지나갔다.)

2. 원숭이 떼를 보았다. 지금까지는 원숭이를 거의 못 봤는데 오늘은 산책로에 들어서자마자 원숭이들이 떼 지어 있다. 가만히 보니 이동하고 있는 중이다. 엄청 많다. 잠깐 본 것만 100마리 정도다. 그동안 못 봤는데 희한한 일이네. 추측컨대, 원숭이가 산책로엔 없어도 숲속엔 엄청 많고 무슨 일인지 그때 그것들이 이동 중이었나 보다. 사진 찍고 있는데 한 마리가 사납게 덤빈다. 쭈뼛해서 세게 대응하니 물러선다. 이것들 크기는 작지만 엄청 많은데 한꺼번에 덤비면 대책이 없겠다. 떼 지어 이동하는 모습 보며 서둘러 자리를 떴다.

3. 뱀을 봤다. 뱀도 지금까지 못 봤는데. 막 산책로 들어서자 기다란 뱀이 산책로를 통과하여 숲으로 들어간다. 어이구, 조금만 빨리 왔어도 하마터면 뱀과 맞닥뜨릴 뻔 했다. 그런데 그게 다가

아니고 숲 사이로 난 산책로를 한참 걷는데 앞에서 사람들이 길에서 길 옆을 보고 있다. 뭔가 하고 가서 보니 이런~ 길고 긴 뱀이 천천히 움직이고 있다. 세상에. 이게 웬일이람. 이 공원 안전한 줄 알았는데 오늘은 웬 것들이 이리 많지?

4. 외국인이 많았다. 평소 거의 사람 구경을 못 하던 공원인데 오늘은 심심치 않게 외국인들이 눈에 띈다. 현지인은 없고 모두 서양인, 그것도 대부분 젊은 여자들이다. 두 명의 서양여자가 가기에 말을 걸었다. 독일에서 왔다고 한다. 여기는 알려지지 않은 곳인데 어찌 알고 왔느냐 하니까 묵고 있는 호텔에서 알려 주었단다. 그러면 그렇지. 여기는 책자에도 없는 곳인데.

우다와타켈레

페라데니야 파크(Peradeniya Park)와 우다와타켈레를 나름 비교해봤
다. 페라데니야 파크는 동양 최대의 식물원이라고 하는데, 이 나라를
대표하는 유명 관광지이고 역시 캔디에 있으며 캔디의 명소다.

1. 크기

규모는 페라데니야 공원이 훨씬 크다. (60만m²) 우다와타켈레에
대한 자료는 따로 나와있지 않아 정확한 면적을 모르겠지만 우
다와타켈레도 만만치 않은 크기임은 분명하다. 그래도 느낌상
페라데니야공원이 배는 더 큰 것 같다.

2. 접근성

페라데니야는 캔디 중심에서 6㎞ 정도 떨어져 있는데다 가는 길
이 콜롬보로드라서 차량이 항상 밀린다. 반면에 우다와타켈레는
도심에 있어서 편하다. 불치사에서 1.5㎞ 걸으면 정문이 나온다.
그래서 언제든지 쉽게 갈 수 있다.

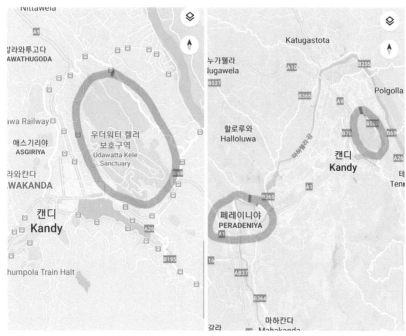

우다와타켈레와 페라데니야파크

3. 경관

　페라데니야는 식물원답게 조경을 잘 가꾸었을 뿐 아니고 수많은
나무들을 종류별로 아기자기하게 꾸며놓았는데 우다와타켈레는
자연상태의 정글이다. 즉, 페라데니야는 인공적인 수목원이고 우
다와타켈레는 자연적인 야생정글이다. 그래서 페라데니야가 사
진찍으면 더 멋진 풍경이 나온다.

4. 관람객

　페라데니야는 이 나라를 대표하는 유명한 관광명소여서 수많은
관광객이 몰린다. 매표소부터 줄을 한참 서서 입장한다. (그래도

워낙 커서 일단 공원 안에 들어가면 붐비지 않는다.) 반면 우다와타켈레는 알려지지 않아서인지 항상 한적하다. 매표소에서 표 사는 다른 사람을 본 적이 거의 없이 혼자 표 사고 들어갔다. 들어가서도 가뭄에 콩 나듯 사람들이 있다. 어떤 날은 한 사람도 못 볼 때도 있었다.

5. 입장료

페라데니야는 유명한 관광명소인 만큼 비싸고, 우다와타켈레는 상대적으로 저렴하다.

- ●페라데니야파크 입장료: 2,000루피
- ●우다와타켈레: 650루피

단, 이 입장료는 외국인 입장료이고 거주비자(Resident visa)를 가진 나는 내국인과 동일하게 각각 60루피, 30루피다.

캔디에 페라데니야공원과 우다와타켈레가 있어서 좋다. 특히 알려지지 않은 우다와타켈레는 숨은 보석이다. 여기저기 지도 보며 찾아가길 잘하는 나니까 찾을 수 있지 않았을까?

나중에 알아보니 현지인들은 우다와타켈레를 모두 안다. 하지만 단원들 중엔 아는 단원이 없다. 강○○에게 '강선생은 캔디에 있으니 반드시 우다와타켈레를 알아야 한다.' 하고 내가 데리고 같이 갔었다. 그리고 동기들, 다른 단원들이 캔디에 올 때마다 데리고 갔다. 강○○도 그 후 가까운 단원들과 같이 가서 그 후에는 많이 알게 되었다. 또 랑카 단원들이 발간하는 실론진에 내가 사진과 함께 설명을 올려서 알렸다.

랑카를 안내하는 어느 책자에서도 본 적이 없지만 매연의 캔디, 그것도 중심가에서 맑은 공기를 흠뻑 마시면서 산책할 수 있는 정말 보석같은 곳이다. 파견기간 중 손님이 왔을 때, 혹은 혼자서 참 여러 번 갔다.

우다와타켈레

페라데니야 공원

2) 스리파다 登頂記

2016년 12월 30일.

　오늘은 캔디 인근 쿠르네갈라에 파견활동중인 비슷한 연배의 60대 박○○, 오○○ 단원과 셋이 랑카 고봉(高峯)이자 성지인 스리파다(Sri Padha, 일명 아담스피크, 높이 2,243m)에 가기로 한 날. 9시 반쯤 집을 나와 캔디역에서 셋이 만났다. 박○○ 선생이 나더러 이번 여행 총무를 하란다. 옆에서 오○○ 선생이 덩달아 내게 우리 셋 중 영어를 제일 잘하니 총무하라고 떠민다. 총무 떠맡기느라 하는 말이지만 듣기 기분 나쁘진 않다.

　스리파다는 중남부 내륙에 있는 산인데 오르려면 산 아래 마을에서 일 박하고 야간산행으로 올라가야 한다. 오늘 목적지를 가려면 먼저 캔디역에서 11시 10분 출발하는 열차 타고 해튼(Hatton)으로 가야 한다. 해튼행 열차는 콜롬보에서 출발하여 캔디에서 해튼을 거쳐 누와라엘리야, 하푸탈레, 엘라 등 관광명소를 가는 열차인데 불편한 이 나라 교통사정상 열차편도 몇 대 없어서 좌석표를 예매하려면 여러 달 전에 해야 한다. 그래도 캔디역에서는 콜롬보에서 오는 사람들이 많이 내리고 또 타고 하기 때문에 동작이 빠르면 앉을 수 있다. (2등석 몇 칸 중 한두 칸은 지정 좌석이 있고 나머지 몇 칸은 선착순이다. 1등석과 2등 지정석은 아주 오래전에 좌석표가 동이 나고 3등석은 지정좌석이 없다.) 박○○ 선생이 열차가 도착하자마자 안에서 내리려고 일어나는 사람 자리를 향해 열차 밖에서 창문을 통해 배낭을 집어넣어서 지정 좌석표를 못 끊었음에도 다행히 모두 자리 잡고 앉을 수 있었다.

캔디에서 해튼까지 두 시간 걸렸다. 해튼에서 스리파다 산기슭 마을인 날라타니아(Nallathania)까지는 다시 버스 타고 두 시간 넘게 외진 산길을 가야 한다. 가다 보니 제법 큰 호수가 있고 버스는 호숫가를 도는데 호수가 꽤 크고 멋지고 평화로워 보인다.

스리파다 베이스캠프 격인 작은 마을 날라타니아에 도착했다. 오늘 묵을 게스트하우스 몇 군데 찾다가 방 하나에 3명 4,500루피라는 곳을 얻었다. 싱글베드와 더블베드가 각각 하나씩 있는 룸인데 비교적 저렴하고 그런 대로 깔끔한 편이다. 단지 더블베드가 작은 사이즈라 잘 잘수 있을까 했지만 잠시 자는 건데 방 값에 쓸데없이 돈 많이 쓰지 말자고 공감대가 형성되었다. 식당을 겸한 집이어서 내려가서 그 집에서 바로 이른 저녁을 먹었다. 한동안 날라타니아를 둘러봤다. 가게들과 식당 그리고 게스트하우스가 전부다. 산 아래 마을에서 올려다 본 스리파다는 참 신기하다. 주변 산세가 없이 마치 송곳같이 가파르게 솟아 올라와서 산이라기보다 바위 봉우리다. 그리고 어둑어둑해지는 시간인데 올려다보니 등산로에 온통 불이 훤하게 밝다. 전등이 줄줄이 켜져 있다. 스라파다 정상도 보이는데 매우 밝다. 신기하다. 등산로 입구까지 걸어서 잠시 둘러보고 빵, 바나나, 간식거리 등을 사갖고 들어왔다. 샤워하고 내일 새벽 1시에 일어나서 출발해야 해서 7시 반에 모두 잠자리에 들었다.

12월 31일(토).

자는 둥 마는 둥 좁은 침대에서 겨우 쪽잠 자고 1시 알람소리에 일어났다. 준비하고 셋이 숙소 출발한 시간이 1시 반. 스리파다는 해발 2,243m이고 이 나라 최고 높이는 아니지만 정상에 성스러운 발자국이 있고 이를 하늘의 발자국으로 여기고 성지로 받들어지는 곳이다. 매년 신년 즈음하여 수많은 참배객이 일출을 보러 오른단다. 많은 사람들이 이곳 정상에서 새해 해돋이를 보는 걸 원하기 때문에 새해 첫 일출을 볼 수 있는 내일 새벽이면 인산인해를 이룬다고 한다. 산이 높아서 열대나라 무더위 때문에 낮에는 오르기 힘들고 거의 야간산행으로 올라간다고 한다.

숙소를 나오니 새벽 공기가 제법 차다. 오르는 사람들 복장이 두터운 잠바에 털모자에 장갑에, 열대의 이 나라에서 볼 수 없는 복장들이다. 산기슭에는 불교의 나라답게 커다란 불상들도 있고 마애불도 있다. 일출은 6시10분인데 1시반에 출발했고 아담스피크 올라가는 시간은 정상 속도로 3시간 정도라는데 빨리 올라가면 추워서 떨어야 하니 천천히 올라가자 했다. 등산로 입구에 들었다. 등산로라기보다 시멘트로 포장된 돌계단이 시작된다. 고지대인데다 새벽이라 엄청 추울 것에 대비해서 다들 옷을 단단히 준비했지만 오르는 동안은 별로 춥지 않았다. 산을 좋아하는 내가 생애 처음으로 2,000m가 넘는 산을 오르는 것에 야릇한 흥분도 있었다. 중간중간 간식을 먹으면서 쉬엄쉬엄 갔다. 사방이 어두워서 산세며 이런 것은 물론 보이지 않는다.

그런데 올라가면서 보니 등로는 처음부터 끝까지 매우 가파른 돌계단으로 만들어져 있다. 그리고 등산객을 위해 한밤에도 모두 전등이 켜져 있어서 플래시를 안 켜도 오르는데 문제없다. 스리파다가 그냥 산이 아니라 이 나라 성지이고 오르는 사람들은 등산객이라기보다 성지를 오르는 순례자들이라 생각해서 등로를 이렇게 해놓은 모양이다. 스리파다를 오르는 길은 이곳 말고 반대편 남쪽인 라트나푸라(Ratnapura)에서 출발해서 오르는 길도 있다. 오늘 우리가 오르는 길은 급경사의 짧은 등로이고 반대편 길은 완만하지만 대신 긴 거리를 올라야 해서 시간이 훨씬 더 걸려서 우리는 이 길을 택했다. 라트나푸라에서 오르는 길도 시멘트와 돌계단으로 만들어져 있다고 한다. 스리파다를 성지로 여기기 때문일 것이다.

등로를 오르면서 놀란 것은 음료수, 간식거리 등을 파는 가게들이 줄지어 있다는 점. 게다가 지금 시간은 모두 잠들어 있을 새벽인데, 여기는 낮밤을 바꿔 사나보다. 올라가도 올라가도 가게들이 계속 있는데 결국 정상 100여m 아래까지 가게가 있다. 놀라운 일이 아닐 수 없다. 그 꼭대기까지 물을 포함, 수많은 물자를 들어 옮기다니.

아래에서 본 대로 정상에 가까울수록 돌계단의 경사가 급하다.

느낌상 60° 정도 아닐까? 경사가 급해 위험할 정도다. 계단길 양옆에 쇠줄로 안전줄이 만들어져 있다. 수시로 안전줄을 붙잡고 올라갔다. 캄캄한 새벽이지만 불 밝은 돌계단을 따라 수많은 참배객과 관광객들이 오른다. 쉬엄쉬엄 올라갔지만 5시 조금 넘어 정상 못 미처 도착했다. 질서 안내가 목적인지 입구에 경찰 한명이 있다. 경찰이 평소에 항상 있는지 연말 사람이 많은 시기에만 있는지는 모르겠다. 우리를 잠시 세운다. 위에 사람이 매우 많으니 소지품 주의하고 안전 유의하라, 사찰에선 사진 못 찍는다 등 몇 가지 얘기를 하고 올려 보낸다.

이어서 곧 정상에 도착했다. 이곳은 성지여서 여느 산의 정상과는 달리 온통 전등을 켜놓아서 정상 전체가 환하다. 어제 저녁 올려다보았던 그대로다. 일찍 올라와서 기다리면 춥겠다 하고 올라갔더니 웬걸~ 우리보다 먼저 수많은 사람들이 와 있다. 근데 정상 부분이 지나치게 좁다. 해돋이가 잘 보이는 자리는 스탠드처럼 만들어져 있다. 약 100명 정도 앉을 수 있도록 되어 있는데 이미 사람들이 꽉 차 있다. 이럴 줄 알았으면 기다리더라도 더 일찍 올라올걸. 스탠드 옆으로 수많은 인파들과 같이 서서 해뜨기를 기다렸다. 오를 때는 추운 줄 몰랐는데 이곳에 오르니 역시 춥다. 지금이 열대의 이 나라에서 그래도 가장 기온이 낮은 시기이고, (그래 봐야 연중 기온차가 3℃ 정도, 참고로 이 나라는 4월이 가장 덥고 1월이 가장 덜 덥다. 4월이 가장 더운 게 우리 상식으로는 이상하지만 그게 사실이다.) 여기는 해발 2,200m가 넘어서 콜롬보에 비하면 14도 정도 낮은 데다 지금이 하루 중 기온이 가장 낮은 해 뜨기 직전이고 주변에 막힌 것 전혀 없이 솟아오른 높은 봉우리이다 보니 바람이 엄청 분다. 추위가 뼛속까지 스며든다. 얼른 가져온 옷을 모두 꺼내 겹쳐 입으니 견딜 만하다.

이윽고 해가 뜬다. 스리파다는 나홀로 툭 튀어나온 봉우리라 구름이 잔뜩 끼어있지 않은 한, 항상 구름 위에서라도 일출이 보일 것 같다. 이곳의 일출은 정말 감동이다. 수많은 일출을 봤지만 마치 구름 위에서 보는 듯한, 사방이 탁 트인 일출, 말로 표현이 어렵다. 그 아래 수많은 낮은 봉우리와 산들이 보이기 시작한다. 늦게 올라와서 제대로 된 자리를 못 잡아서 일출은 수많은 인파 틈바구니 사이에서 겨우 볼 수 있을 뿐 도저히 일출 사진 찍을 위치가 못 된다.

붉은 해가 솟구치고 발자국 성지에서 현지인들은 모두 엎드려 기도하고 약 30분 정도 종교의식이 거행되었다. 북과 징을 치고 의식복 같은 옷을 입은 승려들이 의식을 치른다. 이후 차례대로 줄지어서서 성스럽다는 발자국을 봤다. 사람들이 발자국 앞에서는 예를 표한다. 이 발자국은 불교에서는 부처님 발자국이라 하고, 다른 종교들도 자기네 것이라고 성지로 모신다고 한다. 그런데 정작 발자국은 커다란 천으로 덮어 놓았다. 발자국 모습을 한 바위인데 당연히 실제 발자국보다 훨씬 커다랗다. 이 봉우리 꼭대기에 이러한 자국이 있다는 게 신기한데, 이를 종교적으로 승화하여 성지화한 이들의 신앙심이 대단하다. 한편 천으로 싸서 실제 모습을 볼 수 없는 게 아쉽다. 성스러운 곳이니 보호하려고 그랬겠지. 날이 밝은 후 주변의 조망을 보니 역시 최고봉이다. 주변의 산과 대지가 모두 발 아래에 보인다. 스리파다가 압도적인 높이로 우뚝 솟아있다. 어제 올 때 보았던 커다란 호수가 까마득히 발아래에 보이는데 주변의 정글과 어우러진 모습이 참 멋지다.

　이윽고 하산. 7시 10분경 하산을 시작했다. 정상에서 한동안은 급경사라 하산 길은 오를 때보다 훨씬 위험하다. 옆의 쇠줄을 잡으 며 조심스럽게 내려올 수밖에 없다. 경사가 워낙 가파른 돌계단이 라 무릎을 다칠까 조심스럽다. 실제 여기서 하산하다 무릎 다치는 사람들이 많다고 한다.

　아침이지만 해가 뜬 후 열대의 대지는 뜨겁기만 하다. 하산길에 아래에서 수많은 포터들이 올라오고 있다. 머리 한 짐 가득 짊어지 고 오르는 수많은 포터들. 이들이 등로상에 있는 숱한 가게들의 물 자를 운반하는 사람들이구나. 머리로, 목으로 짐들을 가득 짊어지 고 올라온다. 목이 부러지게 머리 위 혹은 목 위에, 보기에도 정말 무거워 보이는 짐들을 올렸는데 과연 목이, 그리고 몸이 견뎌날까? 하는 생각이 들어서 마음이 편치 않다. 맨몸으로도 오르기 힘든 이 뜨거운 날씨에 몸 망가지면서 이렇게 짐을 날라 이들은 얼마나 받을까? 생각하니 퍽 안쓰럽다.

　게스트하우스에 도착하니 10시쯤 되었다. 간단히 샤워하고 식사 하고 버스 타고 해튼을 향해 11시 반 출발, 해튼에서 막 출발하는 캔디행 열차를 탈 수 있었다. 앉을 자리는 없고 다리는 아픈데 열차는 출발할 생각을 않는다. 이 나라 특유의 연착이다. 해튼에서 무려 30분이 지나서야 열차가 출발한다. 이런. 아무리 철도 사정이 나쁘기로서니 역에서 30분이나 섰다가 가다니…. 이 나라의 철로는 대부분 단선이다. 그러다 보니 열차가 역에서 수시로 상대 열차를 보내느라 기다리느라 연착이 일상적이다. 그렇다 해도 오늘은 원래 예정시간보다 엄청난 연착이다. 게다가 가면서도 역마다 툭하면 안 가고 서서 기다린다.

캔디에 도착한 시간은 오후 4시 반, 2시간이면 올 거리를 3시간이나 걸렸다. 잠도 별로 못 자고 다리 아픈데 서서 가느라 안 그래도 힘든데 연착까지 해서 참 힘들었다. 캔디 KCC 식당에서 같이 이른 저녁을 먹고 나니 버스타기엔 시간이 어중간하다. 버스 타고 집에 가면 어두울 시간이라 (캄캄한 밤이면 골목의 개들이 겁난다. 밤이면 개들이 이성을 잃는다.) 툭툭을 타야 하는데 픽미(콜택시)로 미니카를 불렀더니 왔다. 콜롬보 외엔 픽미(pick me)가 없다가 지방엔 처음으로 캔디에 얼마 전 생겼지만 몇 대 없다보니 거의 부를 수 없었는데 오늘은 다행이다.

스리파다 산 꼭대기에서 보는 일출은 정말 감동적이었다. 그동안 숱하게 일출을 봤지만 이곳의 일출은 어떤 다른 곳에서의 일출과 다른 장관이다. 봉우리가 워낙 송곳같이 솟아올라서 마치 하늘 위에서 일출을 내려보는 느낌이랄까? 단원이면 누구나 활동기간 중 한 번은 가보고 싶어 하는, 이 나라 명소 한 곳을 다녀왔다. 해야 할 숙제를 한 기분이다.

📢 사실 이 나라에서 제일 높은 산은 '피투루탈라갈라'라는 산으로 해발 2,503m인데 정상부가 군사통제 지역이어서 오를 수 있는 산 중에서는 스리파다가 최고봉이다. 또한 정상에 성인의 발자국이 있다고 하여 스리파다를 신성시한다. 참고로 이 나라는 북부지역은 평원이고 중부 아래 내륙은 고산지대이다. 면적이 남한의 ⅔ 정도로 별로 크지 않은 섬나라인데도 좁은 지역에 2,000m가 넘는 고산들이 있다는 게 신기하다.

마을에서 보는 스리파다 정상

스리파다 정상과 일출 모습

3) 엘라

　중부 고원지대에 엘라(Elle)가 있다. 도시랄 것도 없는 조그만 마을이다. 누와라엘리야 정도로 춥진 않아도 해발 1,000m가 넘는 고산지대이니 덥지 않다. 그런데 유명 관광지인 이곳은 참 특이하다.

2017년 8월.

　방학을 맞아 친하게 지내는 시니어 윤○○ 선생과 엘라를 갔다. 엘라는 처음이다. 그런데 엘라 참 독특하다. 조그만 마을이 온통 서양인들이다. 현지인보다 서양인이 훨씬 많다. 아니 그것도 틀린 표현이고 현지인들은 가게 사람과 툭툭기사뿐, 거리엔 온통 노랑머리 서양 남녀로 꽉 차 있다. 관광객이 없다면 길거리에 사람이라곤 없을 법한 한적한 시골 마을인데. 서양인 많다고 얘긴 들었지만 이 정도일 줄이야. 아무튼 별천지다. 먼저 도로변 카페 2층에서 음료수 한잔하면서 분위기를 즐겼다. 윤선생과 둘이 미니 아담스피크 갔다. 전망이 탁 트이고 참 좋은 곳이다. 구경하고 사진 찍고 다시 걸어 내려와서 저녁 먹으러 갔다. 엘라의 밤거리 모습은 더욱 신기하다. 길어 봐야 300m 정도의 도로 양쪽으로 관광객을 위해 온통 카페, 식당 등인데 네온사인이 알록달록하고 온천지에 서양인이다. 카페 식당에도 서양인들이 바글바글하고. 서양인으로 넘쳐나는 거리 풍경과 모습들이 이 나라 어디서도 볼 수 없는 풍경이다. 한 카페는 식당이라기보다 술집에 가까운 듯한데 서양인 손님들로 꽉 차 있다. 실내 모습도 랑카 식당이 아니다. 실내 내부만 보면 미국이나 유럽의 어느 도시로 착각할 정도다. 서양인 손님들과 어울리고자 우리도 함께 앉고 싶은데 빈자리가 없네.

2018년 1월 11일.

아내가 와서 오늘은 엘라 가는 날. 캔디역에서 열차 타고 엘라로 갔다. 콜롬보에서 출발한 열차는 캔디를 거쳐 누와라엘리야 외곽인 나누오야, 하푸탈레, 엘라, 바둘라까지 가는 열차인데, 중부 산지를 통과하면서 주변의 차밭 풍경이 아주 절경이다. 캔디에서 엘라까지의 열차 여행은 이 나라에서 꼭 보아야 할 관광코스 중 하나로 꼽는다. 열차 좌석 예매가 어려워 그냥 탔지만 캔디에서 내리는 사람들이 많아 다행히 아내와 자리를 잡고 앉았다. 열차 안에부터 서양인들로 가득하다. 열차는 느릿느릿 산악지대를 지난다. 역시 경치가 좋다. 풍경이 멋지다고 아내가 계속 감탄한다. 싸 갖고 온 김밥 먹으면서 6시간 반 만인 5시 반에 엘라에 도착했다. 역시 거리 전체는 서양인뿐이다. 예약된 호텔에 가서 짐을 풀고 나와서 엘라 모습을 구경시켜 주었다. 식당과 시내 전체에 서양인이 바글거린다. 아무리 둘러봐도 동양인은 우리 둘뿐이다. 나로서는 여기 세 번째 오는데 올 때마다 느끼지만 참 특이한 곳이다. 어두워지면서 거리의 가게, 레스토랑에 네온사인이 반짝인다. 엘라 거리를 보면 전혀 랑카 같지 않고 어느 서양거리 모습이다. 저번에 많은 식당 중에 유독 서양인이 꽉 차있던 Chill이라는 식당에 다시 가봤지만 오늘도 문전성시다. 좌석 없는 건 물론이고 많은 사람들이 기다리고 있다. 그래서 오늘도 그 옆 식당에서 저녁을 먹었다.

1월 12일.

아침 먹고 나인아치브리지(Nine Arch Bridge)로 향했다. 식민지 시절 홍차 잎을 운반하려고 만들었던 철도가 깊은 계곡을 통과하면서 계곡 높은 곳에 9개의 아치형 철교를 만든 곳인데 이 나라 소개하는 관광안내 사진에 흔히 나오는 대표적인 관광지이다. 열차가 10시 50분쯤 지나가니 그걸 보기로 했다. 걸어서 찾아가는데 처음 가는 게 아님에도 표지판이 부실해서 몇 차례 길을 잘못 들었다가 나왔다. 중간에 젊은 서양인 여자가 우리가 말하는 걸 듣고는 한국인이냐 묻더니 한국말로 "안녕하세요?" 한다. 미국인이라며 대구의 초등학교에 원어민 영어교사로 있는데 겨울방학을 맞아 여행 왔단다. 세 명의 서양여자들이 있는데 같이 왔냐고 물어보니 아니란다. 각자 따로 와서 여기서 만나서 같이 어울리는 거란다. 나인아치브리지에 도착했다. 울창한 밀림 속 깊은 계곡 위에 세워져서 보기에도 아찔한 철교이다. 아치가 9개라 '나인아치브리지'라 불린다. 구경하고, 사진 찍고, 조금 있다가 열차가 지나가고, 열차 구경하고…

한동안 구경하고 나와서 이번엔 미니아담스피크를 향했다. 입구에서 완만한 경사로를 걷다가 중간부터 오르막길이 있는 곳이다. 하루 종일 오며 가며 수많은 서양인들을 만난다. 얘기해보니 참 많은 나라에서 왔다. 유럽의 모든 나라 사람들을 만난 느낌이다. 이윽고 정상. 맞은편은 엘라록(Elle rock)인데 바라보는 조망이 대단히 빼어나다. 이 전망을 보려고 미니아담스피크를 오른다. 여행객들끼리는 조금만 얘기해도 서로 사진 찍어주고 배려해주고 한다. 아무나 붙들고 찍어달라고 해도 다 잘 찍어준다. 미니아담스피크 중턱에 있는 근사한 카페 CAFE 98 Resort 가서 맥주 한잔 곁들여 늦은 점심을 했다. 역시 서양인인 옆 테이블 사람들과 잠시 얘기 나눴다. 이곳에 서양인들이 참 많이 온다, 하니까 하는 얘기가 여행객들에게 이 나라 가면 엘라에 가보라, 엘라 가면 서양인들이 많다고 알려져 있단다. 아하~ 그제야 알겠다. 유럽 배낭여행객들이 이곳 엘라에 와서 같이 만나고 어울리는 모양이다. 다들 끼리끼리 만나고 싶어 여기 엘라에 서양인들이 많구나. 아까 만난 대구의 미국인도 여기서 일행을 만났다고 하더니. 서양 배낭객들의 성지라 할까? 참 특이하다.

툭툭 타고 랑카에서 폭포 높이가 가장 높은 폭포인 라바나폴을 구경하고 다시 숙소에 돌아와서 짐 풀고 저녁도 먹을 겸 나왔다. 둘러보다가 Chill에 가니 마침 자리가 있기에 얼른 앉았다. 서양인으로 꽉 차서 자리가 없던 이 식당에 드디어 자리 잡는 데 성공했다. 아내가 옆 테이블 시킨 것을 보더니 "어제 보니 저걸 많이들 먹더라" 하기에 옆 테이블 사람에게 말을 걸었다. 70세 가까운 노부부인데 네덜란드에서 왔단다. 물어보니 론리플레닛이라는 여행자용 책자에 그 음식이 이 식당에서 최고라고 한단다. 메뉴를 보니 가격도 690루피, 별로 안 비싸기에 우리도 주저 없이 그걸 시켰다. 기왕 말을 건 김에 좀 더 물어봤다. 그들도 엘라에 드문 동양인과 얘기 나누는 게 좋아서 아주 반색을 하며 대화에 응한다. 내가 엘라 세 번째인데 이 집은 항상 만원이어서 놀랐다, 여기서 식사하는 게 오늘이 처음이다, 했더니 그것도 론리플레닛에 이 집이 best restaurant라고 소개되어 있단다. 그제서야 의문이 풀린다. 그래서 항상 서양인이 바글바글했구나. 그 많은 식당 중 이 집만 미어터지는 이유를 이제야 알았다. 완벽하게 서양인으로 꽉 찬 식당에 우리 둘만 동양인으로 식사를 했다. 사람이 많아서 음식 엄청 늦게 나오겠다, 했는데 그래도 워낙 종업원이 많고 빨리 움직여서 많이 늦지는 않았다. 식사 중에 갑자기 불이 꺼져서 이게 무슨 일인가 했더니 큰 음악소리가 잠시 나오고 다시 불이 들어온다. 특별 이벤트인 모양이다. 아무튼 재미있다. 음식도 맛이 있고. 맛있게 저녁 먹고 함께 분위기를 즐겼다.

나인아치브릿지

엘라 풍경

Chill restaurant

4) 산책, 트레킹, 캔디 소요사태

◇ 디가나 산책

2016년 11월.

랑카 생활 5개월째, 학교가 방학 중이어서 쉬는 날이다. 이젠 현지생활도 익숙하고 오늘 뭐할까 하다가 디가나(Digana)라는 작은 마을을 가보자 하고 집을 나왔다. 전에 지도를 살펴 보니 집에서 동쪽으로 가면 디가나가 있는데 거기는 이 나라에서 제일 긴 강인 마하웰리(Mahawelli)강 빅토리아댐이 있어서 넓은 강폭의 물이 있다는 걸 알았다. 그쪽으로 가는 버스를 타려면 집에서 나와서 사나운 개 4마리가 있는 곳을 지나가야 한다. 양손에 짱돌 들고 갔는데 오늘은 한 마리만 멀리서 멀뚱멀뚱 쳐다보고만 있다. 이것들아, 이젠 예전의 내가 아냐. 이젠 너희들이 덤벼도 전혀 겁나지 않아. 디가나는 집에서 캔디시내 반대 방향으로 12㎞ 거리다. 콜롬보에서 동부지역으로 갈 때 우회도로와 연결되는 곳이며 골프장도 있다. 집 앞 도로에서 버스로 약 30분 걸렸다.

스마트폰 구글 지도 보면서 강가 쪽으로 걸어갔다. 도로변 근처만 상가가 형성되어 있고 조금 지나서는 그냥 한적한 시골 마을이다. 강 쪽 방향으로 조금 더 가니 여자들은 모두 히잡(무슬림 여자들이 얼굴만 보이게 쓰는 옷)을 쓰고 있다. 그리고 보니 남자들도 희고 둥근 모자를 쓴 사람이 많다. 어라? 조금 특이하네, 하며 걸었다. 집이 옹기종기 붙어있는 마을이다. 걸어가니 이곳은 지금까지 다른 곳과 달리 사람들이 모두 나를 쳐다보고 많은 사람들이 괜히 아는 척 하고 말을 건다. 내가 비록 외국인이지만 이렇게 모두 쳐다보며 외국인을 신기해하는 경험도 처음이다. 하기야, 이곳은 아무것도 없는 시골 동네인데 외국인은 아마 내가 처음 왔을 것 같다. 나 같은 사람 말고 시골의 이런 외진 구석에 외국인이 올 리가 있나. 처음 외국인이 오니 신기한가 보다. 그리고 어디 가느냐 계속 묻는다. 외국인을 보니 신기하기도 하고 도와주려고 하는 거겠지. 너무 생소하고 낯선 마을이라 조금 긴장도 되지만 그래도 설마 무슨 일 있으랴 싶어 구글 지도를 보면서 계속 강가 쪽으로 걸었다.

드디어 강이 보이는 작은 시멘트길 끝에 왔다. 강이 보이고 강에 갈수 있게 작은 길이 나 있다 이제부터는 넓은 평지에 사람이 아무도 없다. 너무 외져서 긴장되지만 사방이 탁 터진 곳인데 무슨 일 있으랴 하고 계속 걸었다. 강가 둔덕에 있는 탁 터진 초원, 그리고 넓은 강, (지도상 여기서 이 강 아래쪽에 빅토리아댐이 있어서 강폭이 엄청 넓다.) 걷기 좋았다. 강 둔덕의 풀밭이 무척 넓어 초원 같다. 초원에는 소떼들이 흩어져서 한가롭게 풀을 뜯고 있다. 평화로워 보인다. 날이 흐려서 참 다행이다. 평소 같은 랑카 땡볕이면 이런 개활지는 더워서 못 걸을 거다.

강을 따라 강가로 계속 걸어 내려오는데 어린애들이 손을 흔들고 아는 척을 한다. 나도 손 흔들어 주고 강 쪽으로 방향을 도는데 애들 두 명이 내게 뭐라뭐라 말하면서 달려온다. 10대 초반 애들인데 내게 다가와서는 이번엔 서툰 영어로 이름이 뭐냐, 어느 나라 사람이냐 묻는다. 애들이 영어가 서툰 듯하여 내가 싱할라로 "아유보완. 오야 메헤 인너와다? 오야게 게더러 꼬헤더 띠엔네? (안녕? 너희들 여기 사니? 집이 어디니?)" 물어보니 웬걸, 전혀 못 알아듣고 멀뚱하게 쳐다본다. 그래서 아~ 타밀사람인가? 하고 "Are you Tamil?" 했더니 끄덕인다. 그리고 뭐라 말하는데 전혀 생소한 언어다. 그렇구나. 여기 사람들 타밀족이구나. 내가 오늘 랑카 내 소수민족 지역에 들어온 거였다. 애들은 둘 다 13살이란다. 우리 나이로 중학교 1학년 나이. 표정이 밝고 좋다. 애들이 싱할라는 모르지만 서툰 대로 영어는 가능하다. 영어로 대화를 나누니 애들이 그쪽은 길이 아니라고, 그리 가지 말란다. 그러니? 암튼 알았어, 하고 내가 어디 목적지를 정한 것도 아닌데, 하고 가던 길을 계속 갔다. 넓은 풀밭에 넓은 강과 강가, 사람 한 명 없고 호젓하고 공기도 좋고 경치도 좋고. 이런 곳에 연인이 온다면 참 분위기 좋겠다 생각이 든다. 날도 덥지 않아 오늘은 산책하기 그만이다. 근데 계속 가니 길은 더 이상 없고 끝나 있다. 아~ 그래서 애들이 길 없다고 얘기해주려 달려온 거였구나. 그래 오늘은 이 정도로 하고 돌아가자 하고 길을 돌아섰다.

돌아오면서도 수많은 애들이 말을 건다. 어른들도 마찬가지. 계속 말을 걸고 어디 가냐 하고 도와주려고 한다. 이런 곳에 외국인이 왔다는 것이 마냥 신기한 모양이다. 아까 그 애들은 마을을 벗어나 멀리 간 적도 없을 것 같고 그러니 아마 난생 처음 외국인을 봤을 것이고 퍽이나 신기했을 것이다. 그런데 나오면서 돌아보니 마을 입구에 '무슬림타운(Muslim Town)'이라고 커다랗게 안내판이 써 있는 걸 이제 봤다. 들어갈 때 더 잘 보일 텐데 들어갈 때는 무심하게 다른 곳 둘러보면서 안내판을 보지도 않고 들어갔던 것이다. 어쩐지 여자들은 모두 히잡을 쓰고 남자들은 모두 모자를 쓰고 턱수염을 길게 기르고. 모든 게 색다르고 신기하기만 하더라니. 무슬림 집단 거주지인줄도 모르고. 알고 들어갔으면 그렇구나 하고 봤을 텐데. 근데 잘 모르겠다. 타밀인은 힌두교인데. 무슬림은 어느 민족인가? 아랍? 아까 애들은 타밀족 같던데 그러면 타밀족 중 힌두교 아닌 무슬림도 있나?

(나중에 알아보니 이 나라의 주민족인 싱할라족은 70% 정도로 모두 불교도, 타밀족은 20%이내인데 힌두교, 그리고 중동지역에서 바다 건너온 아랍계 민족이 일부 있는데 이들로부터 이 나라에 무슬림이 생겼다고 한다. 이 마을 사람들은 엄밀히 말하면 타밀족이 아니고 아랍계 민족일 텐데 당시 이방인인 내 눈으로는 외모로 민족을 구별하지 못한 것이다.)

마을을 걸어 나오는데 계속 어디 가느냐, 도로까지 머니까 툭툭 타라는 둥 계속 말을 건다. 무시하고 걸어서 버스타고 왔다.

특이하고 신기한 무슬림 마을, 외국인은 물론 외지인도 거의 없을 법한 마을을 둘러보고 왔다. 그리고 이 지역 사람들은 외국인 혼자 들어오는 것을 아마 처음 보게 된 신기한 경험을 했을 것이다. 그래도 남들이 가보지 않은 마을, 넓고 푸른 풀밭, 평화롭게 풀 뜯는 소 떼들, 넓은 강, 맑은 바람 등 특이한 체험을 한 하루다.

2017년 7월 8일(토).

쉬는 날인데 뭐할까 하다가 캔디에서 동쪽으로 가면 마히양가나 야라는 곳이 있는데 인근에 베다족이 사는 곳이라고 하기도 하고 가는 길도 험준하다고 하여 거기 가보자 하고 나왔다. 집 앞 도로 에서 가기 때문에 가기는 편하다. 거리는 70㎞도 안 되지만 이 나 라 도로가 다 열악한 데다 그 길은 특히 대단히 꼬불꼬불한 산길이 많아 한참 걸린다고 들었다. 그래서 거기 가려면 만약에 대비해 조 금 일찍 출발해야 한다.

아침 먹고 집을 나선 시간은 8시 15분. 마히양가나야 가는 버스 를 기다리니 찾아 타기가 힘들다. 이 나라 버스들은 노선번호가 전 혀 의미 없어서 행선지를 보고 타야 하는데 주로 싱할라 글씨로 써 있고 옆에 영문으로 작게 써 있는데 버스가 다가올 때 살펴볼 수밖 에 없다. 그런데 버스정류장에 버스들이 잘 안 선다. 버스들이 내 리는 사람이 없으면 탈 사람이 손들어서 세우지 않는 한 잘 정차하 지 않는다. 그러니 달려오는 버스들을 유심히 살펴봐야 하는데 쉽 지 않다. 멀리서 오는 버스를 보고 싱할라, 영어를 읽고 세워야 하 니. 그래서 몇 대 보내고 그냥 텔데니야 가서 갈아타야지 하고 텔 데니야행 버스를 탔다.

텔데니야에 도착해서 보니 마침 마히양가나야 가는 버스가 서 있다. 긴 여정이니 일단 화장실부터 가자 하고 화장실 찾느라 둘러봐도 없다. 그냥 가려고 다시 정류장에 오니 그 버스는 벌써 출발했다. 버스들이 어떤 때는 한참 기다리면서 손님 태우던데 그 버스는 빨리 갔다. 정류장에 서있으니 현지인 한명이 말을 건다. 그냥 관광객이라고 대답하고 마히양가나야 간다 했더니 오늘은 뽀야데이라 차가 덜 다닌다고 한다. 아뿔싸! 오늘이 뽀야데이구나! 토요일이라 쉬는 날인 것만 알았지 뽀야데이인걸 생각 못했네. 뽀야데이인줄 알았으면 먼 거리 갈 생각 안했지. (이 나라는 한 달에 하루인 뽀야데이에는 버스들이 평소보다 훨씬 드문드문 다닌다. 작년 OJT 때 뽀야데이가 하루 있었는데 평소 수시로 다니던 버스를 무려 40분 기다렸다. 그때는 처음이라 왜 버스가 안 오는지도 모르고 엄청 기다렸다. 나중에 뽀야데이에는 버스가 잘 안 다닌다는걸 알게 되었다.) 이런~ 오늘이 뽀야데이인줄 모르고 마히양가나야 갈 생각으로 나오다니. 가는 거야 가겠지만 먼 거리인데 오는 버스편이 문제될 수도 있어서 가지 말자 하고 도로 집에 가려다가 여기까지 왔는데 집에 가는 중간인 디가나 가서 걷자 하고 계획을 바꿨다.

디가나에 빅토리아골프로드가 길게 잘 되어 있다고 들어서 언제 한번 가려 했는데 오늘 가기로 바꿨다. 디가나는 작년 11월에 혼자 걸은 적이 있다. 그때 아무 정보 없이 갔던 그곳은 무슬림 마을이었는데 참 신기했다. 그때 길은 빅토리아로드 초입에서 마을로 꺾어서 갔는데 오늘은 그 길을 곧장 걸었다. 지도상으로 보면 무려 8.5km로 상당히 길다. 왕복 걷기엔 쉽지 않겠지만 올 때 정 피곤하면 툭을 타지 뭐, 하고 걸었다. 길은 좋지만 그늘이 없는 땡볕이다. 선크림을 바르고 우산을 받쳐 걸었다. 하필이면 햇살이 뜨거운 날이라 몹시 더웠다. 약 3㎞ 지나니 거기부터는 길 양편에 가게는 물론 집도 없는 외진 길이다. 물이야 걸어가다가 사지, 하고 왔는데 날이 더워 가져 온 물을 거의 다 마셨는데 이젠 가게가 안 보인다. 제길~ 사갖고 들어올걸. 바람도 한 점 없는 땡볕길이다. 조금 전까지의 집 인근 길들은 그래도 나무가 꾸준히 있어서 그늘이 있는데 여기는 나무가 없는 땡볕이라 걷기에 좋은 길이 아니다. 한참을 걸으니 빅토리아 골프장 정문이 나온다. 거기까지 6㎞ 걸었다. 예정된 길이 골프장 안을 들어가는 길인 줄 몰랐다. 경비한테 관광객이라니까 들어가란다. 안에 차나 음료 마실 곳 있냐 물어보니 있단다. 다행이다. 골프장은 깨끗해 보이고 멋진 모습이다. 주말인데도 골프 치는 사람은 거의 없다. 날이 덥지만 이 나라는 사시사철 이런 날씨인데 더워서 없는 건 아니겠지. 한참 가니 옆으로 레스토랑이라는 표지가 보인다. 일단 목적지인 끝까지 갔다가 오면서 가자 하고 계속 걸었다. 골프장을 들어오면서부터는 나무도 있고 바람도 조금 불어서 한결 견딜 만하다. 지도상 여기가 빅토리아댐 호수에 가까운 곳이라 바람이 부는 것 같다. 골프장을 길게 한없이 걸었다. 멋지긴 멋진 골프장이다. 정문에서 3㎞ 정도 더 걷고 나니 빅토리아댐 물이 보이는데 옆에 경비초소가 있다. 보니 그 뒤엔 군부대가 있는 듯하다. 초소를 옆에 두고 길을 계속 가니 초소에서 군인이 나와서 어디 가느냐고 세운다. 관광객인데 구경나왔다 하니까 더 이상 못 간다 한다. 바로 앞에 물이 보이는데 저기까지만 가겠다 니까 안 된단다. 왜 안 되냐니까 자긴 영어를 잘 못한다 하고 안 된 다고만 한다. 바로 앞에 넓은 댐인데 구경은 못하고 할 수 없이 발 길을 돌려 오던 방향으로 다시 걸었다. 나오다 보니 길 옆에 작은 판매대가 있어서 가보니 음료를 판다. 레스토랑 갈 필요 없이 여기 서 마시자 하고 시원한 콜라로 목을 축이고 코코넛도 하나 달라 하 여 마셨다. 일어나면서 보니까 내가 선글라스를 안 끼고 지금까지 계속 안경을 끼고 있었다. 이런~ 제길. 오늘 같은 땡볕에 눈 상하 게. 아까 버스에서 내리면서 선글라스로 바꿔 끼지 않았던 거다. 근데 왜 내가 지금까지 선글라스 낀 걸로만 생각을 했을까? 돌아오 는 길은 다행히 해가 구름에 가리고 바람도 시원하게 불어서 살 것 같다. 골프장 나와서 조금 걸으니 툭툭이 길가에 있다. 많이 걸어 서 다리가 조금 아프지만 코코넛도 마시고 구름도 끼어 뜨거운 햇 살을 가려서 힘이 나고 걸을 만했다. 그냥 가는 데까지 가보자, 지 금 컨디션이면 끝까지 걸을 수도 있겠다 하고 툭툭을 외면하고 걸 었다. 한편으로는 갈 길이 상당히 먼데 툭비를 얼마 달라고 할지도 모르겠어서였다. 조금 더 걷는데 툭이 지나가다가 서면서 어디 가 냐 묻는다. 디가나 버스정류장 간다 하니까 타란다. 얼마냐니까 50 루피란다. 어라~ 상당히 먼 길인데 50루피라니?? 얘가 잘못 말하진 않았을 텐데. 이게 웬 떡인가 하고 탔다. 근데 가다가 두 차례 서더 니 한 명씩 더 태운다. 그 길은 외길이고 대중교통도 드물어 이런 식으로 지나가는 툭을 합승하는 것 같다. 오면서 보니 참 먼 거리다. 약 5㎞ 정도를 타고 왔는데 걸을 때보다 심리적으로 훨씬 먼 것 같다. 여기를 내가 걸었단 말인가? 하고. 아무튼 디가나 정류장에 내려 다른 사람들은 얼마씩 내는지 모르겠고 난 애기한 대로 50루피짜리를 주고 얼른 내리려니 이 친구 급히 나를 붙잡는다. 왜 이러나 하니 내게 20루피를 거슬러준다. 난 그 기사가 50루피 잘못 애기했다, 더 달라, 하면 피곤할까 봐 걱정했는데 심지어 거슬러주기까지 하다니. 거리가 5㎞인데 50루피도 싼데 나는 결국 5㎞를 30루피 내고 왔네. 여기 툭은 이렇게 싼가? 여기가 캔디는 아니지만 그래도 그렇지. (캔디 툭은 랑카에서 제일 비싸기로 악명 높다. 관광객이 많아서 물이 흐려졌다고 한다.) 캔디 같으면 400루피는 달라했을 텐데.. 바가지 툭 기사면 500루피 넘게 달라 할텐데. 그리고 중간에 합승을 했다고 거슬러 주다니. 툭 기사가 20대의 젊은이인데 정직한 친구다. 툭비가 이렇게 싸면 이 친구 한달 수입은 대체 얼마나 될까? 여러 가지를 생각하게 하는 하루다.

마히양가나야 가려다 방향을 바꿔 디가나 골프로드를 구경하고 왔다. 이런저런 구경하고 경험한 하루였다.

디가나 골프장

◇ 랑갈라 트레킹

2018년 3월.

오늘은 뽀야데이라 학교 쉬는 날. 랑갈라(Rangalla)에 다시 가자 생각이 들었다. 냉커피 만들어서 보온병에 담고 먹다 남은 바나나 송이 챙겨서 배낭에 넣고 집을 나온 시간은 8시 10분.

오늘 갈 때는 교통이 아주 원활했다. 랑갈라 가는 버스를 타는 지역인 텔데니야(Teldeniya)행 버스를 타기 위해 집 앞 정류장에 나가니 바로 버스가 오는데 동해안 도시인 암파라행 버스다. 암파라행 버스는 장거리 버스라 평소 손들어도 잘 안 서고 그냥 가버리는데 오늘은 웬일인지 세워준다. 덕분에 텔데니야에 빨리 왔다. 텔데니야에서도 랑갈라행 버스가 바로 출발하여 랑갈라 종점 도착하니 10시 조금 넘었다. 평소보다 아주 수월하게 와서 도착 시간이 지금까지 간 중 가장 빠르다.

오늘로 랑갈라가 예닐곱 번째 될 것 같다. 이 나라엔 산길 걷기 좋은 트레킹 길이 많은데 이곳 랑갈라는 아주 좋은데다 집에서 가기 편한 곳이라 자주 온다. 이곳은 버스로 좁은 산길을 꼬불꼬불 느릿하게 한 시간 정도 올라가면 민가 몇 채 있는 곳이 종점이다. 여기서부터 그런대로 시멘트 포장이 된 사면길을 걸어 올라가는 것인데 양옆으로 차밭이 펼쳐져 있고 길가에는 나무가 많아 그늘지고 공기도 맑은 길이다. 열대 나라지만 이곳은 해발 1,200m 정도 되는 곳이라 전혀 덥지 않고 언제나 쾌적하다. 항상 사람들이 거의 없는 트레킹 길인데 어쩌다 한번쯤은 서양인을 만난다. 저번 왔을 때는 스위스에서 왔다는 젊은 서양인 남녀 한 쌍을 만났는데 어찌 이런 곳까지 찾아 왔느냐 물으니 여기도 론리플래닛이라는 여행자용 안내서에 소개된 곳 중 하나란다.

혼자 걷기 시작했다. 산등성이에 좁게 포장된 길이다. 한쪽으로는 나무가 줄지어 있고 사면 방향으로는 이 나라 특유의 차밭이 펼쳐져 보이며 조망이 매우 좋다. 언제 와도 좋은 곳이다. 3㎞ 정도 걸어서 갈림길이다. 오른쪽으로 조금 가면 참 희한하게 침엽수가 빽빽이 우거진 길이 한동안 이어진다. 열대 나라에 침엽수도 신기하거니와 그 길은 완전히 하늘을 가린 숲속이라 매우 시원하고 공기가 맑다. 랑갈라 가자 생각한 것도 랑갈라 갈 때마다 갈림길에서 오른쪽으로 갔는데 저번에 오른쪽으로 가면서 언제 왼쪽으로 가보자 생각해서 마치 밀린 숙제 생각이 난 듯 온 거라 왼쪽 길로 들어섰다. 이곳을 시니어 남자단원들과 처음 왔을 때는 오른쪽으로 가서 한 바퀴 돌아 왼쪽으로 나왔는데 길이 중간에 좀 복잡하여 혼자서는 문제될까 봐 그렇게는 못 가겠고 전에 갔던 왼쪽 길의 마을까지 가자 하고 걸었다. 한적하고 좋은 길을 걸어서 갈림길에서 3.5㎞ 더 가니까 그제야 그때 갔던 그 마을이 나온다. 이런 외진 산속에도 사람들이 사는 게 신기하다. 가게에서 네스카페 한 잔 마시고 조금 더 가서 숲길에서 적당한 그늘을 찾아 앉아서 갖고 간 바나나를 냉커피와 함께 먹었다. 다시 돌아 나와서 구경하며 쉬엄쉬엄 걸어서 랑갈라 버스정류장에 도착하니 12시 40분. 13.5㎞ 걸었다고 나온다. 텔데니야행 버스에 올라 타니 버스는 1시에 출발했다.

랑갈라

◇ 캔디 인근 소요사태와 가택 연금

2018년 3월 5일.

쇼킹한 날이다. 쇼킹한 이 나라 얘기다.

어제 코이카 사무소로부터 국가 비상사태가 선포되었다는 메일
을 받았는데 오늘 오후 학교 있는 중에 코이카 사무소 전화가 왔
다. 사무소 김〇〇 코디인데 캔디 일원에 계엄령이 선포되었고 위험

하니 조심하라는 얘기다. 퇴근하는데 낯선 전화가 와서 받으니 한국대사관 직원이라면서 또 주의하라는 얘기다. 막 집에 들어오니 옷도 갈아입기 전에 사무소 전화가 또 온다. 사무소 인턴사원인데 코이카 사무소, 대사관 그리고 캔디 거주 한국인들 카톡방을 만들어 알려주고 정보를 공유하겠단다. 사태가 심상치 않은가 보다. 이어서 사무소 부소장이 대사관 참사관, 캔디 파견 중인 코이카 단원 (얼마 전 강○○ 후임으로 새로 온 김○○ 선생 포함), 그리고 여기 교민들 모두 포함한 카톡방을 만들어 글들이 올라온다. 조금 있으니 내일 캔디지역 휴교한다고 올라온다. 어라~ 조금 있다가 다시 코디가 전화해서 중대 지침을 하달한다. 지금 국가 비상사태에 캔디 인근 전역에 계엄령이 선포되었고 캔디 지역에 폭동과 소요가 예상되어 별도 지침이 갈 때까지 내일부터 학교 가지 말고 집에 대기하란다. 헐~ 심각한가 보네. 이어 카톡방에 올라온 정보가 결정판이다. 이 시간부터 캔디지역 24시간 전면 통행금지 실시란다. 우리나라 82년도에 없어진 통행금지가 이 나라에서 생기다니. 그것도 24시간 전일 통금이라니.

어제 캔디 외곽 텔데니야에서 불교도와 무슬림 젊은이들 간의 싸움이 벌어졌는데 그 와중에 불교도 청년 한 명이 사망하였단다. 그 보복으로 과격 불교도들이 디가나의 무슬림마을을 공격했고 이교도 간의 싸움으로 전쟁터같이 되었단다. 피차간의 보복 공격이 이어졌고 전국의 무슬림들이 캔디를 공격한다는 흉흉한 소문이다. 전하는 바로는 가옥 파괴, 방화만 150채가 넘고 인명피해 다수 발생하고.. 내가 있는 집에서 동쪽으로 가면 디가나가 있고 더 가면 텔데니야가 있다. 우리 집은 그곳 지역들에서 바로 캔디 도심 들어가는 길목이라서 더 신경이 쓰인다. 전에 디가나 가서 무슬림 마을인 줄도 몰랐던 생각이 나고, 텔데니야는 랑갈라 트레킹 하느라 수시로 가는 곳이며 바로 며칠 전에도 갔었는데. 으스스하기만 하다.

다음날 아침 인터넷이 먹통이다. 이게 웬일? 통신 기지국이 공격 당했나? 휴대폰과 노트북 인터넷이 끊기니 세상과 단절되고 답답하기만 하다. 낮에 다시 사무소 전화가 온다. 캔디 지역이 위험하니 나를 콜롬보로 철수시키려 한단다. 아이쿠! 내 집 놔두고 콜롬보로 피난가면 불편한데. 관계자들과 협의 후 다시 알려주겠으니 집 안에만 있으란다. 오후에 다시 전화 와서 콜롬보 철수는 안 하겠지만 별도 지침 있을 때까지 밖에 절대 나가지 말고 집안에만 있으란다. "당분간 먹을 것과 마실 물은 집에 있으시죠?" 물으면서.

이웃한테 들으니 이곳 캔디의 번잡하기 짝이 없는 타운의 모든 상점이 문을 닫고 도로엔 차량 한 대 없이 시가지가 텅 비어있단다. 항상 수많은 인파와 좁은 도로, 오밀조밀 상점들과 노점들, 호객꾼들, 한없이 뒤엉킨 차량들 그리고 낡은 차량의 매연으로 뒤범벅인 캔디 중심가가 텅 비었다니. 어떤 모습일지 상상이 안 간다.

오후에 인터넷은 개통되었다. SNS로 유언비어가 횡행해서 이를 차단하느라 나라에서 인터넷을 끊은 거란다. 다른 지역은 아무 상관없는데 이곳 캔디지역이 문제다. 여러 가지로 힘들구나. 봉사활동 기간이 거의 끝나가고 귀국할 날이 얼마 안 남았는데….

통금과 계엄령은 6일 만에 해제되었다. 캔디에서 대규모 소요사태가 있을까 걱정했지만 정부의 단속과 진압으로 무슬림들의 캔디 공격은 없었다. 더 이상의 불상사 없이 마무리되어 다행이다. 닷새 간 가택연금 당하고 8일 만에 학교 출근하려니 항상 다니던 출근길 풍경이 유난히 생소하게 보인다.

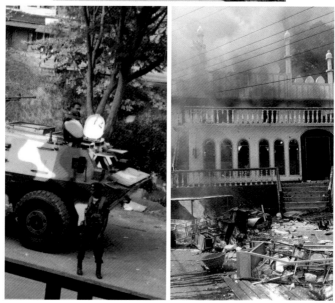

캔디 인근 소요사태 (전해 받은 사진)

8
이별

1) 기관 이별

2018년 5월.

이별의 시간이 다가왔다. 내 파견기관인 이곳 캔디기능대학 (Kandy COT)에 온 지 정확히 22개월. 다음달 13일이면 출국이고 이달 하순에는 아직 남은 개인 휴가를 사용해서 개인 신변정리하고 콜롬보로 이동하여 유숙소 체류하면서 출국을 위한 마무리 일만 남았다. 학교에는 이번 달 말에 학교를 떠난다고 얘기를 해두었다. 회고해 보면, 아무것도 준비 안 된 기관에 와서 전자과목 수업을 위해 하나부터 열까지 준비하고 학생들 수업하고 교사들에게 지식 전달하고.. 학교와, 기관장과, 코워커와, 학생들과 참으로 여러가지 사연도 많고 일도 많고 아쉬움도 많았다. 또 알고 지내던 몇몇 교사들도 기억에 남을 거다. 이제 떠날 날이 며칠 안 남았다. 안 좋았던 일, 힘들었던 일들은 모두 지우고 가고 싶다.

그동안 학교는 2월에 큰 폭의 교사 인사이동이 있어서 변화가 많았다. 먼저 동료교사 세네위랏너가 마탈레 기능대학으로 옮겨갔다. 집이 페라데니야인데 출퇴근 편도 1시간 이상 더 걸려서 힘들 것 같다고 하면서 갔다. 여러 가지 일이 많았지만 세네위랏너가 간 건 섭섭하다. 그리고 처음 OJT 왔을 시 나와 달갑지 않은 인연이었던 부교장이 마히양가나야로 발령이 나서 갔다. 그리고 가깝게 지내던 자동차과 교사 반다라도 중부 고원지대 반다라웰라로 전배 가서 퍽 서운하다. 그 외 알고 지내던 몇몇 교사가 전배 가서 2월은 어수선했다.

교장은 작년 9월에 교체되어 종전 교장 아누라와띠가 전출가고 마탈레기능대학 교장이 새로 왔는데 아직 마탈레 교장을 겸임하여 바쁜 상태이고 부교장이 공석인데 부교장이 언제 충원될지 몰라서 새로 온 교장 에디리싱헤의 요청으로 코워커 마담페루마가 2월 이후 부교장을 겸직 중이다. 세네위랏너 후임 교사도 아직 없는데다 마담페루마는 부교장실에 있는 시간이 대부분이라 전자과 사무실에는 거의 혼자 있었다.

25일에 학교 떠난다고 얘기는 했지만 교장도 바쁘고 부교장 겸직 마담페루마도 바쁘고 해서 나도 아무 생각 없이 전해줄 것, 인계할 것 등 정리하고 문서화 작업하고 내 개인 컴퓨터 등 장비와 서류 등을 마담페루마에게 모두 전달하는 등 마지막 나날을 보내고 있었다. 학교는 이일 저일 바삐 움직이고 있는데 갈 때 인사하고 가면 되겠지.

5월 25일.

학교 마지막 날. 오늘은 인사만 하고 나오면 된다 하고 마음 편하게 나왔다. 출근 후 9시 넘어 부교장실에 있던 마담페루마가 나를 찾아온다. 내가 오늘 간다고 한 걸 잊지 않고 있다. 교장실에 같이 가자고 해서 따라 갔다. 교장실 들어가니 교장 에디리싱혜가 반겨 맞는다. 이어 영어교사로 그동안 나와 얘기를 많이 나눴던 수지와가 들어온다. 넷이 테이블에 둘러앉아 여직원이 따라주는 차를 마시며 환담을 나눴다. 교장이 내게 그동안 수고 많았다고 인사한다. 내가 고맙다, 하고 2년간 수업과 자료, 물품들이 학교에 얼마나 도움이 되었는지, 조금이라도 도움이 되었다면 기쁘다고 말했다. 바빠서 잊고 있겠지, 내가 이따가 잠깐 들르지, 했는데 그래도 가는 사람 잊지 않고 아침에 먼저 부른다. 그간의 많은 일들이 스쳐 지나간다. 10분 정도 얘기 나누고 교장과 수지와와 악수하고 나왔다. 마담페루마가 나와 같이 사무실에 들어오더니 전자과 학생들을 집합시킨다. 그리고 학생들에게 오늘 선생님 가시니 인사하라 하여 뜻하지 않게 학생들의 절을 차례대로 받았다. 그리고는 뭐를 들고 오는데 보니까 코끼리 나무조각상이다. 나를 위해 이별 선물로 준다. 참~ 마담페루마는 나와 사연이 많았는데 찡했다. 정말 애증이 많았는데. 뭉클하고 여러 가지 생각이 든다.

가는 마당에 모든 걸 내려놓고 가고 싶다. 이런 게 봉사활동인가 보다. 마지막 정리하고 학교 나오면서 그동안 일들을 회상했다.

COLLEGE OF TECHNOLOGY - KANDY
N.C.E.C.P. ELECTRONIC

2) 캔디 이별

6월 5일(화).

출국을 위한 마무리 하러 콜롬보로 떠나는 날. 매일 아침 운동 겸 걷는 길을 오늘도 걸었다. 이 집의 큰 장점은 걷기 좋은 길이 있다는 것이다. 나가서 20분 정도 걸으면서 회상했다. 이 좋은 녹지 길들 귀국하면 반드시 생각날 거야. 2년간의 생활이 힘들었지만 좋은 것만 생각하자. 들어와서 본격적으로 정리를 시작했다. 아침으로 라면 먹고 정리 및 청소. 마무리 중인데 아진따가 집 앞에 왔다고 전화 온다. 아진따는 요즘 집 앞 렌터카 업체에 취직하여 오늘 콜롬보 가는 차량을 사전에 아진따에게 부탁해 놓았다. 그동안 고마웠다고 하고 코이카에서 준 이민가방과 남아있는 스틱 하나 더 가지라고 주니 좋아한다. 냉장고에 든 이것저것 버리고 비우고 청소하고 옷가지를 마지막으로 담고 가방과 유숙소 가져갈 짐을 싸고 쓰레기 모두 담아서 집 앞에 놓으니 8시 반이다. 9시쯤 집주인 필라가 온다. 집안 이곳저곳 둘러보고 만족스러워 한다. 기사 딸린 렌터카가 와서 아진따와도 작별하고 차에 탔다. 잘 있어요~ 아진따.

콜롬보가 집인 필라는 오늘 내가 떠나서 일부러 새벽같이 온 거고 내가 렌터카로 콜롬보 갈 거라 하니 같이 타고 가자 하여 그러기로 했었다. 9시 40분경 주인 필라와 렌터카를 함께 타고 출발했다. 차가 캔디 외곽인 집에서 출발하여 캔디 시내로 들어섰다. 캔디 중심에 있는 캔디호수를 빙글 한 바퀴 돈다. 호수를 돌면서 또 생각에 잠긴다. 2년간 온갖 사연이 있었던 캔디, 이제 캔디를 떠나는구나. 아듀, 마하누와라~ (랑카사람들은 '캔디'라고 하는 것보다 '마하누와라'라고 더 많이 말함) 마음속으로 이별을 한다.

캔디

캔디를 떠나면 봉사활동도 끝이고 랑카 생활도 끝이나 다름없다. 3시간쯤 달려 콜롬보 외곽에서 집주인 필라는 다 왔다고 내렸다. 그동안 좋은 인연이었다고 앞으로도 연락하고 살자 하며 혹시라도 코이카에서 후임자가 오면 알려달라고 사무소에 자기네 정보를 주란다. 물론 그러마, 하고 근데 코이카 정책상 시니어 단원이 안 올 수 있는데 일반 단원은 주거비가 조금 적다 하니 상관없다며 적게라도 주고 싶단다. 현지인들에게 임대하면 집이 망가진단다. 내가 Gentleman이고 좋은 임대자여서 행운이란다. 내리면서 필라와도 작별했다. 필라도 사람이 좋다. 멀리 콜롬보에 있음에도 여러 문제들 생길 때마다 바로 처리해 주어서 불만이 없었다.

　잘 있어요. 필라~

3) 랑카 이별

2018년 6월 13일.

코이카 봉사단원의 임무를 부여받고 인천공항을 출발한지 정확히 2년 되는 날. 109기 동기 4명 모두 어제인 6월 12일로 봉사단원 임기가 종료되고 오늘, 내일 중으로 출국해야 한다.

동기 네 명이 일주일간 유숙소에 모여서 거의 밥을 같이 먹으면서 각자 마무리 정리했다. 엊그제 코이카 사무소 사람들과 고별 만찬도 하고 어제저녁은 우리끼리 밖에서 마지막 만찬을 같이 하고. 오늘은 차례대로 출국만 남았다. 동기 네 명의 귀로 일정이 달라 모두 뿔뿔이 귀로에 오른다. 각자의 생일 때마다 모여서 생일축하 해주고 같이 밥 먹고, 궁금한 일, 상의할 일 있으면 언제나 서로 얘기 나누고, 힘든 일 있으면 서로 위로해주고 격려해주고, 시간 허락하면 같이 놀러도 다니고. 동기들이 있어서 2년간 같이 어울리며 덕분에 덜 외로웠다.

동기들과

　제일 먼저 콜롬보 이○○(女)이 출발. 오전 비행기여서 6시에 출발
했다. 모두 잘 가라고 전송했다. 케갈 이○○(女)와 마타라 박○○
이렇게 셋이 간단히 아침 먹고 이어서 내 차례. 나는 오후 비행기
여서 오전 9시에 택시를 탔다. 케갈 이○○(女)는 내일 출국이고 박
○○은 오늘 밤 비행기란다. 작별의 악수.
　잘 지내고 종종 연락해요. 동기들이 있어서 좋았어요.

　공항 수속 마치고 면세점에 들어와서 랑카에 남아 있는 정들었
던 단원들, 코이카 사무소 사람들, 학교 사람들, 여러 현지 지인들
과 문자, 카톡 그리고 전화로 일일이 작별 인사했다.
　이윽고 비행기에 몸을 싣고 비행기가 이륙한다. 2년간의 수많았
던 사연들이 주마등같이 지나간다. 지내면서 많이 힘들었고 불만

스러웠고, 쉬운 생활은 결코 아니었지만 랑카와 랑카 사람들에 많이 정이 들었다. 치안이 비교적 괜찮은 나라, 넉넉지 않지만 순박한 사람들.

많이 생각이 날 거다.

파릿스민 인네~ 랑카, 파쎄 함바웨무~

(잘있어요~ 랑카, 다음에 또 봐요~~)

2016년 3월 말, 강원도 영월 코이카 연수원, 100명 가까운 코이카 109기 봉사단원이 모였다. 봉사단 해외 파견을 위한 8주간의 국내 교육이 시작되었다. 20대부터 60대까지 연령층이 다양한데 물론 젊은 단원들이 훨씬 많다.

교육 진행을 하는 연수원 직원이 묻는다. "나이 드신 선생님들 중 혹시 어렸을 때 학교에 미국 평화봉사단(Peace Corps)으로 파견 온 선생님에게 영어수업 들으신 분 있나요?" 나 포함 두어 명이 손을 든 것 같다. 연수원 직원이 말을 잇는다. "여러분들이 당시 평화 봉사단 단원들과 같다고 보시면 됩니다." 내 기억은 멀리 48년 전으로 달려가고 있다.

1968년 3월. 당시 서울지역 중학교 마지막 입시 세대로 치열한 중학교 입학시험을 치르고 입학했다. 입학하니 난생 처음 영어를 배우는데, 영어만 1주일에 다섯 시간으로 영어선생님이 세분이다. 그중 한 주 1시간짜리 영어수업 첫 시간이다. 흰 피부에 파란 눈을 한 여선생님이 들어온다. 서양인을 직접 보는 것도 무척 생소하던 시절이다. 어린 내 눈에 20대 중반으로 보인다. 서툰 우리말로 미국에서 왔다고 한다. 그렇게 미국인 여선생님과 1주일에 한 시간씩 영어수업을 했다. 학생이 한 반에 60명이나 된 데다 아직 철부지인 중1짜리들이니 장난꾸러기들이고 수업시간에 말도 잘 안 듣고 선생님이 수업하기 무척 힘드셨을 거다. 그래도 교과서와는 좀 다른 교재로 수업을 하고 가끔 영어노래도 가르쳐주고 서툴지만 우리말로 대화하면서 재미있게 수업을 했다. 우리도 다른 어떤 수업시간보다 재미있게 보낸 걸로 생각된다. 당시는 어려서 그 선생님이 평화봉사단원인 건 훨씬 후에 알았다. 선생님과의 인연은 길지 않았다. 평화봉사단 파견 임기가 몇 년인지 모르겠으나 1학기 끝나고 나니 임기 마치고 귀국한단다. 아쉽고 섭섭했다. 겨우 반년밖에 같이 수업 못했는데. 선배들은 더 오래 수업을 했을 텐데. 떠나기 전 강당에 전교생이 모여서 이별식을 했던 기억이 난다. 상기된 표정에 서툰 우리말로 "경복중학교에서 수업했던 것과 학생들을 잊지 못하겠다."고 인사를 하던 모습이 생각난다.

　봉사단 파견 나와서 활동하면서 당시 평화봉사단원으로 온 그 선생님 생각이 종종 났다. 내가 봉사활동 해보니 당시 선생님의 어려웠고 힘들었음을 충분히 이해할 수 있었다. 당시 우리나라 생활수준이 지금 랑카 정도밖에, 아니 어떤 면에선 그보다 못할 때인데 가난한 나라에 와서 많이 힘드셨겠구나, 이러이러한 마음으로 봉사활동했겠구나, 하는 생각이 많이 들었다. 선생님 만날 수 있다면 반갑게 만나서 옛 얘기를 나누고 싶지만 나를 전혀 기억 못하시겠지. 우리 학년만 480명인데 나는 480명 중 한 명, 게다가 한 학기만 수업했으니. (후임 선생님은 없었다.)

귀국 후 10개월이 지난 2019년 4월 21일 일요일 낮, 뉴스를 듣고 깜짝 놀랐다. 랑카에 테러 발생으로 수백 명 사망… 저런 세상에, 어찌 이런 일이. 한동안 무척이나 마음이 착잡했다. 무슬림 과격단체인 IS의 테러로 인해 많은 랑카 사람들이 희생되었다. 나쁜 사람들 같으니. 랑카 사람들이 안쓰러워 마음이 너무 아팠다. 봉사활동 하느라 2년간 랑카에 살면서 미운 정 고운 정 들었는데. 당시에는 열악한 환경과 다른 문화로 인해 많이 속상하고 힘들어했지만 그만큼 많이 생각나는 나라인데.

따지고 보면 열대 나라라서 항상 덥고, 가난한 나라라서 모든 게 열악하고, 일처리 등 매사 느린 건 그 나라 사람들 천성일 뿐.

돌이켜보면 랑카 사람들은 가난해도 순하고 선하다. 저개발국가이면서도 상대적으로 치안이 괜찮은 편이고. 외국인만 보면 항상 웃고 말 걸고 싶어 하고. 그런 불교의 나라, 착한 사람들을 공격하다니.

이 책을 쓰면서 내가 얼마나 스리랑카에 애정이 있는지 알게 되었고 내가 그들 눈에 어떻게 보였을까, 도움이 되었을까 되돌아봤다. 그런 애정이 있는데 테러 소식이라니. 이 순박한 나라에 테러 사태 같은 비극이 다시는 없기를 바라는 마음이다.

다시 얘기하지만 이 책은 봉사활동에 대한 내용이 아니고 한 사람의 코이카 봉사단원이 파견국가에서 살았던 이야기다. 스리랑카에서의 730일간의 삶을 그저 담담하게, 하고 싶은, 얘깃거리가 될 만한 내용들을 정리한 책이다. 애정을 가지고 봉사활동했던 나라에 대해 좋은 얘기들을 많이 쓰고 싶었고, 생활하면서 좋았던 경험도 많지만 얘깃거리로 쓸 만한, 흥미 있는 내용들이 아니어서 많이 쓰지 못한 게 아쉽다. 이 책이 스리랑카라는 개도국을, 그리고 코이카 봉사단원의 삶을 이해하는 데 도움이 되었으면 하는 바람이다.